エンド・オブ・アルカディア

3

蒼井
Yuto Ao
END O

一之瀬秋人
Akito Ichinose
《血も無き兵》の二つ名を持つ、仲間想いで
正義感の強い少年。《アルカディア》完全破壊のため、
テレサ社に乗り込むことを決意する。
《JUNO》
全ての始まりとなったシステム
《アルカディア》の開発者。

楽園都市《ティーラ》の繁華街にて

フィリア・ロードレイン
Philia Loadrain
《致死の蒼》の二つ名を持つ、
ストイックな少女。
しかし《ティーラ》に来てからは
新たな一面が……？
天代玲奈
Rena Amashiro
《九ミリの令嬢》の二つ名を持つ、
天真爛漫な少女。

「人形は人形らしく人間の言うことを聞いて
大人しくしていろ！」
幾島亜礼
Arei Ikushima
秋人と瓜二つの顔を持つ、
“否認されるべき特殊部隊”の
隊長。

エンド・オブ・アルカディア

END OF ARCADIA

蒼井祐人　【イラスト】―― GreeN

Yuto Aoi

3

0

何かを手に入れるためには、別の何かを諦《あきら》める必要がある。

それが、この世の道理だ。

しかし、あの時の私は、自分自身の夢を諦《あきら》められなかった。

誰《だれ》も死ぬことのない理想郷を。悲しみのない楽園を。

その創造の代償《だいしょう》に、何を失うのかも考えもせずに。

——つまるところ、私はどうしようもないほど子供だったのだ。

「ユノ姉《ねえ》、見てよ！　薔薇《ばら》の冠《かんむり》つくったんだ！」

そこは花々が咲《さ》き乱《みだ》れる庭園〈パティオ〉。

不意に、少年の無邪気《むじゃき》な声が響《ひび》いた。

振《ふ》り返《かえ》った先では、頬《ほお》を泥《どろ》で汚《よご》した黒髪《くろかみ》の少年が、満面の笑《え》みで花飾《はなかざ》りを抱《かか》えている。私が大好きな橙色《だいだいいろ》の薔薇《ばら》だ。それを、彼は私のほうに差し出した。

私はしゃがんで黒髪《くろかみ》の少年と目線を合わせる。

「あーくんが作ったの？　凄《すご》いじゃん！　……もしかしてこれ、私にくれるの？」

「うん！　いつも遊んでくれるから、そのお礼！」

頬《ほお》がひくりと動いた。私は笑えていただろうか。その自信が無くて、私は彼の髪《かみ》をくしゃくしゃに撫《な》でると、その小さな身体《からだ》をぎゅっと抱《だ》きしめた。

――記憶《きおく》暗転。

景色が変わる。時間が飛ぶ。

そこは、嶺京人《れいきょうじん》が遺《のこ》していった地下施設《しせつ》――西牙《さいが》研究所。今は私しか知らない秘密基地だ。

虚空《こくう》に浮《う》かぶ無数のホロウィンドウが火砲《かほう》の光に明滅《めいめつ》している。

そのうちの一枚の中で、立派に成長した漆黒《しっこく》の少年と白銀の少女が、雪に閉じ込められた都市で相対していた。

『……お願い。殺、して』

スピーカー越《ご》しに少女のか細い声が届いてくる。

ありがとう、と少女の唇《くちびる》の形が変わり、少年は今にも泣きそうな顔になった。

そして、一発の銃声《じゅうせい》が鳴《な》り響《ひび》く。赤が散り、乾《かわ》いた音がコンクリートジャングルに何度も反響《はんきょう》した。

残響《ざんきょう》も雪の中へ消えた頃《ころ》、黒髪《くろかみ》の少年は少女の亡骸《なきがら》を前にして崩《くず》れ落《お》ちる。

『――あぁあああぁッ‼　こんなの、あんまりだっ、なんで、なんで俺は人を――』

彼は誰《だれ》もいない瓦礫《がれき》の山の上で慟哭《どうこく》した。

その姿を見て、私は嗚咽《おえつ》を漏《も》らした。

ごめんなさい、ごめんなさい——涙《なみだ》が流れるままに何度も虚空《こくう》に謝った。

望むもの全ては手に入らない。あの理想郷は手放すべきものだった。私は大人になるべきだった。諦《あきら》めるべきだった。

しかし、エゴがこの身体《からだ》を突《つ》き動《うご》かした。

血肉の上に舞《ま》う百花の繚乱《りょうらん》など、花園《はなぞの》でありこそすれ楽園では決してないのに。

これは私の罪だ。大人で在ることを拒《こば》み、理想を追い求めた者の罪。

だから償《つぐな》おう。

この身の全てを賭《と》してでも——

1

『ヒット。パワーサプライユニットを貫通《かんつう》。——弾薬室《だんやくしつ》に引火、車体の破壊《はかい》を確認《かくにん》』

システィ・カルトルのすぐ横で機械音声が響《ひび》いた。

波状に巻き上がった土煙《つちけむり》の中、システィはスコープの先の目標物を睨《にら》んだままボルトを前後させた。立ち上った硝煙《しょうえん》とともに排出《はいしゅつ》された巨大《きょだい》な空薬莢《からやっきょう》がカラン、と床《ゆか》を叩《たた》く。

遅《おく》れて、遠雷《えんらい》のような鈍《にぶ》い低音がやってくる。

目標の敵装甲車《てきそうこうしゃ》が内側から破裂《はれつ》し、大破した音だ。

『次の目標、右に3・5』

機械音声が続く。

声の主は、彼女の隣《となり》に三脚《さんきやく》を立てて設置された三眼《さんがん》カメラと付随《ふずい》する演算装置だった。

その正体は狙撃手《スナイパー》を補佐する観測器《スポッター》である。内部には狙撃《そげき》専用の支援《しえん》AIがインストールされており、有線接続されている銃《じゆう》本体から各種情報を取得して弾道《だんどう》の微調整《びちようせい》を自動で行ってくれる。そうすることで、射手の演算能力を狙撃《そげき》に集中させることができるのだ。

システィは俯《うつぶ》せのまま僅《わず》かに体勢を変え、右肩《みぎかた》に当てたストックを左手で抱《かか》え込《こ》み言う。

「確認《コンタクト》した。環境《かんきよう》係数を再取得して。──早く」

『環境《かんきよう》係数の再取得完了《かんりよう》。リアルタイム弾道《だんどう》演算を開始。視野に予測弾道《だんどう》を合成表示します』

「予測弾道《だんどう》の合成表示を確認《かくにん》、輝度《きど》を三ポイント下げて」

『了解《りようかい》』

システィは観測器《スポッター》へ呪文《じゆもん》のように指示を続ける。

「狙撃《そげき》補正演算をカット。代わりに追尾弾《スマートブレット》の操作をマニュアルからハイブリッドへ移行」

『警告：四次キャッシュの容量を超過《ちようか》します』

「うるさい、そんなの分かってるし。──警告無視。ストレージに仮想メモリを作って間に合わせて。市街戦と違《ちが》って地形ごとの気流の乱れがキツすぎる。次の一発は追尾弾《スマートブレット》の補正をもっと利《き》かせるから」

『設定を更新《こうしん》。四次キャッシュの再割り当て完了《かんりょう》。——用意できました《スポッター・オフ》』

「——狙撃準備完了《シューター・レディ》」

システィの背が一度大きく膨《ふく》らみ、それから沈《しず》む。その最中《さなか》で静止。呼吸が止まる。

無言のカウントが二つ。

直後、撃発《げきはつ》。再び夥《おびただ》しい土煙《つちけむり》とともに銃声《じゅうせい》が響《ひび》き渡《わた》った。

システィの小さくもしなやかな体躯《たいく》が膨大《ぼうだい》な反動を受け止め、銃身《じゅうしん》を押し戻す。

爆音《ばくおん》の中、彼女は無言で弾丸《だんがん》の行方《ゆくえ》を追った。システィは今まさに、脳内に埋《う》め込《こ》まれたナノマシン群〈ニューラルゲート〉で予測弾道《だんどう》を演算し、飛翔《ひしょう》している弾頭《だんとう》をオンライン誘導《ゆうどう》で制御《せいぎょ》しているのだ。

果たして、豆粒《まめつぶ》よりも小さく見える金属片《きんぞくへん》は、五キロ先でこちらを睨《にら》みつけている敵戦闘車輛《てきせんとうしゃりょう》の横っ腹に突《つ》き刺《さ》さり火花を散らす。

一拍《いっぱく》置いて、荒野《こうや》に閃光《せんこう》が瞬《またた》いた。

『ヒット。敵、航空ドローン輸送車輛《コクーン》の大破を確認《かくにん》』

ヒットコールが響《ひび》くと、システィは大きく息を吐《は》き出《だ》してボルトを引いた。

キンッ、と小気味のいい金属音が鳴り、空薬莢《からやっきょう》が宙を舞《ま》う。

「……バレルの冷却《れいきゃく》を始めて。三キロ地点で西風が強くなった。収まるまで様子を見る」

『了解《りょうかい》』

システィの背後であぐらをかいている秋人《あきと》は、緊張《きんちょう》の一瞬《いっしゅん》が過ぎ去ったのを見てパチパチと手を叩《たた》いた。

「お〜〜流石《さすが》だな」

システィが狙《ねら》い撃《う》ったのは敵の包囲網《ほういもう》の中でも最奥《さいおう》に控《ひか》えている大型車輌《しゃりょう》。その距離《きょり》は実に五千メートルを超《こ》える。いくら支援《しえん》AIによる弾道《だんどう》補正技術の向上が目覚ましいとはいえ、生半可な腕《うで》では掠《かす》ることすら難しい超長距離《ちょうちょうきょり》だ。それを彼女は二射連続で中《あ》てた。フィリアや玲奈《れな》の戦闘《せんとう》スキルも異常に高いが、システィもまた人外の域に達している。

別棟《べつむね》の屋上からも断続的に射撃音《しゃげきおん》が響《ひび》いている。それらは今朝の委員会会議の決定で急造された狙撃《そげき》部隊によるもので、構成メンバーは皆《みな》、かつての嶺京兵《れいきょうへい》でそれなりの評点《スコア》を出していた狙撃《そげき》の名手たちである。しかし、ヒットコールはまばらで決して多いとは言えない。それだけ、この超長距離射撃《ちょうちょうきょりしゃげき》が困難を極《きわ》めるということだった。

そんなシスティは、おもむろに立ち上がってキッと秋人《あきと》を睨《にら》みつける。

「アンタに褒《ほ》められてもうれしくない、って言うかさっきからうるっさいんだけど‼　ランチなら中で食べなよ！」

秋人《あきと》は眉《まゆ》を上げて背後を振《ふ》り返《かえ》った。

そこにあったのは狙撃《そげき》部隊の横で昼食を平らげた金髪《きんぱつ》や銀髪《ぎんぱつ》、赤髪《せきはつ》の少年少女が、今夜の夕食のデザートを賭《か》けて仮想のトランプで激戦を繰《く》り広《ひろ》げるという謎景色《なぞげしき》。

「ぁぁあああこっちがババじゃん‼　また負けたんだけどぉぉおおお⁉」

「ふ……。玲奈《れな》って視線に全部出るから分かりやすいわ」

「いい加減学べよ玲奈《れな》。勘《かん》だけで戦うテメェは演算駆使《くし》する奴《やつ》には一生勝てねぇンだよ」

そう言ってギャンギャンと口争を始める二人と傍観者《ぼうかんしゃ》が一人。ちなみに、秋人《あきと》は一位でアガリを決めており、暇《ひま》つぶしがてらシスティの狙撃《そげき》を眺《なが》めていたところだった。システィ以外は全員、暑さのあまりタクティカルスーツの上半身を脱いでインナーだけの恰好をしている。スーツは身体の動きを利用して発電するため、休憩中は体温調整機能が使えないのだ。

ここ最近でよく見るようになった目の前の光景に頬《ほお》を緩《ゆる》めながら、システィに向き直る。

「うーん、ピクニック的な？」

「ピクニック感覚で硝煙臭《しようえんくさ》い場所で食べる奴《やつ》いる⁉　しかもなんでわざわざこのクソ暑い屋上なのさ、脳ミソ沸騰《ふっとう》して溶《と》けてんじゃないの⁉」

「そんなこと言っていいのか～？　もしこの屋上ランチは、何かあった時に狙撃《そげき》部隊をすぐにカバーできるようにっていうフィリアの気《き》の利いた計らいだって言ったらどうする？」

「え⁉　うそっ、フィリアごめん！」

「え？　何のこと？」

振《ふ》り向《む》いたフィリアがちょこんと首を傾《かし》げ、固まったシスティが目線だけで秋人《あきと》を見る。

「まあ嘘《うそ》なんだけど。言い出しっぺは俺だし」

「い、一之瀬《いちのせ》ぇぇぇぇぇ!!」

　システィが太腿《ふともも》のホルスターに収まるハンドガンに手を伸《の》ばしたため、慌《あわ》ててフィリアの背に隠《かく》れる。フィリアは呆《あき》れたように嘆息《たんそく》して、肩越《かたご》しに振《ふ》り返《かえ》った。

「……ちょっと秋人《あきと》。あんまりシスティをからかわないでくれる？」

　彼女の滑《なめ》らかな髪《かみ》が秋人《あきと》の頬《ほお》を撫《な》でていく。

　横髪《よこがみ》を耳にかき上げる彼女の美しさに見惚《みと》れながら、秋人《あきと》は口を尖《とが》らせた。

「いっつもあいつに虐《いじ》められているんだ。こんくらいの反撃《はんげき》なんて可愛《かわい》いもんだろ？」

「フィリア、そこをどいて。そいつの脳ミソの色を見るまで、私安眠《あんみん》できない」

「あとでスキャンした画像送ってやるからそれで満足してくれ」

「今、無性《むしょう》にナマで見たい気分なんだよね」

「有名絵画を見に行くみたいなノリで言うな。……って言うかマジな話、俺の脳ミソの色ならよく知ってるだろ」

　こいつには嶺京《れいきょう》で散々脳天をぶち抜《ぬ》かれたものだ。

「ああ、そう言えばそうだったね。ドブを捏《こ》ねくり回《まわ》して発酵《はっこう》させたような色をしてたっけ。……ったく、彼女の背に隠《かく》れるとかダサいことしてんじゃないよ」

　システィの言葉に、隣《となり》の玲奈《れな》が〝彼女〟という単語に反応してむっと眉《まゆ》を立て、一方でフィリアは澄《す》ました様子で逸《そ》らした横顔を仄《ほの》かに紅潮させていた。

秋人《あきと》は絶妙《ぜつみょう》な緊張感《きんちょうかん》を覚えながら、両手を上げて降参の意図を示した。

「どこかの誰《だれ》かさんが銃口《じゅうこう》を向けてこなければ、こんな真似《まね》はしなかった」

「は……っ、ホント食えない男。アンタだけはもっと殺しとくんだった」

そう言ってシスティは満足したのかはたまた呆《あき》れきったのか、元の狙撃《そげき》位置に戻《もど》っていく。

それを見届けた秋人《あきと》は、システィから殺意が消えるのを確認《かくにん》してからようやくフィリアの陰《かげ》から外に出る。

「……なんつー凶暴《きょうぼう》なやつ」

「今のは九割秋人《あきと》が悪いと思うんだけど」

「普段《ふだん》は九割あっちが悪いからイーブンだ」

どっちもどっちね、とフィリアは笑いながら嘆息《たんそく》した。

その隣《となり》で宙に浮《う》かぶフィリア専用の航空ドローン〈イヴ〉が秋人《あきと》の肩《かた》を小突《こづ》いてくる。あんまり主人を困らせるなということだろうか。最近、ますますこのドローンが意志を持った小動物のように見えてきた。嶺京《れいきょう》で敵として相対していた時はただの滅茶苦茶《めちゃくちゃ》厄介《やっかい》な超《ちょう》高性能《ハイスペック》ドローンというイメージだったのが、フィリアと一緒《いっしょ》に過ごす時間が増えてから着々と印象が変わってきている。

なるほど、確かにこれはフィリアが溺愛《できあい》するのも何となく分かるというものだ。

「は――」

秋人《あきと》は息を吐《は》き、辺りを眺《なが》める。

ここはテレサ社が所有する無人の工場――通称《つうしょう》、第七プラント。

一週間前、秋人《あきと》たちはアルカディア修復のために秋人《あきと》らの回収を試みるテレサ社と、謎《なぞ》の黒服の部隊の追っ手を振《ふ》り払《はら》い、この場所に辿《たど》り着《つ》いた。というのも、ここ第七プラント内にある装置で〈エラー517〉と呼ばれるクローン体特有の病変の治療《ちりょう》が必要だったのだ。

命からがら第七プラントの確保と〈エラー517〉の治療《ちりょう》に成功した秋人《あきと》たちは、現在、その他の怪我《けが》の対応や、消耗《しょうもう》し尽《つ》くした物資の補充《ほじゅう》などを行っている。幸い、第七プラント内には医療《いりょう》用クローンを生産するための大量の印刷素材《フイラメント》と、戦術立体プリンター《ATAP》が一通り揃《そろ》っていた。それらを用いて、最低限の兵装を印刷しているというのが現状だ。

とはいえ、本来であればそうした物資の補充《ほじゅう》もほどほどに、すぐにでもテレサ社から逃《のが》れるため出発したいところなのだが――それができない明確な問題が、今の秋人《あきと》たちの前に立ちはだかっていた。

「ん～……相っ変わらず包囲されてるねえ。半径四キロから五キロ地点をぐるっと一周して陣《じん》取《ど》ってる。一体何機のドローンがいるんだか」

玲奈《れな》はスパウトパウチに入った水を飲みながら荒野《こうや》の先へと目を凝《こ》らした。秋人《あきと》もその横でスマートコンタクトレンズの倍率を引き上げる。

蜃気楼《しんきろう》に揺《ゆ》らぐミルクティー色の荒野《こうや》。そのひび割れた大地の先に、輪郭《りんかく》がおぼろげに揺《ゆ》らぐ黒点がずらりと並んでいるのが分かる。それは数日前より、ここ第七プラントを中心に現れた包囲網《ほういもう》。それらを構成する黒点は、イージス戦車《ABT》を始め、戦略外骨格《JOINT》、自走対空砲《SPAAG》、航空ドローン輸送車輌《コクーン》に原子力野戦発電車輌《しゃりょう》となんでもござれなラインナップの自律兵器である。それら全て、テレサ社の部隊だった。

「情報統括《とうかつ》本部の計測だと小型の自爆ドローン《SUAV》も含《ふく》めたら六千から八千機だとさ」

秋人《あきと》が床《ゆか》に転がしてあった炭酸飲料の缶《かん》のプルタブを開けながら言うと、玲奈《れな》は「うへぇ」と心底うんざりした表情を浮《う》かべた。

「狙撃《そげき》部隊によるテレサ機の間引き作戦……これぞ焼け石に水ってやつじゃない？」

「玲奈《れな》も委員会で承認《しょうにん》した作戦じゃない。今更《いまさら》文句言わないで」

冷静な顔で言うフィリアに対して、玲奈《れな》はニヤリと笑う。

「もーそんな突《つ》っかかってこないでよフィリア。大大大好きなシーちゃんがお仕事中で構ってくれないからって機嫌《きげん》悪いのは分かるけどさー」

「な、ななな、なってないから！　って言うか何よ大大大好きって！」

白銀の少女はそれを鬱陶《うっとう》しそうに押しのけるが、その横顔はどことなく楽しそうにも見える。

秋人《あきと》も釣《つ》られて笑い、仰向《あおむ》けに寝転《ねころ》んだ。

すると、フィリアも何とはなしにその隣《となり》に横たわる。

秋人《あきと》が無言で彼女の顔を見ると、恥《は》ずかしいのか秋人《あきと》の頬《ほお》を手のひらでぐいっと押しのけて強制的に視線を逸《そ》らされた。かと思えば、すっと身を寄せてくるので気まぐれな猫《ねこ》のようだ。

肩《かた》と肩《かた》とが触《ふ》れ合《あ》い、互《たが》いの熱と鼓動《こどう》が伝わる。

それは幸せな時間だった。

楽しく、柔《やわ》らかく、温かい、そんな時間。

フィリアと殺し合うこともなく、ただ彼女が隣《となり》にいてくれる。

こそばゆさを感じながらも再び首を回すと、フィリアと視線がぶつかる。彼女もまた秋人《あきと》を見ていた。フィリアは顔を赤くしながらも、秋人《あきと》にだけ見える角度で柔《やわ》らかく微笑《ほほえ》んだ。

それを見て不意に思う。

ああ、ずっとこんな時間が続けばいいのに——

「——ずっと、こんな時間が続けばいいのにね」

玲奈《れな》の声が秋人《あきと》の思考に被《かぶ》さった。

見れば、膝《ひざ》を両手で抱《だ》いた玲奈《れな》が、遠い目をして青空を見上げていた。その横顔は嬉《うれ》しそうにも、寂《さび》しそうにも、悲しそうにも見えて、感情が上手《うま》く読めない。もしかしたらその全てが入り混じった表情かもしれない。

「……そうね。わたしも、そう思う」

すると隣《となり》でフィリアが呟《つぶや》いて、身体《からだ》を起こす。

「俺も同意」

秋人《あきと》も寝《ね》ころんだまま言った。

しかし、脳裏《のうり》をよぎる不安の影《かげ》がひとつ。

「――でも」

でも、このままで本当にいいのだろうか――と。

「そう。〝でも〟なんだよ」

玲奈《れな》もまた、同様に言葉を繋《つな》いだ。秋人《あきと》とフィリア、遼太郎《りょうたろう》、そして狙撃《そげき》体勢に入っていたシスティまでもが玲奈《れな》を振《ふ》り返《かえ》る。

玲奈《れな》はきゅっと自分の右手と左手の指を絡《から》ませて視線を落とした。

「……今はすごく楽しい。楽しいと言うか、生き生きできてる感じがする。青春できてる気がする。今まで敵だって言われて戦ってきたみんなとこうして肩《かた》を並べて話せるし、理由なく戦場に出る必要がなくなった。もちろん大変なことも沢山《たくさん》あるけど、それ以上に新しいことばかりで、新鮮《しんせん》で、すごく充実《じゅうじつ》してる」

その場の全員が縦に頷《うなず》く。だが、玲奈《れな》の表情は暗くなる。

「……でも、毎日が綱渡《つなわた》り。クローン体のこの身体《からだ》にはガタが来てるし、テレサにも追われてる。何とか毎日戦いながら生き残っている。――それにさ、私たちが夢見ていたキラキラ未来、そういうのって、全部嘘《うそ》だったわけじゃん。作り物だったわけじゃん。……私、最近わかんなくなっちゃって。私たちってさ、この先何を目標に生きていけばいいんだろう」

「――――」

秋人《あきと》は言葉を呑《の》んだ。

天真爛漫《てんしんらんまん》を体現したような少女――天代玲奈《あましろれな》。

誰《だれ》もが彼女の顔を見るだけで元気になるし、言葉を交《か》わせば笑顔《えがお》になる。その玲奈《れな》が、今はどこまでも暗く、小さく、不安に震《ふる》えていた。

――そう思ったらさ、色々と悩《なや》みも吹《ふ》っ切《き》れない？

いつか玲奈《れな》に言われた言葉。思い返して、今になって気が付く。あれは秋人《あきと》に向けていたと同時に、自分自身にも幾度《いくど》となく言ってきた言葉なのではないだろうか――

「目標もなにも、俺たちはここで死ぬか、捕《つか》まった後に殺されるかのどっちかだろーよ」

染《し》み出《だ》すように、遼太郎《りょうたろう》が言う。それに対して玲奈《れな》は小さく噛《か》みついた。

「……そんなの分かんないじゃん」

遼太郎《りょうたろう》は短く鼻を鳴らした。

「分かンなくねえよ。見ろよあの包囲網《ほういもう》。狙撃《そげき》で潰《つぶ》せるったって一日に破壊《はかい》できる台数はいったい何台だ？　せいぜい数十台が限界だ。だが、奴《やつ》らは壊《こわ》されたら基地から輸送すればいい。対して俺たちは物資を補充《ほじゅう》できたとはいえ、プラントにある資材が底をついたらそこでおしまいだ」

「で、でも」

「逃《に》げ場《ば》だってねえ。万が一にもあの包囲網《ほういもう》を抜《ぬ》けられたとするぜ？　それでも奴《やつ》らは絶対に俺たちを逃《に》がさない。どこまでも追いかけてくる」

遼太郎《りょうたろう》は頭上に向けて顎《あご》をしゃくった。玲奈《れな》は怪訝《けげん》な顔をしながらもそのすらりとした喉《のど》を晒《さら》す。釣《つ》られて秋人《あきと》とフィリアもまた空を見上げた。

手のひらでひさしを作って目を細める。そこには一面の青空が広がる。

極彩《ごくさい》の青一色がグラデーションを描《えが》く様は、まるでずぼらな神様が筆一本と顔料一つで芸術に挑《いど》んだ一枚絵のようだ。

その中に一点、絵具《えのぐ》の海に混じった一片《いっぺん》の金箔《きんぱく》のようにキラリと光る何かがあった。

それを見たフィリアが口の中で言葉を作る。

「あれは――テレサの監視《かんし》衛星？」

遼太郎《りょうたろう》が頷《うなず》いた。玲奈《れな》は絞《しぼ》り出《だ》すように言う。

「――結局、どこまで行っても私たちは逃《に》げきれないってわけ？　破損したアルカディアを直すために。それってさ、アルカディアがある限り終わりがないじゃん」

アルカディアがある限り――。

秋人《あきと》はフィリアとともに嶺京《れいきょう》のテレサビルに攻《せ》め込《こ》み、アルカディアの軍事転用実験を指揮していた神崎徹《かんざきとおる》に真正面から対峙《たいじ》した。そしてアルカディアの本体を両断し、破壊《はかい》した。それでテレサの思惑《おもわく》が全て水泡《すいほう》に帰したように思えたのだが――しかし、実際は違《ちが》った。

秋人《あきと》が止めたのは、あくまでアルカディアのシステムデータの転送。

嶺京《れいきょう》のサーバーは確かに破壊《はかい》したが、その九割以上のデータが別のテレサのデータセンターにコピーされてしまっていた。そしてテレサは今、秋人《あきと》ら実験に参加させた子供たちの記憶《きおく》データを使って、破損状態にあるアルカディアを復活させようと目論《もくろ》んでいるのである。だからこそ、玲奈《れな》の言う通り、テレサは秋人《あきと》たちを決して諦《あきら》めることはないし、どこまでも追いかけてくる。

アルカディアが、この世に存在する限り。

「……おーいテレサ。俺たちのこと、見えてるかー？」

秋人《あきと》は指でハンドガンの形を作り、人差し指を天頂に位置する監視《かんし》衛星に向けた。

「ここはひとつアルカディアなんてもんは諦《あきら》めて、俺たちに普通《ふつう》の人生ってやつを歩ませてくれ。あんたら大人は働きすぎなんだ。たまには二千四百人の身体《ガラ》くらい見逃《みのが》してくれてもいいじゃないか」

しかし、当然返ってくる声があるはずもなく、無機質な金属の煌《きら》めきが秋人《あきと》たちを静かに見下ろすのみ。

「そう言われると見逃《みのが》したくなくなるのが人間の心理なんじゃないの？」

フィリアのツッコミに秋人《あきと》は口を曲げて手を下ろした。

「せっかく人がカッコよくキメてんのに水を差すなよ」

「今のでカッコつけてるつもりだったの？」

「……最近なんかフィリアもシスティみたいになってきてないか？」

「どういう意味よそれ」

むっと眉《まゆ》を立てたフィリアが顔を寄せてくるので、秋人《あきと》は思わず後退《あとずさ》る。

すると、離《はな》れた場所からまた銃声《じゅうせい》とともに叫《さけ》び声《ごえ》が聞こえてきた。

「だーっ！　やっぱり全然演算能力が足りないんだけど！　フィリアどうしよう、この観測器《スポッター》、ぜんっぜん使い物にならない！　ぶっ壊《こわ》してもいい⁉」

フィリアが振《ふ》り返《かえ》って言う。

「ダメ、我慢《がまん》してシスティ。今は装備の一つ一つが貴重なんだから」

「あああああ〜〜ほんっとにどーしてくれるの、この行き場のない怒《いか》りの矛先《ほこさき》は⁉　中《あ》てようにも、このポンコツのせいで外れまくるからストレス解消するどころか溜《た》まる一方だし！」

うがー！　っと頭を掻《か》きむしるシスティに、遼太郎《りょうたろう》がぼそっと呟《つぶや》く。

「テメェのキレる沸点《ふってん》が低すぎる説に一票」

「あ？　今なんつった葉木《はぎ》遼太郎《りょうたろう》？」

瞼《まぶた》を一度下ろして、上げたその間。その一瞬《いっしゅん》でシスティは数メートル離《はな》れていたはずの遼《りょう》太郎《たろう》の顔を下から覗《のぞ》き込《こ》み、片目を大きく見開いてガンを付けていた。普通《ふつう》にホラーである。

そんなシスティに、遼太郎《りょうたろう》は負けじと彼女の額に頭突《ずつ》きしてオラついた。

「……っ、さっきからガーガーうるせぇンだよ。血圧高すぎるンじゃねえのか。テメェは狙撃手《スナイパー》だろ、もっと心臓抑《おさ》えるもンだろーが」

「こっちは針の穴にただ糸を通せばいいところ、注連縄《しめなわ》ねじ込むみたいな神業《かみわざ》やってのけてんの、分かる？　アンタの心臓、無音にしてやろうか」

「お？　テメェやンのかコラ」

「やんのかコラ、じゃねえわよ。ドタマぶち抜《ぬ》くよ？」

身体《からだ》を起こした秋人《あきと》とフィリアは同時に顔を手で覆《おお》って溜息《ためいき》をついた。

「やめろやめろ遼太郎《りょうたろう》。流《なが》れ弾《だま》で俺まで巻き添え食らう未来が見えるから」

「やめてシスティ。あなたの使う大口径弾《だいこうけいだん》だと整備班班長の心臓どころか全身が吹《ふ》き飛《と》ぶわ」

「二人とも心配するのそこ……？」

玲奈《れな》が冷静に困惑《こんわく》の声を上げる。

秋人《あきと》は頭をガシガシと掻《か》いてシスティに言った。

「そんなに狙撃《そげき》に演算能力が足りないって言うんなら、ここらプラント一帯の制御《せいぎょ》システムと嶺京兵《れいきょうへい》のローカルネットを接続して演算能力を借りるのはどうだ？」

「え？　そんなことできんの？」

遼太郎《りょうたろう》の襟《えり》を摑《つか》み、般若《はんにゃ》の相貌《そうぼう》でメンチを切っていたシスティが、一転してきゅるんと可愛《かわい》い純真無垢《むく》な表情で小顔を傾《かし》げる。

きっと、悪魔《あくま》とはこういう顔をしている奴《やつ》のことを言うのだ。

秋人《あきと》の言葉に、フィリアが横で手を口元に当てて考え込む。

「できないことはないわ。今、私たちが動かしている設備もプラント全体で見ればごく一部だし、兵站《へいたん》の補《ほ》充《じゅう》に支障は出ない。演算能力は特別高いわけではないけど、少なくともそこの観測器《スポッター》よりは百倍マシよ。狙《そ》撃《げき》部隊の命中率の底上げには確実になる。……ただ、やっぱりセキュリティの面で心配だわ」

フィリアの言葉に秋人《あきと》は言う。

「――ま、でも演算能力の不足は現実問題起こっている。取《と》り敢《あ》えず繋《つな》いでみてから考えればいいだろ。困ってるのもシスティだけじゃなくて狙《そ》撃《げき》部隊全体の問題なわけだし」

まずはやってみてから考える――。フィリアは石橋を叩《たた》きすぎて粉砕《ふんさい》するタイプのため、この調子だと決断には至らないと思っての言葉だった。

それを、フィリアはじとっとした目を向けてくる。

「……あなたって相変わらず安易と言うかツメが甘いと言うか」

「判断が素《す》早《ばや》く的確だと言ってくれ」

「後半はどうだか」

うちの恋人《こいびと》はしばしば手厳しい。

フィリアは腰《こし》に両手を当てると、盛大《せいだい》に溜息《ためいき》をついた。

「……しょうがないわね。分かったわ、プラントの制御《せいぎょ》システムの演算能力を持ってくるわ。接続自体は簡単にできるから今この場で切《き》り替《か》える」

「ほんと!?　やっぱりそれでこそ私のフィリアだよ!!」

フィリアが言うなり、システィは勢いよく抱《だ》き着《つ》く。フィリアは恥《は》ずかしそうにしながら、焦点《しょうてん》を虚空《こくう》に移して虹彩《こうさい》を小刻みに動かす。仮想の画面を見ながら工場一帯のネットワーク回線の接続の設定をしているのだろう。

秋人《あきと》は息を吐《は》いて立ち上がると、システィの狙撃《そげき》位置にあった観測器《スポッター》からコードを引っ張った。そして、屋上に備え付けられていた整備用のモジュールの扉《とびら》を開く。

「フィリア、どこに繋《つな》げばいい？」

「右下に赤い端子《たんし》があるからそこに繋《つな》いで。……でも、本当に接続して大丈夫《だいじょうぶ》かしら。一応、統括《とうかつ》本部の基幹ネットは隔離《かくり》してあるけど、それ以外のセキュリティレベルは全部同じなのよね」

「大丈夫大丈夫《だいじょうぶだいじょうぶ》。そう簡単にクラッキングなんてされないって」

秋人《あきと》は笑い、端子《たんし》にケーブルを挿《さ》し込《こ》んだ。

インジケーターの色が変わり、ネットワークの状態を映すウィンドウの中に、第七プラントのサーバーを示すアイコンが現れる。

「ほら、大丈夫《だいじょうぶ》だろ？」

秋人《あきと》はそう言ってフィリアを振《ふ》り返《かえ》り、

『情報統括《とうかつ》本部より各位に通達!! 不明なアドレスから補助回線経由で侵入《しんにゅう》されました!! 回線に接続している全員、今すぐ演算区画を切り分けてプロファイルを削除《さくじょ》してください!』

その場に居合わせた全員の脳内にオペレーターのキリの通信が響《ひび》いた。

「ははは、いやいやいや………え?」

まじ? 秋人《あきと》が振《ふ》り返《かえ》り、フィリアがジロリと秋人《あきと》を睨《にら》んだ──その時だった。

『現在、カテゴリー7でアンチプロトコルを実行中。でも侵入者《しんにゅうしゃ》のルート変更《へんこう》速度に全く対応できていません。部長、指示を──を──ぉ……、……っ』

キリの声が突如《とつじょ》としてひび割れたかのようにノイズ交じりになったのは。

「ンだこれ……!?」

遼太郎《りょうたろう》が顔をしかめる。

ザザザ、と耳障《みみざわ》りな音が入り、次の瞬間《しゅんかん》別の音が重なってきた。混じって、上書きされる。

それも、ただの音ではない。

『…………。……す、けて。……お、……ねがい……──────たすけて』

それは──声。

高い声音《こわね》だった。子供のものではない。歳《とし》はむしろ秋人《あきと》たちに近いように感じる。掠《かす》れているため分かりにくいが、恐《おそ》らくこれは──少女のもの。

秋人《あきと》もフィリアも玲奈《れな》もシスティも遼太郎《りょうたろう》も、全員が仮想ウィンドウ内で揺《ゆ》れる声の波形を呆然《ぼうぜん》と凝視《ぎょうし》していた。

「──……」

秋人《あきと》はその〝声〟を聞いて、無意識に身体《からだ》が震《ふる》えていることに気が付いた。

少女の声から滲《にじ》み出《で》る感情──それは恐怖《きょうふ》であり、不安であり、悲壮《ひそう》であり──微《かす》かな希望。

秋人《あきと》はそれをこの目で何度も見てきた。そして、何度も自身が体験してきた。

──少女はいま、死の淵《ふち》に落ちてきた蜘蛛《くも》の糸に手を伸《の》ばしているのか。

やがて声は遠のき、再び強いノイズが混じったかと思うと、クリアな音声に切《き》り替《か》わる。

すかさずフィリアがそこに声を乗せる。

「こちらフィリア・ロードレイン。キリ、状況《じょうきょう》を教えてッ」

『こちらキリです。委員会専用の回線でお繋《つな》ぎします。──部長、状況《じょうきょう》不明です！　……アドレスからの侵入《しんにゅう》の消失を確認《かくにん》。しかし、その侵入源《しんにゅうげん》も侵入《しんにゅう》に使用されたコードも全くの未知のもので……』

フィリアは殻《から》のように割れていたタクティカルスーツの上半身部分に腕《うで》を通し、装着する。ものの二秒で臨戦態勢に入ると、鎖骨《さこつ》の辺りからコードを伸《の》ばし、秋人《あきと》の目の前にある整備《せいび》盤《ばん》に迷いなく結線した。

「浮動《ふどう》アドレスよ。一定のアルゴリズムで接続ルートを変えている。リアルタイムでアドレスが変わるから、ただの逆探知だと追跡《ついせき》の途中《とちゅう》で変更前《へんこうまえ》のアドレスを摑《つか》んでしまって経路をロストするわ。でもそのアルゴリズムさえ解析《かいせき》してしまえば──」

同時、フィリアから隊員全員への共有ウィンドウにて、工場群の全域マップが映し出される。

そのうちの一点に真っ赤な光点が一つ輝《かがや》いた。

「──アドレスが浮動《ふどう》しても、侵入源《しんにゅうげん》をトレースできる」

キリが鋭《するど》く息を呑《の》む。

『侵入源《しんにゅうげん》は第十三プラント!? 近いです! ……っ、使用されていたコードの解析《かいせき》も完了《かんりょう》しました! アルカディア開発本部内のデータベースにヒットがあります!』

「アルカディア開発本部にヒット? テレサの社員ってこと?」

『──うそ……待ってください、このコードってまさか』

「キリ、侵入者《しんにゅうしゃ》は一体誰《だれ》なの!?」

フィリアが鋭《するど》い口調で問う。

そして、キリは硬《かた》い声音《こわね》で言った──

「報告! 第十三プラント内に二千四百一個目の生体反応を確認《かくにん》しました!! いずれの〝死を超越した子供たち《アクセプティ》〟とも反応パターンは一致《いっち》しません!」

無数のホロウィンドウが宙に浮《う》かぶ巨大《きょだい》なドーム状の空間。

そこはテレサ本社ビル内のコマンドルームだった。

ただでさえ慌《あわ》ただしく人と情報とが往来していたその場所が、響《ひび》いた今の報告に騒然《そうぜん》とする。

「二千四百一個目だって？」

「整備員の反応をキャッチしただけじゃない？」

「あの一帯の州は完全隔離《かくり》宣言下だ。州間防護壁《ステートボーダー》に近づいただけで射殺命令が出ている。ありえないよ」

「じゃあ、一体誰《だれ》が――」

その混乱の中、細身のダークスーツに銀フレームの眼鏡という組み合わせの男が立ち上がる。

立ち上がる時、右足を庇《かば》う動きを見せた。怪我《けが》をしているのだ。それは、一週間ほど前に上の立場の人間から発砲《はっぽう》を受け、得た傷だった。

その神経質そうな男は切れ長の目でコマンドルームを見渡《みわた》すと、細い喉《のど》で声を張った。

「誰《だれ》の反応パターンですか」

ざわつきが引いていき、オペレーターの一人が言う。

「解析中《かいせきちゅう》で結果はまだ分かりません。局長代理、指示を」

その男――リム・ディアスは腕《うで》を組み数刻の間考え込み、唸《うな》る。

「……そのまま待機。反応の正体が分からない以上、手は出せません」

さざ波が広がるように辺りがざわめいた。職員のうちの一人が立ち上がりリムに言い放つ。

「代理。ここは監視《かんし》用《よう》に偵察用《ていさつよう》の航空ドローン《UAV》数機程度は向かわせるべきでは……っ」

しかしリムは、ばんっとテーブルを叩《たた》き、

「待機だと言ったでしょう！　今は私がここの長なんだ！　黙《だま》って私の言うことを聞け！　ドローンを向かわせて、〝死を超越した子供たち《アクセプティ》〟を不用意に刺激《しげき》することは避《さ》けたい」

言った、その瞬間《しゅんかん》。

「――バカが。そこをどけ」

声が響《ひび》いた。それは子供の――少年の声。

その場にいる全員が声の元を探した。リムは苛立《いらだ》ち交じりに勢いよく振《ふ》り返《かえ》る。

「……誰《だれ》ですか、ここに子供なんか入れたのは。それに、口の利《き》き方《かた》を分かっていないバカな子供のようですね」

声の主の姿はすぐに見つかった。

コマンドルームの入口。その前に立つ、背の低い少年だった。

くすんだ金の短髪《たんぱつ》に、日に焼けた肌《はだ》。若いその顔はその歳《とし》ながらに整っているが、なぜか皺《しわ》のように無数の切り傷の痕《あと》が残っている。服装と言えば、短パンに大人用のパーカーをオーバーサイズに合わせた姿をしていた。ファッションのひとつというわけでもなく、間に合わせで着られる服に取《と》り敢《あ》えず袖《そで》を通したかのような印象を受ける。

それだけ見れば、ただの場違《ばちが》いな少年。テレサ本社内の一般《いっぱん》フロアに設けられている社内見学コースから何かの手違《てちが》いで迷《まよ》い込《こ》んでしまったかとも考えられる。

しかし、そう自分を納得《なっとく》させるには、少年の眼光はあまりにも鋭《するど》すぎた。

そう。まるで、戦場で幾度《いくど》も死を直視してきたかのような、そんな瞳《ひとみ》——

「バカは貴様だ、リム」

そう言って少年は、おもむろにリムの右の太腿《ふともも》を蹴《け》った。

「ぐっぅ——ッ！」

激痛に視界が白く飛び、思わずその場にしゃがみ込む。それを見て少年はせせら笑った。

「なんだ、まだ治っていなかったのか。戦場を大して知らないインテリ様は、生への執着《しゅうちゃく》がそれほど強くないらしい。メディカルナノはやる気のない奴《やつ》のためには仕事をしないんだよ」

その喋《しゃべ》り方《かた》。その横暴さ。そして死を見続けたその瞳《ひとみ》。

声も姿も違《ちが》うが、リムはそこで少年の正体を確信した。顔を跳《は》ね上《あ》げ睨《にら》む。

「まさかあなた——ランド局長ですか？」

「相変わらず察しの悪い男だな、リム。——まあ、この姿を見たら無理もないか」

その予測していた答えに、しかしリムは、理解はできても納得《なっとく》はできなかった。

「嘘《うそ》だ、あなたは第七プラントで二十メートル級《ギリング》の戦略外骨格《JOINT》もろとも戦死《KIA》したはずじゃ」

「らしいな」

「らしいって――」

「俺にその記憶はないからな」

そこで、リムは一つの可能性に行き当たる。

しかし、それは禁忌《きんき》の手法。まだ不完全で、不安定で、使えるはずのない方法。

「――あなた、まさかアルカディアを使ったのですかッ!!」

「ほう、今度は察しがいい」

「変数体同期装置《MSシンカー》はテレサ本社にはなかったはず。――さては出撃前《しゅつげきまえ》に記憶変素体《マインドステート》を保存して、それを元に複体再生《リスポーン》したのか――」

「おかげで死んだときの記《き》憶《おく》はないから何が起きたのかは記録頼《だよ》りになっているがな。ガキの身体《からだ》になる上、この身体《からだ》もしばらくすると〈エラー517〉とやらで思うように動かなくなるらしい。――だが、便利なものだな。死んでも生き返るシステムというものは」

くすんだ金色の短髪《たんぱつ》の少年――もとい、ランド・ローガン安全保障局局長はそう言って口端《くちは》を持ち上げた。

その場に居合わせた職員はわけが分からず、シンと静まり返っている。当然だ。アルカディアの名はテレサ社の要職に就《つ》いている者でもごく僅《わず》かな人間しか知らない極秘事項《ごくひじこう》だ。しかし、今目の前で起こっていることが、何かしらの異常事態であることは空気から察しているらしく、誰《だれ》も口を開かない。

「もう一度言う。そこをどけリム。ここは俺の城だ。貴様に任せていたら、ひと月と保《も》たずにこのテレサの安全保障は灰燼《かいじん》に帰すだろう」

「し、しかし――」

「くどい。邪魔《じゃま》だ」

ランドはうずくまるリムを押しのけると、局長席の椅子《いす》にどかりと座り、両足を机に上げて組む。それからポカンとしたまま立《た》ち尽《つ》くしている職員たちを睥睨《へいげい》した。

「オイ、包囲に使っている自律兵器の三割を今現れた生体反応に向かわせろ。今すぐにだ」

少年の声だけが広い空間に響《ひび》き渡《わた》る。

ランドは舌打ちをして、机の上にある機材の一つを蹴《け》り飛《と》ばした。

「聞こえなかったのか馬鹿野郎《やろう》!!　ドローンを向かわせるんだよ！」

その一言で、ワッとコマンドルーム中の人間が動き出した。慌《あわ》ただしく情報のやり取りが始まり、宙に浮《う》かぶホロウィンドウの中のデータが次々に更新《こうしん》されていく。

皆《みな》、悟《さと》ったのだ。事情がどうであれ――あの少年こそがランド局長なのであると。

ランドは卓上の木箱から葉巻を一本取り出すと、先端《せんたん》を切り落として火をつける。

葉巻の先端《せんたん》が赤く燻《くすぶ》り、ジワリと灰に変わった。

「ふ……――。厭《いや》な予感がする。こういう時の勘《かん》ってやつは憎《にく》いほどよく当たるんだ。オイお前、誰《だれ》よりも先に反応源を確保しろ」

「りょ、了解《りょうかい》！」

「このタイミングで現れた不確定要素はあまりにもくさすぎる」

独り言のようにランドは呟《つぶや》いた。

すると、オペレーターの一人が声を張り上げる。

「生体反応の分析《ぶんせき》結果、出ました!!　対象はアルカディア開発本部の元職員のようです!!」

「なんだと……ッ!?」

ランドは葉巻を取り落として、立ち上がった。

「あの場に出現したのは誰《だれ》だ!?」

そして、オペレーターは言った――


『――アルカディア開発局・主任研究員、コードネーム《ＪＵＮＯ》です!!』

キリの言葉に、秋人《あきと》とフィリアは目を丸くする。

「《ＪＵＮＯ》だって!?」

秋人《あきと》は歯《は》嚙《が》みする。

《ＪＵＮＯ》――その正体は、秋人《あきと》たちにとって謎《なぞ》の多い存在だ。

最初にその名を目にしたのは、西牙《さいが》研究所で手に入れたデータドライブの中。彼女はそこに嶺京《れいきょう》一帯で繰《く》り広《ひろ》げられる戦争の真実を残し、秋人《あきと》ら〝死を超越した子供たち《アクセプティ》〟に伝えた。

二度目は、秋人《あきと》たちが〈エラー517〉に苦しんでいた時。〈エラー517〉の治療《ちりょう》のため第七プラントへの道を示してくれた。

そして三度目となる今回。これまで記録された電子情報でしかなかったその存在が、秋人《あきと》のすぐ近くでその鼓動《こどう》を鳴らしている。

——厭《いや》な予感がした。

まるで、選択《せんたく》を誤ると、この先の一生の在り方が変わってしまうような、そんな予感。

きっとこの反応の出現は、ただの偶然《ぐうぜん》なんかではないのだと直感が囁《ささや》いている。

秋人《あきと》は浅く息を吐《は》くと、ハンドガンのスライドを引きながらキリに訊《たず》ねた。

「こちら一之瀬《いちのせ》。キリ、《JUNO》の位置、分かるか？」

『第十三プラント地下三階——医療用《いりょうよう》クローン体保管区画内《ラッジ》です！』

「了解」

秋人《あきと》はタクティカルスーツに腕《うで》を通しフィリアと同様に装着すると、立《た》て掛《か》けておいたアサルトライフル〈MAR－16〉を拾い上げる。

玲奈《れな》が慌《あわ》てて振《ふ》り返《かえ》った。

「ちょっとアキ、どこ行くの⁉」

弾倉《マガジン》を抜《ぬ》き、弾種《だんしゅ》を確認《かくにん》する。中身は先端《チップ》が青と黒にカラーリングされている弾薬《だんやく》——今ある六・八ミリ弾《だん》の中で最高貫通力《かんつうりょく》を誇《ほこ》る特殊徹甲弾《SAPだん》だ。乗り込むには申し分ない。

玲奈《れな》を振《ふ》り返《かえ》って、言う。

「——決まってるだろ。助けに行くんだよ」

すると、玲奈《れな》が真剣《しんけん》な表情で詰《つ》め寄《よ》ってきた。

「アキ、絶対にダメ。なんでこの膠着《こうちゃく》状態になっているかも分かってるでしょ？　アレをどうにか突破《とっぱ》するために出した苦肉の策が狙撃《そげき》部隊の編制だったでしょ？　なのに、それなのに急に変なこと言い出さないでよ！」

「変なことじゃない。《JUNO》は俺たちにとって重要な情報源だ。確保することで得られるメリットは計り知れない。——俺たちは、あまりにもこの世界に疎《うと》すぎる」

「罠《わな》かもしれないじゃん！　また仕組まれた何かかもしれないじゃん！　もうこの前みたいに無茶するのはやめてよ……っ！」

秋人《あきと》は奥歯《おくば》を強く、強く噛《か》んだ。

頭では理解している。玲奈《れな》の言っていることが正しいことを。

しかし——

「少なくとも俺たちは《JUNO》に二度命を救われた。嶺京《れいきょう》でアルカディアを破壊《はかい》した時と、〈エラー517〉の二度。恩に報《むく》いるなら、今がその時だと思う」

「そうだけど、そうだけどさ……っ！」

──しかし、きっと、恐《おそ》らく、一之瀬《いちのせ》秋人《あきと》という人間は、そこまで器用に損得勘定《かんじょう》ができないのだ。目の前に消えそうな命の灯《ひ》があれば、手のひらで包み込んで、再び赤々と燃《も》え盛《さか》るまで傍《そば》にいてやりたいと思ってしまう。だからこそ、そうした選択《せんたく》を取ってきたからこそ、このフィリアという少女とともに立っている今がある。みんなが肩《かた》を並べて笑える今がある。

「ちょっとフィリア、あれを見て……っ‼」

俯《うつぶ》せに狙《そ》撃銃《げきじゅう》を覗《のぞ》き込《こ》むシスティが声を上げた。

「どうしたのシスティ⁉」

「テレサの自律兵器がごっそり移動してる！　多分、あいつらも目指しているのは第十三プラントだよこれ‼」

「────っ」

その場の面々の表情が強張《こわば》る。

再び工場地帯の外周に目を向けた。確かに遠くで砂煙《すなけむり》が立ち込め、豆のように小さな粒《つぶ》が第十三プラントの方へと向かっているのが見える。

玲奈《れな》は口元に手を当てた。

「……まさか、あいつらも《ＪＵＮＯ》の反応をキャッチした、とか……？」

「可能性はクソほどに高けぇよな。俺たちの使ってる機材は全部テレサ社製。こっちが捕捉《ほそく》できて、奴《やつ》らに捉《とら》えられない道理はねえ。──だが、テレサにとってもこの包囲網《ほういもう》を崩《くず》してまで追う価値のある対象か？」

「そうじゃなきゃ追わないじゃん、馬鹿じゃないの？」

遼太郎《りょうたろう》とシスティが摑《つか》み合《あ》っていがみ合い始める。

そんな二人を横目にフィリアは自分の得物であるライトマシンガンを拾い、コッキングレバーを勢いよく引いた。そして彼女の隣《となり》で待機していた〈イヴ〉が駆動音《くどうおん》を鳴らして浮遊《ふゆう》する。

そしてフィリアが秋人《あきと》の隣《となり》に並ぶ。

「わたしも行く」

「いいのかフィリア？」

「何もよくないわよ。毎回不安になるわたしの気持ちもたまには考えて欲しいわ」

玲奈《れな》に向けていたものよりも更《さら》に二百度ほどマイナスした絶対零度《れいど》の視線が突《つ》き刺《さ》さる。

フィリアは鼻を鳴らして前に出た。

「――でも、誰《だれ》かを助けるあなたの姿は、嫌《きら》いじゃないから」

「――――」

秋人《あきと》はしばし目を見開いたまま立《た》ち尽《つ》くした。それから頰《ほお》を搔《か》きながら「ありがとう」と呟《つぶや》く。フィリアは笑《え》みだけで応えた。

そしてフィリアは白銀の長髪《ちょうはつ》で弧《こ》を描《えが》くと、玲奈《れな》を見た。

「玲奈《れな》。あなたはどうするの？」

言われた玲奈《れな》はぎゅっと目を瞑《つぶ》り、空を仰《あお》ぐ。

「ムカつく、イラつく、腹が立つ。——でも」

そしてかっと瞼《まぶた》を持ち上げると、決意を固めた表情でフィリアと秋人《あきと》に言った。

「私も、アキのそういうところ、好きだから。——往くよ、私も一緒《いっしょ》に」

「決まりね」

フィリアが口端《くちは》を持ち上げ、玲奈《れな》は不敵な笑《え》みを浮《う》かべた。

秋人《あきと》は照れればいいのか謝ればいいのか分からずにいると、遼太郎《りょうたろう》が立ち上がり言う。

「おっし、ンじゃま、いつもの面子《メンツ》で突《つ》っ込《こ》むか」

そう言ってショットガンを手に秋人《あきと》たちの方へと歩き出し、

「待ちな、頭髪《とうはつ》キャンプファイヤー野郎《やろう》」

システィに足を引っかけられ、盛大《せいだい》に転んだ。それも、顔面から。

「痛ッツッてぇな、何すンだ‼」

鼻柱を赤くした遼太郎《りょうたろう》は立ち上がるなりシスティに飛《と》び掛《か》かろうとするが、当の本人はいたって真面目な表情でスコープの先を睨《にら》みつけている。

「葉木《はぎ》遼太郎《りょうたろう》、アンタは私のサポートしな」

「はぁ？　ンだそれ」

「腐《くさ》ってもアンタも二千四百人のうちの戦績トップ勢でしょ。エースが四人も抜《ぬ》けたこの場所を私一人で押さえらんないから。それくらい分かれ」

「ぐ……っ」

喉《のど》の奥で声だか呼気だか分からない変な音を出した遼太郎《りょうたろう》は、珍《めずら》しく助けを求めるような目で秋人《あきと》を見てきた。しかし、秋人《あきと》はどうにも今のシスティを止める気は起きなかった。むしろ、彼女の味方をしてやりたくなる。玲奈《れな》もフィリアも同じ考えなのか、どこかニヤニヤしながらふりふりと手を振《ふ》っていた。

遼太郎《りょうたろう》には申し訳ないが、ここは残ってもらおう。

秋人《あきと》はしゅたっと手を立てて背を向けた。

「――ま、そういうことみたいだから、ここは任せた遼太郎《りょうたろう》」

「ちょっ、オイ、テメェ秋人《あきと》！　何がそういうことなンだよ意味分かンねえぞ‼」

何が何だか本当に分からずに咆《ほ》える遼太郎《りょうたろう》に、その横で不自然なほど無口なシスティの組み合わせを見て、秋人《あきと》とフィリアと玲奈《れな》はもう一度笑ってその場を後にした。

2

第十三プラント地下三階に辿《たど》り着《つ》いた秋人《あきと》たちを出迎《でむか》えたのは、夥《おびただ》しい量の自律兵器だった。

『情報統括《とうかつ》本部よりライガー1《ワン》。その先、敵テレサ兵器群の反応多数！』

「見えてる、よ！」

銃口《じゅうこう》を向ける先にあるのは一本道の白亜《はくあ》の廊下《ろうか》。

その廊下《ろうか》の最奥《さいおう》に、一枚の大扉《おおとびら》が見えた。

いや——より正確に言うのであれば、壁《かべ》に収まっているべき大扉《おおとびら》が、廊下《ろうか》の反対側にひしゃげた状態で打ち捨てられているのが見える。〈ニューラルゲート〉の支援《しえん》システムが大扉《おおとびら》の輪郭《りんかく》をハイライトすると、そのすぐ横に〝医《い》療《りょう》用《よう》クローン体保管区画内〟の文字を合成表示した。

そこが目的地——《JUNO》の生体反応の発信源である。

その保管区画に、今この瞬間《しゅんかん》にも次々に多種多様なドローンが侵入《しんにゅう》していく。見れば、一般的《いっぱんてき》な四足歩行型の陸戦ドローンの他に、二足歩行型の機体もあった。

秋人《あきと》はホロサイトの赤の照星を敵機体に重ねた。

輪郭《りんかく》はヒトのそれ。しかし、身体《からだ》を構成するそれらは有機化合物ではなく、鋼鉄の肉体。

頭部はなく、胴体《どうたい》と一体化したシルエットは、戦略外骨格《JOINT》にも似ている。

閉所戦闘用《せんとうよう》にテレサが保有する二足歩行型陸戦ドローン——《リッター》である。

二足歩行型は小回りが利《き》く上、人間の兵士のノウハウを学習している分、四足歩行型より閉所での対人戦闘《せんとう》に長《た》けていて非常に厄介《やっかい》な相手だ。

《リッター》の赤黒いセンサーが瞬《また》き、その鋼鉄の両腕《りょううで》に収まるブルパップ式のアサルトライフルで秋人《あきと》らを射撃《しゃげき》する。対して秋人《あきと》は膝立《ひざだ》ちになり斉射《せいしゃ》し、その肩越《かたご》しに玲奈《れな》が弾丸《だんがん》をばら撒《ま》いた。

正確に敵のサプライユニットを次々に撃《う》ち抜《ぬ》きながら玲奈《れな》が報告の声を上げる。

「こちらライガー3《スリー》、目標地点を確認《かくにん》したよ！　現在、敵《リッター》三十四機と交戦中。でも数が多すぎて突破《とっぱ》には時間が――」

すると、二人を追《お》い越《こ》す影《かげ》があった。

「わたしが切《き》り拓《ひら》くわ」

フィリアは駆《か》けながらトリガーを引《ひ》き絞《しぼ》る。同時、放たれた全ての七・六二ミリ弾《だん》がまるで空を駆《か》る誘導《ゆうどう》ミサイルのように軌道《きどう》を変えて別々の敵機体へと吸い込まれていった。

ものの数秒で、敵影《てきえい》の大半が巨大《きょだい》な風穴を残して崩《くず》れ落《お》ちる。

秋人《あきと》と玲奈《れな》はその馬鹿げたフィリアの同時処理能力に呆《あき》れながらも、残りの機体を撃破《げきは》した。

秋人《あきと》はフィリアと並走《へいそう》しながら言う。

「相変わらずの突破力《とっぱりょく》、恐《おそ》れ入《い》る」

「適材適所というやつよ。わたしは秋人《あきと》みたいな瞬間火力《しゅんかんかりょく》も、玲奈《れな》みたいな高精度射撃《しゃげき》もできないけど、こういう数だけ多い敵の処理は得意だから」

「瞬間火力《しゅんかんかりょく》も高精度射撃《しゃげき》もなんだかんだできるクセによく言うよ！」

玲奈《れな》が笑いながら憎《にく》まれ口《ぐち》を叩《たた》いて、釣《つ》られて秋人《あきと》とフィリアも笑う。

本当に、こうして三人が肩《かた》を並べて戦うのが不思議な感じだ。それなのになぜか、ずいぶん前からずっと一緒《いっしょ》に戦っているような気さえしてくるのだから面白《おもしろ》い。

そうこうしていると、医療用《いりょうよう》クローン体保管区画内の入口はすぐ目の前まで迫《せま》っていた。

「こちらライガー1《ワン》。これより突入《とつにゅう》する！」

『気を付けてください、内部にも反応多数です！』

秋人《あきと》はジェットキットを起動。

内部のクリアリングを放棄《ほうき》する代わりに、敵の捕《ほ》捉網《そくもう》を潜《くぐ》り抜《ぬ》ける速度を選んだ。

フィリアと玲奈《れな》が続いてジェットキットを起動する音が聞こえる。

「行くぞ！」

二人が頷《うなず》くのと同時、秋人《あきと》は弾《はじ》かれたように加速した。

景色が間延びする。体感時間が引き延ばされ、全ての感覚が鋭敏化《えいびんか》する。

内部に踏《ふ》み込《こ》む。

そして、その絶景に息を呑《の》んだ。

機械仕掛《じか》けの鍾乳洞《しょうにゅうどう》。あるいは、可視化された電子情報の海底世界。

否、それは既存《きそん》のどの景色を用いて形容しようとも言い表せない光景だった。

あるのはただただ広大な空間。

小さな街がまるまる一つ入る規模だ。ジオシティ・イオタと比べれば二回りも三回りも小さい。しかし、あの現実離《げんじつばな》れした大深度地下都市を知っているからこそ、逆にこの巨大《きよだい》な空間が地下空間として脳が認知《にんち》できる分、圧倒《あつとう》される。

宙に、足元に、頭上に——あらゆる場所に立体的に走査する六角形のパネルは、壁《かべ》であり床《ゆか》であり天井《てんじよう》だった。それらの材質は不確かで金属のようにもガラスのようにも、あるいは強化プラスチックのようにも見える。

薄暗《うすぐら》いようでいて、その実空間の輪郭《りんかく》ははっきりと見て取れた。

理由は、六角形のパネルのところどころから飛び出している人間の身長ほどある筒状《つつじよう》のナニカが光を放っていたからだった。パネルの反射率が高いせいか、まるで鏡の世界に迷《まよ》い込《こ》んだかのような錯覚《さつかく》を得る。

上下左右から筒状《つつじよう》のナニカが飛び出している様相が、最初に鍾乳洞《しようにゆうどう》であると脳が誤認《ごにん》した理由だろう。まるで幾何学《きかがく》の森だ。筒状《つつじよう》のソレが縦にも横にも表出しているせいで、これだけ広大な空間であるにも関わらず、立体迷路《めいろ》のように入り組んでいる。

「なにここ!?　めっちゃ気味悪いんだけど!?」

玲奈《れな》が喉《のど》を露《あらわ》にしながら叫《さけ》ぶ。

その横で、フィリアは走りながら通り過ぎていく筒状《つつじよう》のソレを入念に見ていた。

「……これ、全部中に何かが入ってるわ！　もしかしてこれって——」

大半が半透明《はんとうめい》な筒《つつ》の中身に人型の影《かげ》が映っているのに気が付いていた秋人《あきと》は短く頷《うなず》く。

「医療用《いりょうよう》クローン体――ってやつだろうな！　外《こっち》の世界ではアルカディアはまだ実用化されていないだろうから、脳そのものをこいつらに乗《の》せ換《か》えるのか、はたまた解体《バラ》して移植するのか」

筒状《つつじょう》のナニカ――それらは全て、クローン体を管理するための保管ポッドだったのだ。

秋人《あきと》の言葉に、フィリアと玲奈《れな》は同時に息を詰めた。

「……このクローン体の中にも、脳ってあると思う？」

玲奈《れな》が囁《ささや》くように言う。彼女が意図したことはすぐに分かった。ここにいるクローン体に意志はあるのか、ということだろう。しかし、秋人《あきと》は残念ながらその答えを持ち合わせていない。

「さあな……。複体再生《リスポーン》っていうやり方は、この景色をクリーンに見せかけたようなものなのかもな」

言いながら、秋人《あきと》は視界に表示されるターゲットアローを追って頭上を仰ぐ。目標は、秋人《あきと》たちの直上にあるようだった。

ジェットキットを一際《ひときわ》強く吹《ふ》かして飛び上がる。フィリアと玲奈《れな》もすぐに続いた。

三人は中空に群生する保管ポッドや六角形のパネルを足場にして蹴《け》りながら一気に上昇《じょうしょう》する。

六角形のパネルの壁《かべ》を蹴《け》り、ジグザクに蹴《け》り上《あ》げる動きは、嶺京《れいきょう》で超《ちょう》高層ビル群の戦場で培《つちか》った必須《ひっす》スキルだ。

目標との距離《きょり》、残り三十メートル。

見ると、今まさに四機の二足歩行型自律兵器《リッター》がアサルトライフルのストックで保管ポッドを砕《くだ》こうと、両腕《りょううで》を高く振《ふ》り上《あ》げているところだった。

「――――ッ」

空中で、トリガーを一度だけ引いた。

ボルトが後退。横回転した空薬莢《からやっきょう》が宙を舞《ま》う。

続けてフィリアと玲奈《れな》が一発ずつ、群がっていた他の《リッター》に発砲《はっぽう》。正確に頭部一体型の胴体を撃《う》ち抜《ぬ》き、破壊《はかい》する。

計三体の機械の身体《からだ》が被弾《ひだん》の衝撃《しょうげき》で弾《はじ》かれ、六角形のパネルの細長い足場から落ちた。

そして、秋人《あきと》は着地した。

しかし、まだ一機の《リッター》が残っている。

その《リッター》はその胸部に収まるチップで一対三は圧倒的《あっとうてき》不利であると判断したのか、脇目《わきめ》も振《ふ》らずにアサルトライフルのストック部分をクローン体保管ポッドに叩《たた》きつけた。

「あ――っ！」

玲奈《れな》が声を上げ、フィリアが息を呑《の》む。

「こ、の……ッ！」

《リッター》の二《に》の腕《うで》が保管ポッドに突《つ》き刺《さ》さる。ガラス片《へん》が散り、中に満たされていた半透《はんとう》明《めい》の液体が溢《あふ》れ出《だ》す。

そして引き抜いた《リッター》の手には、真っ白な人間の首が握《にぎ》られていた。

細い、細い、少女の首。

一糸まとわぬ少女の体躯《たいく》が引きずり出される。朝露《あさつゆ》に濡《ぬ》れたようなすらりとしたその身は、しかし《リッター》によって、その頭部にライフルの銃口《じゅうこう》が向けられる。

《リッター》の赤黒いセンサーが怪《あや》しく瞬《またた》いた気がした。

近づいたら殺す――言葉はなくとも、その意図がハッキリと伝わってくる。

「は――」

秋人《あきと》は思わず笑ってしまった。

レベルの低い兵士の動きを学習してしまったのか、あるいはどこか遠隔《えんかく》からインテリなオペレーターがこの《リッター》を操作しているのか知らないが――その判断は下の下もいいところ。端《はな》から《ＪＵＮＯ》を処分する目的ならわざわざ保管ポッドを割ったりしない。最初に銃弾《じゅうだん》を撃《う》ち込《こ》むだろう。その一連の流れを秋人《あきと》らに見せているというのに、銃口《じゅうこう》を目標に突《つ》き付けたままなど、得物を持っていないのと同義。

「下手打ったな、お前」

足場の六角パネルに降り立つ。少女の身体《からだ》を人質《ひとじち》にとる《リッター》との距離《きょり》は実に三メートル。つまり、至近距離《きょり》。既《すで》に秋人《あきと》の間合いだ。

秋人《あきと》の殺意を理解して、《リッター》は慌《あわ》ててライフルの銃口《じゅうこう》を秋人《あきと》に向けようとしてくる。

しかし、全ては遅《おそ》い。その一瞬《いっしゅん》で秋人《あきと》は《リッター》の眼前まで距離《きょり》を詰《つ》め、ライフルを握《にぎ》ったその腕《うで》を両手で取った。

取って、捻《ひね》る。捩《ね》じる。捩《ね》じって、切る。

スーツの出力に任せて、ライフルを握《にぎ》った腕《うで》ごと引き千切った。ワイヤーが、シリンダーが、ベアリングが覗《のぞ》き、転がり、破片《はへん》が散るが、そんなものには目もくれない。

秋人《あきと》は《リッター》の身体《からだ》を押し出し、少女の肩《かた》を抱《だ》いて引き寄せる。

そして、《リッター》の腹部を思い切り蹴《け》とばした。

両者の距離《きょり》が広がる。

その瞬間《しゅんかん》、秋人《あきと》の背後でフィリアと玲奈《れな》の得物の銃声《じゅうせい》が続いた。

フィリアのライトマシンガンがベルトで繋《つな》がれた弾薬《だんやく》を呑《の》み込《こ》み、玲奈《れな》のサブマシンガンが高速でポリマー製の空薬莢《からやっきょう》を弾《はじ》き飛《と》ばす。

瞬《まばた》き一つで二足歩行式の自律兵器は胸部を蜂《はち》の巣《す》にされた。

オイルを撒《ま》き散《ち》らしながらたたらを踏《ふ》んだ《リッター》は、しかしあと一歩で足場の六角パネルから滑《すべ》り落《お》ちるというところで踏《ふ》みとどまる。そこでフィリアも玲奈《れな》も弾薬《だんやく》を撃《う》ち尽《つ》くし、リロードに入る。

秋人《あきと》は少女の肩《かた》を抱《だ》いたまま、執念深《しゅうねんぶか》いその機械に止めとばかりに片手でアサルトライフルの銃口《じゅうこう》を向けた。

「GG《おつかれさん》」

マズルフラッシュが瞬《また》き、六・八ミリ弾《だん》の重い銃声《じゅうせい》が響《ひび》く。

その閃光《せんこう》が消えた頃《ころ》には、《リッター》の身体《からだ》は二百メートル下を目指して自由落下を始めていた。遅《おく》れて眼下にオレンジの光が瞬《また》き、鈍《にぶ》い爆発音《ばくはつおん》が広大な空間に響《ひび》き渡《わた》った。

「ふー……」

秋人《あきと》はライフルを背中のマウントに固定し息をつく。

それから通信のチャンネルをオープンにする。

「……こちらライガー1《ワン》。目標を確保した」

『本部了解《りょうかい》。回収部隊を向かわせます。一分でその場から退避《たいひ》してください』

すると、少女の身体《からだ》が僅《わず》かに動いた気がした。

「ん、んん……」

全体重を秋人《あきと》に預けていた少女の身体《からだ》がほんの少しだけ軽くなる。意識が戻《もど》り始《はじ》めたからか、両足に力が入ったのだろう。しかし、覚醒《かくせい》直後で運動周りの神経活動が不完全だからか、あるいは長期間の保存で筋肉が減少しているからか上手《うま》く力が入らないようだ。

「おいあんた、大丈夫《だいじょうぶ》か?」

脇《わき》に手を回し、身体《からだ》を支え直す。

すると、指先に今生《こんじょう》ならぬ柔和《にゅうわ》な感触《かんしょく》を得た。

「――――」

秋人《あきと》の全身が硬直《こうちょく》する。知っていた。その感触《かんしょく》の正体を秋人《あきと》は知っていた。丁度、今、秋人《あきと》の背後にいるとある白銀の君のものに大半が事故か相手方の故意による行為《こうい》で知っていた。

しかも、この少女のものはフィリアのものよりも更《さら》に重厚《じゅうこう》で大質量な感触《かんしょく》で――

「……あー、くん？」

澄《す》んだ秋空が似合うような――あるいは、橙色《だいだいいろ》の薔薇《ばら》が似合うような大人びた声が耳朶《じだ》を潤《うるお》す。秋人《あきと》はその時初めて、少女をただの確保対象ではなく一人の女の子として認識《にんしき》した。

秋人《あきと》と同じくらいの身長。亜麻色《あまいろ》に蒼《あお》の色が混じった不思議な色合いのショートボブの髪《かみ》。瞳《ひとみ》は赤みがかったルビーカラーで、角度によっては灰色が強くなる。どこか達観したような空気を感じさせるのは、恐《おそ》らくその独特な虹彩《こうさい》の色合い故《ゆえ》だろう。

小顔に垂れた目尻《めじり》はおっとりとした雰囲気《ふんいき》を見せるが、左目の泣きぼくろが妖艶《ようえん》さを醸《かも》し出《だ》している。可愛《かわい》いという形容ではなく、綺麗《きれい》、美人、と表現するのが最適と思われるようなそんな女性。

等身大に接してきたこれまで出会ってきた女性陣《じん》の誰《だれ》とも似つかないタイプの少女だった。

そんなふうに秋人《あきと》がぼうっとしていると、その少女は秋人《あきと》に力ないまま抱《だ》き着いてきた。

「……やっぱりそうだ。この匂《にお》い、あーくんだ。……きて、くれた。きてくれたんだ。……ほんとうに君は、優《やさ》しい子だね。……おねーちゃん、想定外だよ」

耳元で囁《ささや》かれる言葉に、ぞくりと背筋が震《ふる》えた。

囁《ささや》かれたこと自体に震《ふる》えたのではない。

その声に震《ふる》えたのだ。

知っている。——そう、秋人《あきと》は、彼女の声を知っていた。

擦《す》り切《き》れた記憶《おく》のフィルムが脳裏《のうり》を高速で通り過ぎていく。

ついさっきの外部から侵入《しんにゅう》してきたときに聞いた声。

嶺京《れいきょう》から脱出《だっしゅつ》する際に〈エラー517〉の正体と第七プラントへの道を示してくれた時の声。

フィリアとともにデータドライブを巡《めぐ》って戦った西牙《さいが》研究所のサーバールームで聞いた声。

確信する。

「——《JUNO》。君がそうなのか」

もっと年上かと思った。二十代、三十代くらいの年齢《ねんれい》の女性であると。アルカディアを作ったということは、そのくらいの大人だと思ったのだ。

しかし、秋人《あきと》は依然《いぜん》として戸惑《とまど》っていた。

この背筋の震《ふる》えや心臓の動悸《どうき》の原因は、彼女が《JUNO》であるという確信ゆえではない。

もっと、もっと前。

遥《はる》か昔に感じるその時代に、秋人《あきと》はこの少女の声を知っている——

「……ちがう、でしょ、あーくん。呼び方、ちがう」

すると、少女は秋人《あきと》の腕《うで》の中で力なく首を横に振《ふ》った。

秋人《あきと》の戸惑《とまど》いを的確に言い当てられたかのような感覚。

「違《ちが》うって、一体何が――」

それから《JUNO》は顔を上げ、少しだけ低い位置から秋人《あきと》の瞳《ひとみ》を真っすぐに見る。

その万華鏡《まんげきょう》のように色合いが赤と灰に変わる不思議な両の目に、大粒《おおつぶ》の涙《なみだ》を携《たずさ》えて。

「――ユノ。わたしの名前は由乃《ゆの》だよ」

その音を聞いた時、秋人《あきと》は全身に電撃《でんげき》が走ったかのような錯覚《さっかく》を得た。

同時、背後でフィリアと玲奈《れな》が息を呑《の》む音が聞こえる。

「う、そ……。まって、アキ。私、知ってる。その人、知ってる――」

「どういう、こと……。ああ、……穴だらけだけど、覚えてる――いえ、思い出した。思い出したわ、小さい頃《ころ》の記憶《きおく》。でもどうして、私もその人を知っているの……？」

フィリアと玲奈《れな》が同じように動揺《どうよう》している。しかし、その反応を視界に収める余裕《よゆう》すら今の秋人《あきと》にはない。

ああ……懐《なつ》かしい。その響《ひび》き。知っているどころではない。どうしてその大切で温かな音の連なりを今の今まで忘れていたのだろう。

咲《さ》き乱《みだ》れる一面の薔薇《ばら》。

その中心で笑う一人の女性。血の繋《つな》がりはないのに、母のようで、姉のように可愛《かわい》がってくれた一人の女性。

秋人《あきと》たちの人種が多く住んでいる地域では、食事の時に手を合わせることを教えてくれた。

命を尊ぶことを、ものを粗末《そまつ》にしないことを、人を思いやることを——全部教えてくれた。

慈愛《じあい》に満ちた目は、いつもどこか寂し気《さびげ》だったのを子供ながらによく覚えている。

——否、よく覚えていたことを、今思い出した。

擦《かす》れた記憶《きおく》のフィルムに色彩《しきさい》が宿る。

数えきれないほどの記憶転写《オーバーライト》に虫食いになっていた思い出が手を繋《つな》ぎ出《だ》す。

秋人《あきと》は恐《おそ》る恐《おそ》る唇《くちびる》を湿《しめ》らせて、言う。

「もしかして、由乃姉《ゆのねえ》なの、か……？」

その時、薔薇《ばら》が咲《さ》くように笑った彼女の笑顔《えがお》は、記憶《きおく》の中のそれと瓜二《うりふた》つだった。

3

「久しぶりみんな。由乃《ゆの》おねーちゃんだよー。みんなにとってはいつも遊んでくれていたお姉ちゃんみたいな印象かもしれないけど、実はテレサの研究員だったんだぁ。アルカディアを作ったり、パティオを作ったり——まあ、色々な研究をしていたよ～」

薄手《うすで》のカットシャツに黒のパンツ——何も着ていなかった由乃《ゆの》に玲奈《れな》が作った服はそんなコ

ーデだった。しかし、そこに由乃《ゆの》の要望で追加された衣服が一つ。

純白の白衣。

裾《すそ》が膝下《ひざした》まであるそれを春コートのように羽織った由乃《ゆの》は、改まって背筋を伸《の》ばすと調子を戻《もど》して自己紹介《しょうかい》をした。

秋人《あきと》たちは今、第七プラントの作業レーンが並ぶ空間に何となく扇状《おうぎじょう》の円陣《えんじん》を作って由乃《ゆの》と相対していた。各々《おのおの》、工作機械やレーンの上に座って由乃《ゆの》の言葉に耳を傾《かたむ》けている。

その中、むすっとした顔で両腕《りょううで》を組んだ小柄《こがら》な少女――システィが言う。

「……信じられない。私たちの記憶《きおく》の中にある〝由乃《ゆの》お姉ちゃん〟と、今目の前に立つユノが全然歳《とし》変わってないいんだもん」

対して、由乃《ゆの》はコホンと一つ咳払《せきばら》いをすると、ゆっくりと口を開く。

「私が年を取っていないんじゃなくて、君たちみんなが常人の何倍もの速度で育っただけだよー。主幹年齢《ねんれい》が加速するよう調整された仮想空間帯《メタバース》の中でね～」

どこか先生のようにも聞こえる口調は、由乃《ゆの》が〝お姉ちゃんモード〟に入ったことを感じさせた。しかし、システィはそんなことは気にも留めず、容赦《ようしゃ》なく言葉を続ける。

「……その話はあんたの残したデータドライブの情報から知っているけどさ。いまいちピンとこないんだよね。だって、私の記憶《きおく》の中で〈パティオ〉以外の場所に行ったことなんてないわけだし。その学習用の仮想空間帯《メタバース》だって知らないよ。……言っとくけど、誰《だれ》よりも私の記憶《きおく》は

鮮明《せんめい》だから思《おも》い違《ちが》いだとか言わないでね。何せ、この場で一番死んでいないのは私だから」

「――――」

秋人《あきと》もフィリアも玲奈《れな》も遼太郎《りょうたろう》も、そこに居合わせた全員が口を噤《つぐ》んだ。

一流の狙撃手《スナイパー》であるシスティ。一方的に対象を制圧する彼女は、言葉の通り誰《だれ》よりも少ない戦死《デス》で、多くの撃破《キル》をしてきた。つまり、記憶転写《オーバーライト》による記憶《きおく》の摩耗《まもう》が軽微《けいび》なのだ。

そんな攻撃力《こうげきりょく》高めなシスティの言葉にたじたじしながらも、由乃《ゆの》は言葉を返した。

「か、簡単な話だよぉ。テレサのビルの中に作られた空間と、仮想空間帯《メタバース》の二つを合わせて〈パティオ〉って出来ていたからね。具体的に言うと、みんなが睡眠用《すいみんよう》に使っていたセントラルガーデンがテレサの社内で、それ以外は全部仮想空間帯《メタバース》の中。睡眠《すいみん》のタイミングで現実《リアル》世界と仮想《バーチャル》世界を切り替《か》えてたんだよねぇ」

「――――」

それは秋人《あきと》も初めて聞く話だった。途切《とぎ》れ途切《とぎ》れの記憶《きおく》だから多くのことは思い出せないが、その現実《リアル》世界と仮想《バーチャル》世界の切り替《か》わりなど全く体感したことなどなかった。

すると、痺《しび》れを切らしたように遼太郎《りょうたろう》が口を開く。

「おい、由乃《ゆの》。ンなことを話しに俺たちの前に姿を現したわけじゃねーよな。〈パティオ〉の話なんてどーだっていいんだ。――あんた、何が目的だ」

由乃《ゆの》は遼太郎《りょうたろう》を見た。ゆっくりとその顔から表情が消えていく。

それから由乃《ゆの》は細く息を吐《は》いて、

「──私はね、アルカディアを抹消《まつしょう》する方法を伝えに来たんだよ」

短く言った。

ガタン、と音が鳴った。視線が秋人《あきと》に集まる。秋人《あきと》は自分が思わず立ち上がっていることに気が付いた。

「由乃姉《ゆのねえ》──今、なんて？」

「アルカディアを、抹消《まつしょう》する、方法だよ。あーくんたちはアルカディアを壊《こわ》したいんだよね？」

秋人《あきと》は幾《いく》ばくかの思考の硬直《こうちょく》を経て、頷《うなず》いた。

それを見て、由乃《ゆの》は満足そうに──そして寂《さび》しそうで悲しそうな顔をする。

「だから、教えてあげる。今のアルカディアがどこにあって、どうやってそのサーバーのある場所に侵入《しんにゅう》して、どうやって破壊《はかい》するのかを──全部」

「どうしてそんなことを私たちに教えるの？」

玲奈《れな》の問いかけに、由乃《ゆの》は薄《うす》く微笑《ほほえ》んで小首を傾《かし》げた。

「おねーちゃんが可愛《かわい》い可愛《かわい》い妹と弟を助けるのに理由が必要？」

「…………」

玲奈《れな》は内心複雑そうな顔をして押し黙る。

その隣《となり》で、フィリアが声を上げる。

「その具体的な場所と方法は？」

由乃《ゆの》は頷《うなず》きを一つ作り、空中に巨大《きょだい》な地図を投影《とうえい》した。

それはかつてフィリアがブリーフィングに使用した、クオン暫定《ざんてい》大陸の地域地図《ローカルマップ》。

地図の上には二つの光点があった。東の端《はし》に光る一つは嶺京《れいきょう》だ。そしてもう一つは、その南西部——大陸のほぼ中央の下部に位置する場所。秋人《あきと》たちの現在地である第七プラントである。

そこに、三つ目の光点が西の端《はし》に灯《とも》る。

同時に描《えが》き出されたのは〝TILLA《ティーラ》〟の文字。

「てぃ……ら？」

システィが眉《まゆ》を寄せながら舌ったらずな声を上げて首を捻《ひね》る。

「名前はティーラだよぉ。テレサが実質的に統治する巨大都市《きょだいとし》。彼ら曰《いわ》く、あらゆる最新技術を駆使《くし》して作り出された、この世最後の楽園都市……らしいよ。——笑っちゃうよねえ。楽園なんて、地上のどこにもあるはずないのに」

由乃《ゆの》のほわほわした笑《え》みとは裏腹に、最後の言葉が空虚《くうきょ》に響《ひび》いた。それを耳にした秋人《あきと》は、どういうわけかゾクリと悪寒《おかん》を覚える。

地図の縮尺が一気に大きくなり、ティーラと呼ばれる都市へとフォーカスされた。ほとんど平面だった地図は、ワイヤーフレームで表示された立体地図へと変わり、その全容が露《あらわ》になる。

嶺京《れいきょう》と変わらない規模――いや、もしかしたらそれ以上だろうか？

しかし、嶺京《れいきょう》とは決定的に異なる特徴《とくちょう》がティーラにはある。それは、都市の輪郭《りんかく》がピラミッド状になっているということだ。端《はし》から低層の雑居ビルが並び、やがて中央に近づくにつれ超《ちょう》高層ビルへと形を変えていく。景観としても、太陽光を取り込む設計としても理に適《かな》っているように思える。

その中央。ここには、都市のどのビルよりも巨大《きょだい》で、どのビルよりも無数の直線が入り乱れた先鋭的《せんえいてき》なデザインをした構造体があった。

それを、由乃《ゆの》は指さして言う。

「これが、テレサの本社ビル」

縮尺が更《さら》に膨《ふく》れる。

立体マップは舐《な》めるようにテレサの本社ビルを下から昇っていき、

「そしてそしてこの地上四十六階にありますのが――」

由乃《ゆの》が歌うように言って、そのほぼ最上階近くで動きを止めた。

「アルカディアを保管しているテレサ社防諜局《ぼうちょうきょく》の秘匿《ひとく》サーバーだよ」

「――――」

一同、息を呑《の》んだ。遼太郎《りょうたろう》が呻《うめ》くように呟《つぶや》く。

「ホントにここにあるっていう情報で間違《まちが》いねえのかよ」

「ふふん、りょう君は相変わらず見かけによらず慎重《しんちょう》クンだなあ」

「りょ、りょう君だァ？」

鼻白む遼太郎《りょうたろう》に、玲奈《れな》は指をさして笑う。

「あはは、リョウが顔真っ赤にしてる。めっずらしー、写真撮《と》っとこ」

「やめろバカ玲奈《れな》！　何撮《と》ってやがンだ、見世物じゃねえぞ！」

そんな様子を由乃《ゆの》は慈愛《じあい》とも言える柔《やわ》らかな笑顔《えがお》で迎《むか》えながら、言葉を続けた。

「……ここでまず間違《まちが》いないよ～。神崎徹《かんざきとおる》なら安全保障局に一旦《いったん》送り付けてから、そこの局長権限で防諜局《ぼうちょうきょく》の秘匿《ひとく》サーバーに転送させるよう仕向けるはず。あそこが本社ビルの中ではセキュリティが強固だからねえ。あの人は、そこまでする人間だった」

「まるでトオルのことをよく知っているような口ぶりね」

腕《うで》を組んだフィリアが片足に体重を乗せて言う。色々あったとはいえ、神崎《かんざき》とは幼少の頃《ころ》からの付き合いなのだ。かつて世話になった由乃《ゆの》とはいえど、勝手に何かを言われるのは気分が良くないのだろう。

「そりゃあよく知ってるよぉ。――だって、私のお父さんだもん」

「な――っ」

なんだって……⁉

喉《のど》の奥で叫《さけ》んだ秋人《あきと》は隣《となり》のフィリアとともに驚《おどろ》きに身を乗り出した。他の面々の反応はそれだけにとどまらず、今日一番のどよめきが広がる。

秋人《あきと》の脳内をこれまでの記憶《きおく》が巡《めぐ》る。

成長した娘《むすめ》に嫌《きら》われ家出され意気消沈《しょうちん》する神崎徹《かんざきとおる》。時折そんな上司の情けない姿を笑う秘書のエルゼ・アインハルト。いつか神崎徹《かんざきとおる》に見せつけられた娘《むすめ》の写真はちょうど目の前にいる自称《じしょう》姉くらいの背丈《せたけ》だった。

――記憶《きおく》のピースがはまっていく。

彼女の灰色がかった瞳《ひとみ》。彼女の研究者としての腕《うで》。

彼女のどこか飄々《ひょうひょう》としながらも芯《しん》のある心。

言われれば、共通点などいくらでもあった。この物腰柔《ものごしやわ》らかで、どうしようもなく秋人《あきと》らのことが好きでたまらない、この数歳年上の少女こそが、あの神崎徹《かんざきとおる》の――

「家出した大佐の娘《むすめ》って――由乃姉《ゆのねえ》のことだったのか……っ!!」

「家出したこと、なんで知ってるの……？」

由乃《ゆの》は不機嫌《ふきげん》そうな顔をして、戸惑《とまど》いの声を上げた。

「神崎《かんざき》……大佐が言ってたから。って言うかなんであんなところで死にかけてたんだよ」

「あのバカ父……。〈エラー５１７〉を治療するためにみんなが来ることは分かっていたからここで待ってたんだよー。……でも思ってたよりも眠りが浅くて衰弱死しかけちゃった」

「しかけちゃったって……」

そこに、遼太郎《りょうたろう》が苛立《いらだ》ちに声を荒《あら》げる。

「オイ、そンなのはいいからよ、教えろよ。アルカディアの壊《こわ》し方《かた》ってやつをよ。っつーかビルごとサーバーを破壊《はかい》すりゃいい話なンじゃねえのか？」

由乃《ゆの》は咳払《せきばら》いを一つした。

「それじゃ意味がないのよ。サーバーを物理的に破壊《はかい》したとしても、もしデータの断片《だんぺん》が他のサーバーに複製されていたり外部に漏《も》れていたりしたらそこまで手が及《およ》ばない」

「それは——そうだけど。じゃあどうすンだよ」

「アルカディアの内部に侵入《しんにゅう》して、自壊《じかい》プログラムを流し込むんだ。アルカディアは通信素子帯《エーテルネット》上で運用されることが前提で開発されているから、仮に基幹システムが複製されていたとしても同期を取るようになっている。だから、テレサのアルカディアが自壊《じかい》プログラムに感染《かんせん》しさえすれば、アルカディアというエコシステムは全滅《ぜんめつ》するよ」

「内部から流し込むって……簡単に言うけど、どうやるのそれ？」

玲奈《れな》が訊《たず》ねるが、由乃《ゆの》は曖昧《あいまい》な表情を浮《う》かべてからニッコリと笑った。

「まあまあ、その辺はおいおい、ね。それよりも課題は山積みだから」

「課題？」

小首をかしげる玲奈《れな》に、由乃《ゆの》は言う。

「君たち、エルメア陸軍のヤバイ連中に目つけられてるでしょ」

腰《こし》に手を当ててそう言う由乃《ゆの》は、まるで「お姉ちゃん、知ってるんだからね？」と弟か妹を叱《しか》るような調子だった。

しかし、秋人《あきと》はそんな由乃《ゆの》の姿などよそに、ひとり息を呑《の》む。

心拍数《しんぱくすう》が上がる。呼気が熱くなり、背中にじっとりとした汗《あせ》の粒《つぶ》が浮《う》かぶ。

脳裏《のうり》にフラッシュバックするのは白銀の刀身の鋭《するど》い眩《まばゆ》さ。生成される二振《ふたふ》りの刀剣《とうけん》に、機械仕掛《じか》けの仮面の如《ごと》き異様な義眼。

なにより——秋人《あきと》と瓜二《うりふた》つのその外見。

息を吐《は》く。吐《は》いて吐《は》いて、心を整える。そして——聞いた。

「奴《やつ》らは——いや、アイツは何者なんだ」

シンと辺りが静まり返り、皆《みな》が秋人《あきと》を見る。由乃《ゆの》は歌うように答えた。

「彼らはエルメア合衆国の記録上抹消《まっしょう》されている欠番の特殊部隊《とくしゅ》——第十三特殊《とくしゅ》作戦コマンド。通称《つうしょう》〝否認されるべき特殊部隊《デ ィ ナ イ ア ル ズ》〟」

誰《だれ》かが喉《のど》を鳴らした。秋人《あきと》は義眼の男の言葉を思い出す。

——我々は野に放たれた番犬。首輪も無ければ、ネームタグも無い顔無しの部隊だ。

国に認知《にんち》されない非公式の特殊《とくしゅ》部隊。

あの時、奴《やつ》が言っていたことは、そういうことだったのか。

しかし、知りたいことはそんな情報ではない。自己同一性《アイデンティティ》を揺《ゆ》るがしかねない一大事項《じこう》——

自分の顔を指さしながら、由乃《ゆの》へと詰《つ》め寄《よ》る。

「由乃姉《ゆのねえ》。俺は見たんだ。これと同じ目を。これと同じ顔を。これと同じ身体《からだ》を——！　一体、あれは何なんだ!!」

由乃《ゆの》は少し驚《おどろ》いた顔をして、秋人《あきと》の胸元《むなもと》に右手を当てる。

「……そっか。あーくんは会ったんだね」

遅《おく》れて、両腕《りょううで》を誰《だれ》かに取られていることに気が付く。振《ふ》り返《かえ》れば、それは玲奈《れな》と遼太郎《りょうたろう》だった。二人とも視線で、落ち着けと言っているのが分かる。しかし、それを言葉にしないのは、彼らも秋人《あきと》の問いに対する解を求めているのだ。

それを肌《はだ》で感じたのか、由乃《ゆの》は一つ息を大きく吐《は》くと、真面目な口調で言葉を紡《つむ》いだ。

「幾島亜礼《いくしまあれい》。それが彼の名前。和州《わしゅう》出身の若い兵士で、ここしばらくは天才的な近接戦闘《せんとう》センスを買われて〝否認されるべき特殊部隊《ディナイアルズ》〟の隊長をやっている子だよ」

「いくしま、あれい……」

「端的《たんてき》に言うね。彼はあーくんのオリジナルだよ」

脳が止まり、身体《からだ》が止まる。

目を見開いて、ぽかんとした。

「……。——、——え？　それって、どういう——」

「……言葉の通りだよ、あーくん。あーくんはね、幾島亜礼《いくしまあれい》から採取した遺伝子を元に生まれてきたクローンなの。——あ、でもね、これはあくまで遺伝子的にオリジナルってだけで、記憶変数体《マインドステート》はまったくの別物だから安心して」

「いや……、待てまてまて——え？　ちょっと待って」

秋人《あきと》は頭を押さえ、半歩下がる。

笑うつもりなどないのに、楽しい気分でも全くないのに、勝手に口角が上がる。

想定していなかったわけではない。予測していなかったわけでもない。可能性のひとつとして当然考えた。しかも、秋人《あきと》は一度は目にしていたはずだった。フィリアとともにサルベージしたデータドライブの中にある由乃《ゆの》の手記に、〝死を超越した子供たち《アクセプティ》〟は二大国の特殊《とくしゅ》部隊から遺伝子を採取したものであると。

また、自分の意志で自分の意識から事実を除外していたのだ。

得も言われぬ不快感が胸中に広がる。まるで自分の部屋に飾《かざ》っていた絵が、贋作《がんさく》のコピー品だと分かった時の落胆《らくたん》のような——そんな感覚。それがただただ、気持ち悪かった。

「……ってことは、もしかして、俺たちって全員よぉ——」

遼太郎《りょうたろう》が呟《つぶや》く。ざわ、と声のさざ波が広がり、やがてうねり、高潮となった。

そこに由乃《ゆの》の声が響《ひび》き、白波を砕《くだ》く岩となる。

「そうだよぉ。みんなクローン。みんな作られた命。ごめんね、大人って汚《きたな》くて」

「——」

秋人《あきと》たちと数歳しか違《ちが》わない由乃《ゆの》を大人と言うべきかは分からない。最早《もはや》、秋人《あきと》たちにとって主観年齢《ねんれい》以外の情報——外見による年齢《ねんれい》の予測値などあてにならないことが分かっている。

それでも、彼女のふわふわとした口調のまま放たれたその言葉は、あまりにも強く、あまりにも混じり気がなく、あまりにも真っすぐに——汚《けが》れていた。人のエゴに、汚《けが》れていた。

「……っ」

秋人《あきと》を押しのけ、遼太郎《りょうたろう》が前に出る。

勢いのまま遼太郎《りょうたろう》は由乃《ゆの》に摑《つか》みかかり、白衣の襟《えり》を手首の返しで捻《ひね》り上《あ》げた。

それを、慌《あわ》てて秋人《あきと》と玲奈《れな》の二人で止めにかかる。

「おい、馬鹿落ち着け遼太郎《りょうたろう》！　さっき俺を止めた奴《やつ》が何してんだ！」

「リョウ、放して！　そんなことしても何にもならないでしょ⁉」

由乃《ゆの》は変わらずふわふわとした笑《え》みを浮《う》かべたままだ。

それが更《さら》に遼太郎《りょうたろう》の感情の炎《ほのお》に油を注いだのか、ぐっと額に青筋を浮《う》かべた。

「馬鹿にするにもほどがあるぜぇ由乃《ゆの》……ッ。それじゃあ俺たちが生まれた意味って、マジで戦って殺して殺して殺すことだけじゃねえか！」

「本当に、ごめんね」

由乃《ゆの》は表情を消して頭を下げた。その声に、浮《うわ》ついた響《ひび》きは一切《いっさい》なかった。

遼太郎《りょうたろう》はその由乃《ゆの》の表情が意外だったのか鼻を摘《つま》まれた猫《ねこ》のように言葉を詰《つ》まらせる。

何かを悟《さと》っているような、あるいは何かの覚悟《かくご》を決めているような、そんな雰囲気《ふんいき》を感じる。

秋人《あきと》はそれを、アルカディアを壊《こわ》して自責の念に駆《か》られていた頃《ころ》、鏡の中でよく見ていた。

秋人《あきと》は先日までアルカディアを壊《こわ》したことに対して心を潰《つぶ》した。

では、由乃《ゆの》は？　彼女は一体何を思って、何に対してあの顔をするのだ――

すると、遼太郎《りょうたろう》が踵《きびす》を返すなり秋人《あきと》の肩《かた》を摑《つか》んできた。

「秋人《あきと》。コイツのことは捨て置こう。俺たちだけで、アルカディアを壊《こわ》そう」

「無理だよリョウ君。〝否認《デ》さ《ィ》れ《ナ》る《イ》べき特殊部隊《アルズ》〟の力量を見誤っているよ」

「うるせえ、一体誰《だれ》のお陰《かげ》でこうなってると思ってンだ！　そもそもテメェがアルカディアなンてものを作るからこンな事態に陥《おちい》ってるンだろーがッ！」

「……そうだね。その通りだね。でも、私の助けなしには壊《こわ》せないよ。お願い、私に君たちの手助けをさせて」

「いやだね。っつーか、マジでなんでだよ」

「可愛《かわい》い妹と弟のためだって」

それから由乃《ゆの》は秋人《あきと》に視線を移して言った。

「あーくん。このままじゃテレサの包囲網《ほういもう》すら突破《とっぱ》できずに確保されちゃう。そうなったら最後、アルカディアを修復するためのデータを採集するだけされて、そのまま殺処分されちゃう」

「オイ秋人《あきと》、騙《だま》されンな、やっぱ大人は信じらンねえ。俺たちのことは俺たちじゃねえと助けらンねえよ。こンな実験動物みてえな扱《あつか》い受けてよ、今更《いまさら》信じらンねえよッ」

その場で立《た》ち尽《つ》くす。

二人から視線が離《はな》せない。周りを見回すことなどできない。そんなことをすれば、秋人《あきと》たちを信じてここまで来てくれたこの場にいる全員の不安を煽《あお》ることになる。

考えろ。考えろ考えろ考えろ。

考えて、最善手《さいぜんしゅ》を見極《みきわ》めろ。

いや、しかし――それは考えて出る答えなのか？

「――――」

遼太郎《りょうたろう》を見て、由乃《ゆの》を見る。

由乃《ゆの》が今、何を考えて、あのどこまでも寂《さび》しそうな横顔を見せたのかは分からない。

だが、秋人《あきと》は直感で、このまま由乃《ゆの》を放っておけないと思った。それは恐《おそ》らく、秋人《あきと》がつい先週まで責任という重しに心を潰《つぶ》されていた経験から来るものだった。

それに、今の秋人《あきと》たちにどの道、現状を打開する術は持ち合わせていない。

であれば、自《おの》ずと進むべき道も見えてくる。

秋人《あきと》は鋭《するど》く息を吸った。

「――決めた。由乃姉《ゆのねえ》のプランで行く」

「あーくん……」

「オイ秋人《あきと》、テメェ！　なンでだよッ！」

秋人《あきと》は遼太郎《りょうたろう》を押して放し、言う。

「現状、由乃姉《ゆのねえ》の情報が無ければこの包囲網《ほういもう》を突破《とっぱ》することも難しい。……全滅《ぜんめつ》の可能性だって十分あるんだ。それなら、俺は誰《だれ》も死ななくていい選択《せんたく》をしたい」

遼太郎《りょうたろう》は苦虫を嚙《か》み潰《つぶ》したような顔をして、それから息を吐《は》いて秋人《あきと》の肩《かた》から手を離《はな》した。

「……俺はテメェを信じる。だけどこの女は信じねえ」

「悪いな。それでOKだ」

遼太郎《りょうたろう》は鼻を鳴らして下がる。

それから秋人《あきと》も息をひとつ吐《は》くと、由乃《ゆの》を振《ふ》り返《かえ》った。

「──由乃姉《ゆのねえ》。そういうことだから、教えてくれ。どうやってこの包囲網《ほういもう》を抜《ぬ》けるのかを。生憎《あいにく》俺たちは航空機の類を持っていないし、あの数の敵を突破《とっぱ》するほどの陸戦兵装の持ち合わせもない。正直、詰《つ》んでるっていうのが現状だ」

「……信じてくれてありがとうね」

由乃《ゆの》は言って、気を取り直すように深呼吸をする。次に顔を上げた時には、それまでの柔《やわ》らかい笑《え》みを浮《う》かべる〝お姉ちゃん〟らしい表情の由乃《ゆの》になっていた。

そんな彼女は、床《ゆか》を指さして、

「あーくん。戦場は何も空と陸だけじゃないんだよ。足元も見ないとね」

「足元……？」

秋人《あきと》を始め、首を傾《かし》げる一同に、悪戯《いたずら》っぽく笑ってみせたのだった。

4

電灯の一つも灯《とも》っていない薄暗《うすぐら》い地下空間。

大量の改札口が並ぶそこは、かつて工場地帯が有人で稼働《かどう》していた頃《ころ》、従業員が使っていた地下鉄の駅だった。

その埃《ほこり》っぽい空間を疾駆《しっく》する人影《ひとかげ》が、実に二千四百。

否、正確に言えば、二千四百と一人。

全員がフード付きのケープコートのようなものを羽織っており、背中には巨大《きょだい》なバックパックを、そして両手には銃火器《じゅうかき》を携《たずさ》えて疾走《しっそう》する。

『二時の方向から《リッター》五機出現！　タイプA－2――軽量型です！』

「こちらライガー隊《ライガー・アクチュアル》隊長。振動《しんどう》波形をこちらでも検知。対応する」

通信で飛んできたキリの報告に、秋人《あきと》はフィリアや玲奈《れな》を始めとする小隊員にハンドサインを出す。握《にぎ》った拳《こぶし》を二度前後に振《ふ》り、作った手刀を前へ向ける。

俺たちで処理する、の意味である。

隊員たちは皆《みな》、無言で頷《うなず》き、安全装置《セーフティー》を外した。

『テレサのネットからは隔離《かくり》されているようで、追っ手ではなさそうです。でも、十分に注意してください。グレネード一つ投げられるだけで致命傷《ちめいしょう》です』

「了解《りょうかい》」

秋人《あきと》は短く呟《つぶや》き、光学ジャミング装置を起動する。

「え、ちょ、なになに？　急にどしたの？」

状況《じょうきょう》の理解が追い付かない由乃《ゆの》が、戸惑《とまど》いの声を上げてきょろきょろと見回す。

先ほど秋人《あきと》ら嶺京兵《れいきょうへい》のアクセスコードを共有したためキリからの通信は由乃《ゆの》も聞いているはずなのだが、まさか自分たちの担当になるとは思っていなかったのだろう。

「由乃姉《ゆのねえ》、危ないから下がって」

秋人《あきと》は由乃《ゆの》の腕《うで》を掴《つか》み、自分の背後にその身体《からだ》を隠《かく》した。

「へ？　ちょ、あーくんっ？」

由乃《ゆの》の口から間の抜《ぬ》けた声が漏《も》れると同時、右斜《みぎなな》め前方にある地上へと階段から五機の二足歩行型の自律兵器《リッター》の姿が現れる。

金属フレームが目立つ肉抜《にくぬ》きされたボディは、報告通りの軽量型で間違《まちが》いない。機動力が高い機種だが、その反面、装甲《そうこう》は最小限しか積んでいないのが特徴《とくちょう》だ。

つまり、先手必勝。

「接敵《コンタクト》した、交戦《エンゲージ》を開始する」

秋人《あきと》の声を合図に、部隊のメンバー全員が一斉《いっせい》にトリガーを引く。

消音装置《サプレッサー》もなく、剝《む》き出《だ》しの銃声《じゅうせい》が狭《せま》い地下鉄改札口に反響《はんきょう》した。

硝煙《しょうえん》が銃口《じゅうこう》から噴《ふ》き出《だ》し、空薬莢《からやっきょう》が足元に吐《は》き出《だ》される。誰《だれ》も何も言わない。無言でただ敵の鋼鉄の体軀《たいく》に弾丸《だんがん》を浴びせて引き千切っていく。何度もこうやって敵を屠《ほふ》ってきた。この瞬間《しゅんかん》だけは、抱《かか》えた悩《なや》みも、不安も、希望も、絶望も、全ての思考がクリアになる。

それが――秋人《あきと》たち嶺京兵《れいきょうへい》のスタンダード。

これまでずっとこうしてきたし、これからもきっと無心で繰《く》り返《かえ》していくことになる動作。

「きゃぁあああああああああああ!!」

その中に、異音が混じった。

悲鳴だ。しかも、由乃《ゆの》の声。

「由乃姉《ゆのねえ》!? どうした、被弾《ひだん》したのか!?」

秋人《あきと》は慌《あわ》てて振《ふ》り返《かえ》る。その間も右の人差し指は止まらずに引き金を単発で引き続けた。首は前を向いていないが、照準器《サイト》から送られてくる映像を視界端《はし》に映しながら射撃《しゃげき》していた。

「待って待って、やっぱこわい、銃怖《じゅうこわ》い！ って言うか敵いるとか聞いてない！ あーくんやっぱ戻《もど》ろ？ 地上から行こ？ こんな危ないルート進むとか私、想定外！」

「ちょっ、由乃姉《ゆのねえ》、何言ってんだよ！　地下鉄使うって言ったの由乃姉《ゆのねえ》だろ⁉」

そこには、しゃがみ込んで両手で頭を覆《おお》う由乃《ゆの》の姿があった。

由乃《ゆの》は怯《おび》えた表情で発砲《はっぽう》を続ける仲間たちを見ていた。涙目《なみだめ》になったその赤い瞳《ひとみ》に、マズルフラッシュの閃光《せんこう》を映しながら。

秋人《あきと》は思わず射撃《しゃげき》の手を止めた。

「だ、だってだって戦闘《せんとう》とか危ないじゃん怪我《けが》しちゃうじゃん、最悪死んじゃうじゃん‼」

冗談《じょうだん》かと思ったが、由乃《ゆの》は本気の顔だ。その身体《からだ》が小刻みに震《ふる》えているあたり、本当に怖《こわ》いのだろう。

「いやいや地上目指す方がここの百倍危険だからな⁉　って言うか大丈夫《だいじょうぶ》だって由乃姉《ゆのねえ》！　この程度、俺たちにとっては花畑を散歩するのと変わんないから！」

「お花畑を散歩しても弾《たま》は飛んでこないでしょ！」

……そりゃごもっとも。変な喩《たと》えをした秋人《あきと》の不手際《ふてぎわ》である。

由乃《ゆの》は涙目《なみだめ》で秋人《あきと》に縋《すが》り付《つ》いてくる。

「あーくん、一旦《いったん》プラントに帰ろ？　帰ってちょっとお茶飲んでゆっくりしよ？　おねーちゃん、音大きいの苦手なの。静かなとこ帰ろ？」

「はいはい分かったよ、耳塞《ふさ》いどいてやるから先行こうな？」

そう言って秋人《あきと》は由乃《ゆの》の両耳を背後から塞《ふさ》いで、強引《ごういん》に前進する。腕《うで》の中で由乃《ゆの》がジタバタと暴れるが嶺京《れいきょう》の戦場で鍛《きた》え上《あ》げられた体軀《たいく》で押さえ込む。

どうしてこんなことになってしまったのか――。

秋人《あきと》は大きな溜息《ためいき》をつきながら、出撃前《しゅつげきまえ》のブリーフィングを思い返した。


遡《さかのぼ》ること三時間前。

秋人《あきと》たちは、第七プラント内部にて、由乃《ゆの》からテレサ本社に辿《たど》り着《つ》くまでの具体的なプランを聞いていた。

「地下鉄を使うんだよ」

そう言って由乃《ゆの》は、続ける。

「テレサは拠点間《きよてんかん》の輸送の大半を地下鉄網《ちかてつもう》で賄《まかな》っているからね。それに便乗していけば、地上の自律兵器群とも接敵せずにティーラを目指せるってワケ。途中《とちゅう》、防衛用のドローンはいるだろうけど、地上に比べて索敵《さくてき》は甘いから、フィリちゃんもいることだし簡単に欺瞞《ぎまん》できるはず」

ほう、と辺りから呻《うめ》き声《ごえ》とも感心の声ともとれる溜息《ためいき》が上がる。

その中で、はい、と声を上げながら手を挙げる少女が一人。玲奈《れな》である。

「はい、どうぞレナちゃん。質問？」

由乃《ゆの》は先生のように手のひらを向けて玲奈《れな》に発言を促《うなが》す。

玲奈《れな》はこほん、と咳払《せきばら》いして、

「テレサの本社ビルに殴《なぐ》り込《こ》みに行くにも、まともに正面から突破《とっぱ》するのはちょっとキツくない？　裏口とか使えないの？」

「いい質問だねえ、レナちゃん」

鋭《するど》い、と由乃《ゆの》は言いながら言葉を続ける。

「残念ながら、私のテレサへの権限は全部失効しちゃってるから使えないんだ～」

「ダメじゃねえかそれ」

茶々を入れる遼太郎《りようたろう》を、由乃《ゆの》はそのまま流す。

「代わりにティーラにいる情報屋を使おーっ、って計画なのです」

フィリアは首を傾《かし》げた。

「情報屋……？　なにそれ」

「言葉の通り、情報を価値に変えて商《あきな》いをする人たちのことだね」

「当てはあるのか。俺たち、ここの人間以外に知り合いなんていないぞ」

秋人《あきと》が言うと、由乃《ゆの》は得意げに鼻を伸《の》ばす。

「一人だけ、ね。その人は情報屋としては駆《か》け出《だ》しなんだけど、最近までテレサ内部にいた人で、その辺の事情にも詳《くわ》しいんだ～。お金さえちゃんと詰《つ》めば、確実にこっちの欲《ほ》しい情報をくれる相手だから是非《ぜひ》とも接触《せっしょく》したいって感じ」

「ンだよ、割と簡単そうじゃねえか」

「それがそうでもないんだよ～」

遼太郎《りょうたろう》の言葉に、由乃《ゆの》は首を横に振《ふ》った。

「その人、最近テレサから目を付けられちゃったみたいで、転々としているようなの。今は追《つい》跡《せき》を巻くために潜《もぐ》ったって噂《うわさ》も聞くし。ティーラみたいに規模が大きくて、かつ深い都市は見つけるのも一苦労なんだよ～」

「……ってことはまさか」

「そう、そのまさか。みんなの最初のミッションはその情報屋を探すことだよ！」

秋人《あきと》は隣《となり》の玲奈《れな》と顔を見合わせた。

お互《たが》い、不安げな表情を浮《う》かべていたことだろう。

秋人《あきと》は恐《おそ》る恐《おそ》る手を挙げる。

「はい、あーくん質問どーぞ」

「あのー、俺たちぶっちゃけ、自信ないって言うか——外の人間と関わるの、多分これが初めてになるって言うか——そんなぶっつけ本番で大量の人間がいる中から手がかりも無しに見つけるの、かなり厳しくないか？」

しかし、由乃《ゆの》はなおも自信満々な表情を浮《う》かべて胸を張る。

「だいじょーぶ！　私はちゃんとこのためにグローバルネットでリサーチしてきたからね。──その情報屋さんが使っているっていうコードネームとトレードマークを入手したのですよ」

そう言って由乃《ゆの》は一つの画像を空中に投射した。

それは、一言で表すと、蜘蛛《くも》だった。

正確に言えばただの蜘蛛《くも》ではない。稲妻《いなずま》で形作られた蜘蛛《くも》だった。

「コードネームは《電磁蜘蛛《でんじぐも》》。アイコンもまんまだね。営業開始から日が経《た》っていないからお客さんの数も限られているけど、常連さんはこのマークの電子タトゥーを入れてるみたい」

「……そのタトゥーを入れている奴《やつ》を追えと？」

「そゆことー」

フィリアは頭を押さえて呻《うめ》いた。

「……待って、一体ティーラには何人の人が住んでいるの？　〈イヴ〉も使うとしても絶対にドローンの数が足りない。どうしよう、これ、本当に行ける？」

「ま、その辺は足を使って調査するしかないね～」

さらりと残酷《ざんこく》なことを宣《のたま》う由乃《ゆの》。

しかも、そこに追い打ちをかけるように言葉を続ける。

「かつ、都市には十中八九、〝否認されるべき特殊部隊《ディナイアルズ》〟が構えているからね。勿論《もちろん》、テレサの兵士もいるし、捕《つか》まらないように注意して〜。捕《つか》まったら最後、記憶変数体《マインドステート》だけ抜《ぬ》かれて即《そく》殺処分だよ」

「…………」

その洒落《しゃれ》にならない未来に、一同、喉《のど》を鳴らして身体《からだ》を強張《こわば》らせる。

それから由乃《ゆの》は玲奈《れな》を振《ふ》り返《かえ》って、手を振《ふ》った。

「え、なに？　私？」

「レナちゃん、聞くところによると、服作り、すごい上手《うま》いんだって」

言われ、玲奈《れな》がでれっと頬《ほお》を緩《ゆる》める。

「ほ、ほんと？　えへへ、それほどでもないけど、そっかあ、やっぱり上手《うま》いかなあ？」

「うんうん、お洒落《しゃれ》で可愛《かわい》くて素敵《すてき》だって話だよ〜。――だからね、これ、頼《たの》めるかな」

「え〜、やった〜ありがとー……って、え？」

乗せられ、コクコクと頷《うなず》いていた玲奈《れな》は会話の雲行きが変わったことに遅《おく》れて気付く。

そして玲奈《れな》に由乃《ゆの》からのメッセージが届いたのか虚空《こくう》に視点を移し、

「は!?　ちょっ、え、なにこれ!?　タクティカルスーツのデータ？　しかも、なんか見たことないフィラメントあるんだけど！　く、くあんたむ、すて……んん？」

「私の手元にある最新のタクティカルスーツのデータだよ〜。それあるだけで生存率がぐっと上がると思う。あと、スーツだけ着て街中歩くとすんごく目立つから、全員分の私服を作って欲しいんだ～」

「うんうん……うん？　今、何て言った由乃《ゆの》姉ちゃん？」

「最新のタクティカルスーツ？」

「その後」

「生存率がぐっと上がる」

「もっと後！」

「全員分の私服を作って欲しいな～」

「それ‼　――いや、って言うか多すぎだから！　いったい何人分あると思ってるの⁉　二千四百だよ二千四百！　そんなにデザインのストックないから！」

「べつに一人ひとり違《ちが》う必要はないから大丈夫《だいじょうぶ》だよ～。いくつか種類と色と柄《がら》さえ揃《そろ》えてくれれば、あとは個々人に選んでもらって戦術立体プリンター《ATAP》で出力すればいいから。こういうところがオンデマンド・クローズのいいところだよねえ」

「……なるほど。たしかにそれなら、間に合わないことも、なくない、かも……？」

秋人《あきと》は溜息《ためいき》をついて、玲奈《れな》の肩《かた》に手を置く。

「……玲奈《れな》、騙《だま》されるな。普通《ふつう》に母数がおかしい。多すぎるからな？　スーツの調整だけでも大変なんだ。哨戒《しょうかい》メンバー以外は全員、装備の用意を手伝うように手配するよ」

秋人《あきと》の言葉に我に返ったのか、玲奈《れな》は由乃《ゆの》に噛《か》みつく。

「ちょっと由乃《ゆの》姉ちゃん！　しれっと誘導《ゆうどう》しないでよ！　私そういうの信じちゃうんだから！」

「レナちゃんは素直《すなお》でいい子に育ってくれておねーちゃん嬉《うれ》しいよ～」

「その妹の純真さを利用しないでよバカ！」

そんな様子を見て、秋人《あきと》はフィリアと並んで溜息《ためいき》をつく。

その中で由乃《ゆの》は心底楽しそうに笑いながら、パンッ、と手を叩《たた》いた。

「何はともあれ、みんなのミッションはこの《電磁蜘蛛《でんじぐも》》の追跡《ついせき》だよ～。作戦名はそうだなあ、――オペレーション・ネストハントっていうのはどう？」


――そして現在に至る。

地下鉄のプラットフォームを目指す先頭集団の中で、遼太郎《りょうたろう》が呻《うめ》くように漏《も》らした。

「クソ。……認めたかねえが、地下鉄とは盲点《もうてん》だったぜ」

「この辺りは工場に資材を運んだり、逆に製品を外に運び出したりするために、鉄道網《てつどうもう》が発達しているのよね」

その隣《となり》で、タクティカルスーツの上から白衣を、そしてその更《さら》に上からケープコートを着た異様《い》な出《た》で立ちをしている大人びた少女――由乃《ゆの》が得意げに胸を張る。

秋人《あきと》の隣《となり》で、同じくケープコートを身に纏《まと》ったフィリアが悔《くや》しそうな顔で手を口元に当てた。

「……思えば嶺京《れいきよう》で旧テレサビルを制圧した時も、社員が脱出《だつしゆつ》に使用したのが専用の地下鉄だったって仮説はあったのよね。実際、嶺京《れいきよう》の辺りも地下鉄網《ちかてつもう》は発達していたし。その可能性は考慮《こうりよ》すべきだった」

「ねえ、もしかして第七プラントに来るときも、わざわざ車列組まなくても列車があったんじゃないの？」

玲奈《れな》がジトっとした目で放った言葉に、秋人《あきと》ら全員の空気が固まる。

当然だ。あれだけの苦労とリスクを取ってようやく辿《たど》り着《つ》いた第七プラント。

それがもっと手軽に辿《たど》り着《つ》けました、なんて結論は誰《だれ》も望んでいない――

しかし、幸か不幸か、そんなことはなかったようで、

「残念。嶺京《れいきよう》から第七プラントまで来るには、一回別のテレサの中継《ちゆうけい》基地を経由しなきゃダメだったのよね。そこはテレサにとって重要な物資の運搬拠点《うんぱんきよてん》になっているから地下の警備が厳しすぎて、あの時の君たちじゃとてもじゃないけど突破《とつぱ》できる場所じゃなかったよー」

「そ、そっか……。それは、よかった……？　って言っていいのかな？」

由乃《ゆの》の一言に、ある意味で全員の心が救われた。

すると、地下鉄のプラットフォームが見えてくる。

階段を下り、プラットフォームへと降り立った。

左右にぽっかり開いたトンネルが風鳴りに低く鳴動しており、ひどく不気味だ。

辺りは暗く、ライフルにマウントしたライトで周囲を照らしながら進む。今もなお使われているからか、寂《さび》れている様子はない。代わりに自動化が進んでいる証拠《しょうこ》として、貨物を輸送するためのレールやクレーンが綺麗《きれい》に整備された状態で無数に並んでいた。

「ここ、か……？」

秋人《あきと》が言うと、その後ろから由乃《ゆの》が視線をあちらこちらに向けながら言う。

「時間通りだね、さすがあーくん。行動計画の時間ぴったしだよ。予定だと、あと十秒後に《リッター》を輸送して帰ってくるティーラ直通の貨物列車がくるはずだけど――」

――と、丁度その時、トンネルの奥からレールの軋《きし》む音が聞こえ始めた。

「見て、あれじゃない⁉」

いち早く気が付いた玲奈《れな》はトンネルの奥を指さす。

目を凝《こ》らすと、果たして、一対《いっつい》のライトを灯《とも》した先頭車輛《しゃりょう》がカーブを曲がってプラットフォームへと進入してくるところだった。

由乃《ゆの》の指示があるとは言え、こうして実物がやってくると安心する。

秋人《あきと》たちが貨物列車を見て、ほっと一息ついた――のだが。

「あれ……？」

先頭車輛《しゃりょう》はブレーキ音もなくプラットフォームに差しかかり、そのまま秋人《あきと》たちの目の前を横切り、そしてまた反対側のトンネルへと吸い込まれていった。

眼前を、次々に《リッター》が載っていたらしい空の車輛《しゃりょう》が流れていく。

減速する気配は一向にない。

秋人《あきと》は慌《あわ》てて由乃《ゆの》を振《ふ》り替《か》えった。

「ちょっ、由乃姉《ゆのねえ》!?」

「あれー？　なにこれ、もしかして特急だと第七プラント止まらない的な感じ？」

「感じ？　じゃないだろ、明らかに止まってないだろこれ！」

「ふむ——」

風に前髪《まえがみ》を揺《ゆ》らしながら由乃《ゆの》は頷《うなず》きを一つ作り、

「んじゃま、全員それぞれのやり方で飛び乗っちゃって！」

秋人《あきと》たちの悲鳴が響き渡った。

5

「局長！　エルメア合衆国・陸軍参謀《さんぼう》本部からホットラインで通信が入りました！」

その報告に、テレサ安全保障局のコマンドルームは騒然《そうぜん》とした。

極太《ごくぶと》の葉巻を咥《くわ》えていたランドは、珍《めずら》しく静かに茶色の先端《せんたん》から口を離《はな》す。

「……相手は」

「合衆国陸軍・特殊《とくしゅ》コマンド群の統括役《とうかつやく》――バルドレッド准将《じゅんしょう》です」

バルドレッド准将《じゅんしょう》――。それはテレサの軍事活動を取りまとめる安全保障局の人間であれば、誰《だれ》しもが一度は聞いたことがある名前だった。理由は単純。先の二国間大戦でローレリア連邦《れんぽう》を相手にクオン暫定《ざんてい》大陸で最前線を指揮していた英雄《えいゆう》の名だからだ。

「エルメアの掃除屋《そうじや》が今更《いまさら》何を……っ！　どの面下げてホットラインなんかコールするんだ！」

ランドの横でそう息巻くリムの言葉に、コマンドルームの職員たちは一様に頷《うなず》く。

「……繋《つな》げ」

しかし、ランドはまるで猛獣《もうじゅう》が唸《うな》るように低く、低く言った。

リムは驚《おどろ》きに満ちた目を向ける。しかし、ランドはそれを黙殺《もくさつ》する。

普段《ふだん》はただ独裁者のように乱雑な物言いのランドらしからぬ雰囲気《ふんいき》に尋常《じんじょう》ならざるものを感じて、オペレーターたちは慌《あわ》てて持ち回りの仕事を再開する。

「回線のウイルス走査クリア。社内ネットとの隔離《かくり》を完了《かんりょう》。――エルメア合衆国・陸軍参謀《さんぼう》本部とのホットラインに接続します」

同時、コマンドルームのありとあらゆるホロディスプレイに白髭《しらひげ》の男の顔が現れた。

「――久しぶりだな、ランド。少し見ないうちにずいぶん若返ったようだ」

老人と呼ぶにはいささか視線が鋭利《えいり》に過ぎるその男——バルドレッドが第一声を放つ。

「ＣＧとの見分けもつかなくなったのか。引退時だなバルドレッド」

「はは、そういうことにしておこう。……それにしても懐《なつ》かしい。嶺京制圧作戦《オペレーション・スレッジアッシュ》以来か」

ランドは不服そうに鼻を鳴らし、頰杖《ほおづえ》を突《つ》いた。

「口が軽くなったな。あの作戦の封印《ふういん》指定が貴様の国で解除されるのはまだ四十年先だろう」

「口外されて手痛いのはテレサの方だろう。なにせ、嶺京《れいきょう》を手に入れるために我々エルメア合衆国とローレリア連邦《れんぽう》に働きかけてクオン暫定《ざんてい》大陸への上陸を手助けしたのだから。お陰《かげ》で、先端《せんたん》技術の粋《すい》を集めた嶺京人《れいきょうじん》の防御網《ぼうぎょもう》も難なく喰《く》い破《やぶ》ることができた」

リムを含《ふく》め、職員全員、身体《からだ》を硬直《こうちょく》させた。

それは明らかに聞いてはならない会話だった。二国間大戦の中でも最大の戦線——何百人もの命が散ったクオン暫定《ざんてい》大陸の戦闘《せんとう》は、ローレリア連邦《れんぽう》とエルメア合衆国の経済摩擦《まさつ》が原因で起こったと言われている。しかし、その真実が、テレサ社が土地の利権欲しさに起こしたものだとすれば——正義は一体、どこにある。

そういった雲の上の話を、この男たちは今まさに繰《く》り広《ひろ》げていた。

「本題に入ろう。ご老体の寿命《じゆみよう》もそう長くないはずだ」

ランドの言葉にバルドレッドは口元だけで笑って——言った。

「〝死を超越した子供たち《アクセプティ》〟の回収を手伝ってやる。その代わり、ローレリア連邦《れんぽう》よりも一週間早く完成品のアルカディアを我々合衆国に納品しろ」

前置きも、言い訳も、建前も、何もなく。

ただ要求を言って伝えて宣《のたま》った。

リムが真っ赤な顔で立ち上がる。

「寝言《ねごと》は寝《ね》て言えこの老木がッ！　アルカディアを強奪《ごうだつ》しておいて優先的に納品しろだと!?　ふざけるな！　貴国が我が社に敢行《かんこう》した鋼鉄の雹作戦《オペレーション・アイアンヘイル》をまさか忘れたとは言わせないぞ!!」

ホロディスプレイの中でバルドレッドの目が細くなる。

ランドは溜息《ためいき》を一つつくと、おもむろに机の引き出しからハンドガンを取り出し、その銃《じゅう》口《こう》をリムに向けた。

直後、発砲《はっぽう》。

「あ――――」

「次、口を挟《はさ》んでみろ。ミンチにして下水のヘドロに変えてやる」

リムの頬《ほお》には一筋、赤の線が入っていた。直撃《ちょくげき》はしていない。しかし、一度はランドに撃《う》ち抜《ぬ》かれた身。先日の痛みが幻肢痛《げんしつう》となって恐怖《きょうふ》に変わり、リムは震《ふる》えて尻《しり》もちをついた。

そんなリムの様子には目もくれず、ランドは拳銃《けんじゅう》を握《にぎ》りながらバルドレッドへ向き直る。

「〝否認されるべき特殊部隊《ディナイアルズ》〟の指揮権を我々に譲《ゆず》る、と？」

「そう言っている。もちろん、回収が完了《かんりょう》するまでの一時的なものだがな」

「──悪くない話だ」

ランドの一言に一同がぎょっとする。

リムの言葉ではないが、この男が率いる非正規戦闘《せんとう》集団──〝否認されるべき特殊部隊《ディナイアルズ》〟は、たった十日ほど前、テレサの領空に無断で侵入《しんにゅう》したばかりか、空爆《くうばく》や隊員による強襲《きょうしゅう》、はたまた〝死を超越した子供たち《アクセプティ》〟の電子的な拉致《らち》を敢行《かんこう》しようとした事実がある。

いや、それ以上に。その部隊のリーダーである幾島亜礼《いくしまあれい》は、何を隠《かく》そう、このランド・ローガンのオリジナルを殺した張本人なのだ。

当然、それを知らないランドではないし、全てを承知の上での判断だろう。

しかし、いや、だからこそ。淡々《たんたん》と損得勘定《かんじょう》に努めるその姿はあまりにも常軌《じょうき》を逸《いっ》していた。

「我が社の部隊は無人化を進めて久しい。対して、回収対象の〝死を超越した子供たち《アクセプティ》〟は対自律兵器戦闘《せんとう》のスキルに長《た》けている。その点、対人専門の〝否認されるべき特殊部隊《ディナイアルズ》〟は最適と言える」

「先週の回収作戦は君に邪魔《じゃま》されて叶《かな》わなかったがな。あれさえなければ、我々にとって〝死を超越した子供たち《アクセプティ》〟の回収は酷《ひど》く容易だ」

「──しかし、交換《こうかん》条件としては弱いな」

「と、言うと？」

ランドは片方の口端《くちは》を持ち上げた。

「貴様らが強奪《ごうだつ》した破損状態にあるアルカディアのシステムデータ。それを消去しろ」

「…………」

「我々の関係はあくまで買い手と売り手。買い手が商品を模倣《もほう》して自給自足し出したらこの関係は終わるだろう？」

「もっともだ」

「だから、消せ。今すぐに」

ドスの利《き》いたランドの声。バルドレッドの口元が白髭《しらひげ》の下で歪《ゆが》む。

「それは、契約《けいやく》成立と取ってよろしいか」

ランドはホロディスプレイに向けてハンドガンを構えた。

その中央には、ランドの姿を捉《とら》えているドローンカメラが浮《う》いている。

「――六時間以内に〝否認されるべき特殊部隊《ディナイアルズ》〟を寄こせ。話はそれからだ」

同時、ランドはドローンカメラごとホロディスプレイを撃《う》ち抜《ぬ》いた。


引き金を引いた。赤が散る。

刀を振《ふ》るった。赤が散る。

そしてまた引き金を引いた。

赤が散る。散る。散る。散る。

積み上げられた死体の山は幾千万《いくせんまん》。

立ち上る硝煙《しょうえん》の先に横たわるのは、夏の穹《そら》よりも深い蒼《あお》の瞳《ひとみ》と、人形よりも人形らしい、現実味すら消失するほどの美の化身《けしん》。その少女の冷たい貌《かお》が、血の海の中に横たわる。

俺が殺した。誰《だれ》よりも多く。誰《だれ》よりも素早《すばや》く。

何度も何度も、何度も何度も何度も何度も。

斃《たお》れた死体は動かない。冷えた身体《からだ》を揺《ゆ》さぶっても目を覚まさない。

人は生き返らない。

悲しい？　辛《つら》い？　――否。ただただこの喪失《そうしつ》が、苦しくてたまらない。

だから瓦礫《がれき》の上に横たわったその美しい死体を抱《だ》いて、慟哭《どうこく》した。


「フィリアぁぁあああ――――!!」


がばり、と身体《からだ》を起こすと、そこは積荷のない空の貨物車の中だった。

見回せば、見知った仲間たちが一様に手を止めて秋人《あきと》を見ている。

その大きく見開かれた目や、恥《は》ずかしそうに背《そむ》けられた顔、クスクスと笑う声に、秋人《あきと》はゆっくりと自分の意識が覚醒《かくせい》していくのを自覚した。

「んんっ」

誰《だれ》かが秋人《あきと》のすぐ隣《となり》で短く咳払《せきばら》いした。

首を回せば、そこには借りてきた猫《ねこ》のように足を揃《そろ》えてちょこんと地べたに座るフィリアの姿があった。その頬《ほお》や耳は真っ赤になっている。

秋人《あきと》は遅《おく》れて自分が今しがた何を叫《さけ》んだのかを思い出した。アレはきっと夢の話で、口から声が出ていたのだと思い至る。それだけで顔が発火したかのように熱くなるのを感じた。

「ひゅー。熱いねえ二人とも」

由乃《ゆの》がニヤニヤした顔で冷やかし、

「おかしくない？　一番一緒《いっしょ》にいた時間が長いの私のはずなんだけど。なんで私の名前が出てこないの？」

しゃがみながら膝《ひざ》に両肘《りょうひじ》を立てて手のひらで頬《ほお》を支える玲奈《れな》がジト目でぼやく。

「刷り込みが足りないんじゃないの？　いっそのこと天代玲奈《あましろれな》があの貧血野郎《ひんけつやろう》を監禁《かんきん》でもしてくれたら話は早いんだけど」

その横でシスティが光のない目で物騒《ぶっそう》なことを言う。

「シーちゃんってあの二人のこと応援《おうえん》してるのか、引《ひ》き裂《さ》こうとしているのかたまに分かんなくなるんだけど」

「奇遇《きぐう》だね。私もだよ。――でも分かるでしょ、この気持ち？」

システィの言葉に玲奈《れな》は神妙《しんみょう》な顔をして、

「愛と憎《にく》しみって表裏一体《ひょうりいったい》だよね」

「そういうこと。沼《ぬま》っていうのは嵌《はま》れば嵌《はま》るほど、深ければ深いほど、心地《ここち》よくも苦しいものなんだよ」

なぜか二人してうんうんと頷《うなず》き以心伝心していた。

すると、きゅっとケープコートの裾《すそ》をフィリアに抓《つま》まれる。そして秋人《あきと》の耳に顔を近づけて囁《ささや》いた。

「……わたしは、ここにいるから」

頰《ほお》に触《ふ》れた彼女の吐息《といき》の熱が、秋人《あきと》の恐怖《きょうふ》に固まった心をゆっくりと溶《と》かしていく。

目が合うと、見上げてくるフィリアが恥《は》ずかしそうに薄《うす》くはにかんだ。同時に湧《わ》き上《あ》がってくる恥《は》ずかしさのあまり自分の顔を覆《おお》うが、結局どうしようもなくなって照れくささの入り混じった苦笑いをフィリアに向けた。

そうして時間が永遠に止まったかのように思えた、その時。

「おい、見ろ、外だ！」

遼太郎《りょうたろう》の珍《めずら》しく上ずった声が響《ひび》くと同時、先頭車輛《しゃりょう》の方から真っ白な光が見えた。

見つめ合っていた形の秋人《あきと》とフィリアは我に返ってお互《たが》い距離《きょり》を開ける。

視線を感じてフィリアとともに振《ふ》り返《かえ》ると、そこには冷めた目をした玲奈《れな》とシスティが肩《かた》を並べて立っていた。それから二人して「ふんっ」と鼻を鳴らして窓際《まどぎわ》へと駆《か》け寄《よ》っていく。

秋人《あきと》とフィリアは無性《むしょう》に恥《は》ずかしくて互《たが》いの顔も見られないまま、その二人の後を追って曇《くも》ったガラス窓にへばりつく。すると、更《さら》に秋人《あきと》たちの後ろから仲間たちが俺も私も、と外を見たさに重なっていく。

――そして、遂《つい》に地下鉄道を抜《ぬ》け、列車は外へ出た。

「わ――――」

視界が真っ白に塗《ぬ》りつぶされ、目を細める。そして世界が色彩《しきさい》を取《と》り戻《もど》した時、秋人《あきと》たちは示し合わせたわけでもないのに感嘆《かんたん》の声を重ねた。

「すっげえええええええ――――！」

「なに、これ……――」

「これ、街？　都市？　ねえ、あれってもしかして全部人？」

秋人《あきと》、フィリア、玲奈《れな》の順に窓に齧《かじ》りつくように外の世界を瞳《ひとみ》に収める。

そこは無数の超《ちょう》高層ビルから立体の鉄道網《てつどうもう》、そしてホログラムの輝《かがや》きが絡《から》まり合《あ》った一つの巨大《きょだい》な都市だった。

視界全てを覆《おお》い尽《つ》くすのは嶺京《れいきょう》と同等かそれ以上の輪郭《りんかく》の大きさを持つ威影《いえい》。しかし嶺京《れいきょう》と決定的に異なるのは、そこが灰色一色に塗《ぬ》りつぶされた廃骸《はいがい》都市などではなく、夥《おびただ》しい数の人と情報が作り出す生命の輝《かがや》きに満ち満ちていることだった。

そんな都市の中心を、中空に浮《う》いたレールを秋人《あきと》たちの乗る列車が走る。

由乃《ゆの》が振《ふ》り返《かえ》り、静かに言った。

「――みんなようこそ。楽園都市《ティーラ》へ」

その言葉は不思議と秋人《あきと》たちを高揚《こうよう》させる。

しかし、そんな感傷に浸《ひた》っているのも束《つか》の間《ま》。

列車の車輪が立てる鈍《にぶ》い音の中に、外から大気が燃焼《ねんしょう》する高音が混じる。

「……？」

最初に音に気が付いたのは秋人《あきと》とフィリアだった。

焦点《しょうてん》をどこまでも続く巨大都市《きょだいとし》から引《ひ》き戻《もど》し、意識を周囲警戒《けいかい》に切《き》り替《か》える。それから続々と他のメンバーが同様に異変に気が付く。その間、たったの一秒とコンマ二秒。

直後、高音は中型のジェット音に変わり、車輌《しゃりょう》の左右へと迫《せま》った。

それと同時に、列車の下から現れたのは黒々とした機影《きえい》。

全長十五メートル。黒と灰色の都市迷彩《めいさい》。形状は羽を広げたカモメにも見えるが、その実、腹の中に溜《た》め込《こ》んでいるのは幾千発《いくせんぱつ》もの鉛玉《なまりだま》の類。それはかつて秋人《あきと》とフィリアがテレサビルに向かって強行した際に使用した機体と同型機体――ティルトジェット式の航空機である。

「え――？」

玲奈《れな》が思わず声を漏《も》らす。

一機だけではない。四機……いや五機いる。

それがずらりと十数輌《りょう》ある列車を左右から挟《はさ》み込《こ》んでいる。左右合計で十機は視界に捉《とら》えた。

秋人《あきと》はそれら両翼《りょうよく》に備え付けられたバルカン砲《ほう》が快音を上げて回転し始めるのを見て、

「全員、伏《ふ》せろ‼」

目一杯《めいっぱい》両腕《りょううで》を広げて周囲の人間を押し倒しながら叫《さけ》んだ。

列車が人の体重で揺《ゆ》れる。遅延《ちえん》した世界で人が床《ゆか》に折り重なっていく。

そして、列車の左右から弾雨《だんう》がやってきた。

「きゃぁぁぁあああああああああああああああ‼」

上がった悲鳴は由乃《ゆの》のもの。

ガラスが飛び散り、フレームが穴だらけに削《けず》り取《と》られ、シートに敷《し》き詰《つ》められたクッションが雪のように舞《ま》い散《ち》る。車輛《しゃりょう》の天井《てんじょう》が引《ひ》き剝《は》がされ、ドアが吹《ふ》き飛《と》んでいく。

「秋人《あきと》、どうなっているのこれ⁉」

「動くなフィリア、死ぬぞ‼」

秋人《あきと》の腕《うで》の下敷《したじ》きになったフィリアが呻《うめ》いて顔を上げようとしたところを、四肢《しし》を使って必死に押さえつける。今、少しでも頭を上げたら一瞬《いっしゅん》で蜂《はち》の巣《す》だ。

やがてバランスを大きく崩《くず》した列車は、ついに秋人《あきと》のいる真下付近で脱輪《だつりん》した。

ガキンッ、と異様な音が鳴《な》り響《ひび》く。

「や、ば──っ！」

弾丸《だんがん》の往来など最早《もはや》気にしている余裕《よゆう》はない。

それを悟《さと》った面々は、血相を変えて今度は一斉《いっせい》に身体《からだ》を起こして膝《ひざ》を曲げる。

直後、浮遊感《ふゆうかん》が来た。

身体《からだ》が浮《う》く浮《う》く浮く。

景色が反転し、髪《かみ》の毛《け》が逆立つ。空が足元に、地面が頭上に現れる。

秋人《あきと》は渾身《こんしん》の力を肺に溜《た》め、ありったけの声を吐《は》き出《だ》した。

「総員、列車を棄《す》てて退避《たいひ》‼」

それを合図に、嶺京兵《れいきょうへい》は両足に込《こ》めた力を解放。タクティカルスーツに編み込まれた人工《バイオ》筋繊維《メタルファイバー》が通電し、強化された脚力《きゃくりょく》に物を言わせて航空機の包囲網《ほういもう》から抜《ぬ》け出《だ》していく。

直後、垂直に屹立《きつりつ》した先頭車輛《しゃりょう》が後続車輛《しゃりょう》に押され横回転を始めると、ティルトジェット式の航空機を巻き込んで火花を散らした。

「あーくんっ！」

秋人《あきと》もいよいよ落下の一途《いっと》をたどる列車から飛び出ようとしたその時、悲痛な声を聞いた。

誰何《すいか》するまでもない。由乃《ゆの》である。彼女は空中に完全に投げ出されており、このままでは列車の脱線《だっせん》に巻き込まれて鉄塊《てっかい》にプレスされるであろう位置にいた。

由乃《ゆの》は体勢を調整することも叶《かな》わず、逆立つ列車の合間から脱出《だっしゅつ》できずにいるのだ。

「ゆ、の、ねえ……こっちだっ！」

地上方向へ身体《からだ》を伸《の》ばし、肩《かた》を伸《の》ばし、腕《うで》を伸《の》ばして——その手を捉《とら》えた。

同時、先頭車輛《しゃりょう》に衝突《しょうとつ》した航空機三機が引火、閃光《せんこう》を伴《ともな》って爆発《ばくはつ》。

秋人《あきと》は由乃《ゆの》を強引《ごういん》に引き寄せるなり、横にして抱《だ》き、ジェットキットを展開。

「あっつッ！」

墜落《ついらく》した航空機の爆炎《ばくえん》に背中を炙《あぶ》られながら由乃《ゆの》を守るように身体《からだ》を折り曲げる。

そして爆風《ばくふう》に煽《あお》られて、屹立《きつりつ》する列車の合間から上空に向かって弾《はじ》き出《だ》された。

秋人《あきと》は由乃《ゆの》を抱《かか》えたまま空中で数回転しながらジェットキットを吹《ふ》かして勢いを殺す。そして何とか街の上空を走るレールを超《こ》えて、片側一車線の道路に降り立った。

「ぐ——っ！」

由乃《ゆの》が軽いとは言え、二人分の体重がのしかかる。接地した両脚《りょうあし》がアスファルトにヒビを入れながら沈《しず》み込《こ》んだ。全身のバネを最大限に沈《しず》み込《こ》ませて衝撃《しょうげき》を吸収し、そのまま横に転がって受け身を取る。

しかし、由乃《ゆの》は秋人《あきと》に担《かつ》がれたままだったため受け身をまともに取ることも叶《かな》わず、秋人《あきと》の上に身体《からだ》が投げ出される結果に。

果たして、秋人《あきと》は呆然《ぼうぜん》と立ち止まる大衆の面前で、由乃《ゆの》の尻《しり》に敷《し》かれていた。

「は——、は——。死ぬかと思った、死ぬかと思った死ぬかと思った死ぬかと思った!!　ありがと、あーくん、本当にありがとう……っ！」

「……、……っ。ゆ、の、ねえ……ギブ、いき……ぎぶ……」

「えっ、ちょっ、あーくんなんで私の下にいるの⁉」

「ちゃくち、ミスった……っていうか、どいて……」

顔を赤くしながら秋人《あきと》の上から降りる由乃《ゆの》を端目《はため》に、秋人《あきと》は横薙《よこな》ぎに視線を巡《めぐ》らせた。

「げほっ、げほっ……みんな、無事か」

そして秋人《あきと》は息を呑《の》んだ。

結論から言えば、嶺京兵《れいきょうへい》はみな多少の怪我《けが》はしていてもピンピンしていた。当然だ。この程度のイレギュラーで死ぬような鍛《きた》え方《かた》はされていない。

しかし、その向こう。秋人《あきと》たちが立つ街自体には惨状《さんじょう》とも言える風景が広がっていた。

停車していた自動車にひしゃげた列車が突《つ》き刺《さ》さり、空中を走るレールにはボロボロになった航空機の亡骸《なきがら》が火の粉を振《ふ》り撒《ま》きながら引っかかっている。レールの下の道路には無数のガラス片《へん》や金属片《きんぞくへん》が撒《ま》き散《ち》り、アスファルトの所々に落下した車体の衝撃《しょうげき》で亀裂《きれつ》が入っている。

その様子を、街の人々が啞然《あぜん》とした様子で眺《なが》めていた。

あらゆる年齢《ねんれい》、あらゆる性別、あらゆる人種の人々が、秋人《あきと》たちを遠巻きに見ている。

「ひ、人が降ってきた……ッ！」

「オイオイオイオイ今の航空機、テレサ社のものじゃなかったか？　何が起きてる？」

「見ろよアレ、全員子供じゃないか。しかも、なんであの爆発《ばくはつ》の中で生きているんだ？」

その目の色は、異物を見る恐怖《きょうふ》の色だった。

秋人《あきと》は悟《さと》る。

──ああ、これが普通《ふつう》なんだ。

壊《こわ》れた都市しか見たことがなかった。歩けば何かが壊《こわ》れるのが当たり前の生活だった。

それが普通《ふつう》。それが日常。──そう思っていた。

ここでは、秋人《あきと》たちが異質だった。

すると、秋人《あきと》の手が引かれる。見れば由乃《ゆの》だった。

「……あーくん。これ、すぐに離《はな》れた方がいいかも」

「分かってる。これじゃあテレサの連中に見つけてくださいと言っているようなもんだ──」

「手遅《ておく》れだよ、一之瀬《いちのせ》」

そこに、別の男の声が混じった。

聞き慣れない声。しかし、忘れもしない声。

命のやり取りをしたからではない。過去唯一《ゆいいつ》、秋人《あきと》が勝利できなかった強敵だからではない。

──なぜならそれは、自分と同じ声だから。

「由乃姉《ゆのねえ》、下がれッ！」

「あ、あーくんっ⁉」

突《つ》き飛《と》ばされた由乃《ゆの》が驚《おどろ》きの声を上げた。

視《み》るより前に、戦いの記憶《きおく》を刻み込まれた脊髄《せきずい》が指先を動かす。

マウントから抜《ぬ》くのは柄状《つかじょう》の兵装――〈ZERO-96〉。通称《つうしょう》ゼロクロ。

指先がトリガーを絞《しぼ》り、起動する。

そしてほとんど勘頼《かんだよ》りに〈ゼロクロ〉を振《ふ》り上《あ》げ――


「――――ッ!!」


飛来してきた鋭《するど》いナニカを弾《はじ》き飛《と》ばした。

わぁあああっ！　と群集の一部が飛来してきた棒状のソレに対し、姿勢を低くして逃《に》げ出《だ》す。

右腕《みぎうで》が痺《しび》れる。それほどの速度と質量だったということ。

見れば、秋人《あきと》が弾《はじ》いたそれは、細身の白い刀剣《とうけん》だった。見間違《みまちが》えるわけがない。それは秋人《あきと》の持つ〈ゼロクロ〉の後継《こうけい》機種である、もう一種類の対戦車ブレード――

「〈マークエイト〉を弾《はじ》き飛《と》ばす奴《やつ》は未《いま》だかつて君しか見たことがないよ」

「……そりゃどうも。俺だって〈ゼロクロ〉を弾《はじ》く奴《やつ》はあんたしか知らない」

顔を上げた先。

そこには秋人《あきと》と瓜二《うりふた》つの顔の男が立っていた。

以前被《かぶ》っていたフルフェイス型のヘルメットはそこにはない。黒の頭髪《とうはつ》が太陽の下に晒《さら》されている。最早《もはや》、顔を隠《かく》す必要もないということか。

だが、顔を露《あらわ》にしているのは秋人《あきと》も同じ。というのもこれから使用する兵装の電力消費が膨《ぼう》大《だい》につき、光学ジャミング装置が今回使用できないのだ。

背丈《せたけ》も、瞳《ひとみ》の色も、立《た》ち居振《いふ》る舞《ま》いも。全てが同じ二人の男が相対する。

異なるのは奴《やつ》の方が秋人《あきと》よりも数歳年上ということと、顔に走る傷跡《きずあと》の多さ。

そして、顔の右半分を覆《おお》う視覚デバイス。

その男の名は、幾島亜《いくしまあ》礼《れい》。秋人《あきと》の遺伝子的なオリジナルだった。

「……どうしてアンタがここにいる。テレサとは敵対していたはずだろう」

彼我《ひが》の距離《きょり》は三十メートル前後。タクティカルスーツの最大出力で脚部《きゃくぶ》を強化すれば、瞬《まばた》き一つする間に懐《ふところ》に入られる距離《きょり》だ。

「簡単なことさ。テレサ社と手を組んだんだ。君たちの記憶変数体《マインドステート》を確保することを条件にね」

「は……？　手を組んだ？　アルカディアを盗《ぬす》んでおいて？」

「おかしなことはないだろう。元々、我が母国エルメアはテレサ社最大の顧客《こきゃく》だ。多少のイレギュラーがあったとしても、利害が一致《いっち》すれば手だって組むし、駒《こま》にさえなる」

「……理解できないね」

「それが大人というものだ。君たちがまだ子供っぽい思考を捨てきれていないだけだ」

秋人《あきと》は子供という言葉に反応して、思わず噛《か》みつく。

「あんたはただ思考停止して他人のいいなりになっているだけだろう」

「思考停止ではない。組織の――社会の意志に同調しているんだ。それにほら、君たちだって同じだろう。敵だった者同士、今は行動をともにしている」

「――――」

「結局、我々人間は自分にとって都合のいい人間を仲間と呼び、駒《こま》にするんだよ」

「……っ。違《ちが》う、俺たちは――！」

「違《ちが》わないさ。貴様ら全員、一之瀬《いちのせ》秋人《あきと》という人間にこんな場所まで扇動《せんどう》された駒《こま》なんだよ」

亜礼《あれい》は頬《ほお》もほとんど動かさないまま口元だけで薄《うす》く笑った。ひどく寂《さび》しそうな笑《え》みだった。

亜礼《あれい》の右腕《みぎうで》が掲《かか》げられる。

すると、亜礼《あれい》の背後に出来ていた人垣《ひとがき》の合間から、滲《にじ》むように大量の兵士が現れた。構えるのは〈MAR-16〉を始めとしたエルメアの銃火器《じゅうかき》。その兵士たちは、秋人《あきと》らが州間防護壁《ステートボーダー》と第七プラントで交戦したエルメア合衆国軍の切り札――〝否認されるべき特殊部隊《ディナイアルズ》〟である。

そして亜礼《あれい》は目を細め、

「人形は人形らしく人間の言うことを聞いて大人しくしていろ！」

右腕《みぎうで》を勢いよく振《ふ》り下《お》ろした。

同時、正面から弾雨《だんう》がやってくる。

しかし、それをただ眺《なが》めているだけの秋人《あきと》たちではない。

その時既《すで》に、秋人《あきと》を始め嶺京兵《れいきょうへい》は全員、自分の得物を構えていた。

『──総員、迎撃《げいげき》してください』

キリの声が通信上に響《ひび》くと同時、嶺京兵《れいきょうへい》の皆《みな》が銃撃《じゅうげき》を開始した。

一斉《いっせい》に硝煙《しょうえん》が辺り一帯を埋《う》め尽《つ》くし、その中をまるで雷雨《らいう》に走る稲妻《いなずま》のようにマズルフラッシュの瞬《また》きが橙色《だいだいいろ》に染め上げる。

今度こそ野次馬根性《こんじょう》で武装した兵士たちと秋人《あきと》ら謎《なぞ》の来訪者のやり取りを眺《なが》めていた群集が、悲鳴を上げて散り散りになる。

「──打ち方止め《シーズ・ファイア》」

煙《けむり》の向こうで亜礼《あれい》の声が響《ひび》く。

それに合わせて、秋人《あきと》も手を掲《かか》げて嶺京兵《れいきょうへい》の皆《みな》に射撃《しゃげき》を止めるよう指示を出した。

硝煙《しょうえん》の霧《きり》がゆっくりと風に流され晴れていく。最初に空薬莢《からやっきょう》に埋《う》め尽《つ》くされたアスファルトが、次に正面に壁《かべ》のように立ち並ぶ〝否認されるべき特殊部隊《ディナイアルズ》〟の影《かげ》が見えた。

地面に転がる死体の姿はない。それどころか散った赤色の一滴《いってき》さえどこにも見当たらない。

「……ッチ」

晴れた煙《けむり》の向こうで、亜礼《あれい》が憎々《にくにく》し気《げ》な顔で舌打ちした。

対して、秋人《あきと》たち嶺京兵《れいきょうへい》も同様に誰一人《だれひとり》として倒《たお》れていない。

『情報統括《とうかつ》本部より各位へ通達。皆《みな》さんグッジョブです。被弾数《ひだんすう》ゼロ、傷害数ゼロです』

飛来してくる弾丸《だんがん》の全てを、余すことなく撃《う》ち落《お》として相殺《そうさい》したのだ。

「え……？　え……？　私、生きてる……。って言うか、え……？　あんなに撃《う》ったのに、誰《だれ》も怪我《けが》してない……？　え……？」

秋人《あきと》の後ろで蹲《うずくま》っていた由乃《ゆの》が混乱の声を上げる。

それは、秋人《あきと》たちにとっても実現の難しい業《わざ》だった。飛来してくる弾丸《だんがん》の数に対してこちらの迎撃用《げいげきよう》に放った弾丸《だんがん》が多すぎても少なすぎてもダメなのだ。自分たちが被弾《ひだん》することも、敵兵を殺してしまうことも、ましてや民間人に跳弾《ちょうだん》してしまうことも避《さ》ける必要があった。

誰《だれ》がどの弾丸《だんがん》を撃《う》ち落《お》とすか――そのすべての演算上の指揮を執《と》った情報統括《とうかつ》本部と、その長たるフィリア、そして正確に全弾《ぜんだん》命中させた嶺京兵《れいきょうへい》全員による神業《かみわざ》である。

「ふー……」

フィリアが弾倉《マガジン》をリロードしながら細く長く溜息《ためいき》をつく。

秋人《あきと》は無言でその肩《かた》を叩《たた》いて労《ねぎら》い、亜礼《あれい》に向き直った。

「ただの駒《こま》には出来ない芸当だろこれ？」

「……戦略統合システム《UTAS》もなしに弾丸《だんがん》全てを撃《う》ち落《お》とすとは、演算能力だけは一流のようだ」

「…………」

「フィリア、鼻の下伸《の》びてるぞ」

「ちょ……っ、秋人《あきと》うるさい！　こんな時に何言ってんの！」

フィリアに肩《かた》を思い切り叩《たた》かれて秋人《あきと》は思わず笑ってしまう。それを見て更《さら》にフィリアが頬《ほお》を膨《ふく》らませるのが微笑《ほほえ》ましくて仕方なかった。

それを見て、亜礼《あれい》は舌打ちを一つして指示を飛ばす。

「第一から第四小隊、次弾装塡《じだんそうてん》し次第《しだい》、斉射《せいしゃ》しろ！　頭部は外せッ！」

「……ッチ。ほんっと容赦《ようしゃ》ないなあ……っ！」

「笑っていられるのも今のうちだ、肉人形。いくら正確無比な射撃《しゃげき》で全弾《ぜんだん》撃ち落《お》とせたとして、その軽装を見る限り、持ち歩いている弾薬《だんやく》もそう多くないだろう？　弾切《たまぎ》れまで追い込んで、無事君たちの敗北だッ」

「…………」

亜礼《あれい》の言う通りだった。

実際、秋人《あきと》たちの持ち前の弾薬《だんやく》はせいぜい多くても一人当たり弾倉《マガジン》が八本の三百発程度しかない。対して敵はこのまま持久戦に持ち込めば、いくらでも後援《こうえん》のテレサから弾薬《だんやく》の支給が来るだろう。戦略外骨格《JOINT》など大型兵器を持ち出されたらひとたまりもない。

――しかし。

秋人《あきと》たちだって無策なわけではないのだ。

秋人《あきと》はリロードを挟《はさ》みながら、フィリアに声を飛ばす。

「フィリア、アレ、アレのルート指示、用意！」

「やってるわ！　あと十秒待って！」

そして、亜礼《あれい》の掲《かか》げた手が振《ふ》り下《お》ろされ斉射《せいしゃ》が今まさに開始されようとして――

――それは来なかった。

嶺京兵《れいきょうへい》の間で緊張《きんちょう》の糸が張ったまま疑念が広がる。

しかし、それは敵兵たちの間でも同様だったようで、彼らの視線が泳ぎ始めるのを見た。

原因は分かり切っていた。亜礼《あれい》の肩《かた》が、腕《うで》が、手のひらが、空高く掲《かか》げられたまま硬直《こうちょく》していたのだ。そればかりか、視線すらも硬直《こうちょく》していた。

否、亜礼《あれい》はなにかを見つめていた。

その何かを秋人《あきと》は追って――息を呑《の》む。

奴《やつ》は、どういうわけか、玲奈《れな》を凝視《ぎょうし》していた。

「え？　え？　なに、なになに、私なにかした……？」

それが玲奈《れな》にも分かったのか、怪訝《けげん》な表情を浮《う》かべ戸惑《とまど》いの声を上げる。

「……花蓮《かれん》？」

秋人《あきと》は振《ふ》り返《かえ》った。こぼれた自分と同じ声音《こわね》。しかし、自分以外の誰《だれ》かが放ったその言葉。

それは間違《まちが》いなく、亜礼《あれい》から出た声だった。

「花蓮《かれん》、おい、花蓮《かれん》がなぜここに――」

秋人《あきと》は驚《おどろ》いた。あの冷静沈着《ちんちゃく》で常に無機質な表情ばかり浮《う》かべる亜礼《あれい》が、玲奈《れな》に目を向けたまま動揺《どうよう》を見せたのだ。

秋人《あきと》の斜《なな》め後方に控《ひか》えていた遼太郎《りょうたろう》が低く唸《うな》る。

「……なんだこりゃ。どうなってやがる」

すると、その亜礼《あれい》に駆《か》け寄《よ》る〝否認《デ》《ィ》《ナ》《イ》されるべき特殊部隊《アルズ》〟の隊員が一人。大柄《おおがら》の男のそいつは亜礼《あれい》の肩《かた》を強く揺《ゆ》さぶって叫《さけ》んだ。

「オイ亜礼《あれい》、正気に戻《もど》れ！　アレは花蓮《かれん》じゃない！　ただのクローンだ、目を醒《さ》ませ！」

「──あ、ああ……そうだな、分かっている。だが、いや、しかし──あれは魂《たましい》が別だとは到《とう》底《てい》思えないほど瓜二《うりふた》つ──。いやよそう、我々は我々の仕事をこなすだけだ」

そう言って、亜礼《あれい》は再度得物を構えて、手刀を掲《かか》げた。

「──その紛《まぎ》らわしい肉体、頭蓋《ずがい》を残して跡形《あとかた》もなく粉砕《ふんさい》してくれる」

そしてその手が再び振《ふ》り下《お》ろされようとして、

「秋人《あきと》！　ルート指示のアップデート終わったわ！　これでオフライン状態の今でも動ける！」

フィリアからの報告に、秋人《あきと》は短く頷《うなず》き、〈マインドトーク〉の回線を全隊員に向けて開きながら亜礼《あれい》へと向き直った。

「悪いけど、アンタらに構っている暇《ひま》はないんだ」

秋人《あきと》たちは端《はな》から持久戦をするつもりなど毛頭ない。

なんのために玲奈《れな》に都市に合うカジュアルな服を作ってもらったのか。

なんのために着慣れたタクティカルスーツのデザインを一新したのか。

なんのために高速機動戦闘《せんとう》に不利なケープコートを羽織っているのか。

全ては都市に紛れるため。そして紛《まぎ》れるべきは、今だった。

『総員、量子迷彩《クアンタムステルス》用意』

嶺京兵《れいきょうへい》の全員が、同時にケープコートのフードを被《かぶ》る。

「……何のつもりだ」

「折角、こんな遠いところまで来たんだ。観光でもしていくよ」

同時、キュィインと高音が一斉《いっせい》に鳴《な》り響《ひび》き――

嶺京兵《れいきょうへい》全員の姿が、虚空《こくう》に溶けた。

同時、亜礼《あれい》の顔が驚愕《きょうがく》に歪《ゆが》む。

「――ッ⁉　量子迷彩《クアンタムステルス》だと⁉　なぜその技術を持っている！　量子迷彩《クアンタムステルス》技術はアルカディア開発局が解散すると同時に失われたはず――‼」

「知っている人間にちょっと出会っただけさ」

秋人《あきと》の隣《となり》で由乃《ゆの》が小さく笑ったのが空気伝いに分かった。

亜礼《あれい》の眼球が秋人《あきと》たちを見失って焦点《しょうてん》を見当違《けんとうちが》いな場所に巡《めぐ》らせる。

「じゃあな亜礼《あれい》。俺たちは俺たちの頭で考えて道を進む。思考停止人間はそこで空気でも眺《なが》めて休んでな」

同時、秋人《あきと》たちの姿が完全に背景と同化する。透過《とうか》する。

そして秋人《あきと》は予定通り由乃《ゆの》を連れたまま、この後の《電磁蜘蛛《でんじぐも》》探索《たんさく》任務で同じ班となるフィリアと玲奈《れな》と合流しようとして――

「総員、制圧射撃《しやげき》始めッ！」

「は？」

亜礼《あれい》の指示で、〝否認されるべき特殊部隊《デイナイアルズ》〟は秋人、たち、が、さ、っ、き、ま、で、い、た、空、間、に向け乱射した。今、秋人《あきと》たちは互《たが》いを近距離高速無線通信規格《NFHC》で接続しているだけであり、散開した後は情報統括《とうかつ》本部がティーラ上にネットを構築するまで互《たが》いの位置の把握《はあく》ができなくなる。だから、今すぐに合流する必要があるのだが――

「やっばっ、――フィリア、玲奈《れな》、どこだッ⁉」

「あーくん、危ないよ、ここは逃《に》げようっ！」

「くそ――っ！」

何発も秋人《あきと》の身体《からだ》を掠《かす》め、いよいよ危険と判断。由乃《ゆの》を連れてその場から離脱《りだつ》する。

「あーもうっ、いっつも恰好《かっこう》がつかないなあ！」

せっかくあの亜礼《あれい》を出《だ》し抜《ぬ》いたのに――と秋人《あきと》は歯噛《はが》みしながら由乃《ゆの》とともにティーラの街を駆《か》け抜《ぬ》けた。

6

どこを歩いても人、人、人。

巡《めぐ》らす視線の先には必ず人の姿がある。灰か瓦礫《がれき》か死体しかなかった嶺京《れいきょう》とは大違《おおちが》いである。往来する誰《だれ》もが小奇麗《こぎれい》で洒落《しゃれ》た服を着ており、心底、玲奈《れな》に街用の私服を作ってもらってよかったと実感する。

亜礼《あれい》の部隊との交戦から一時間。

秋人《あきと》と由乃《ゆの》は《電磁蜘蛛《でんじぐも》》の捜索《そうさく》のため、自分たちが担当する区画を目指してティーラを横断しているところだった。

ティーラの大通りを由乃《ゆの》とともに早足で進みながら秋人《あきと》はティーラの立体マップを視界端《はし》に呼び出して拡大する。本来であればそこに仲間たちの現在位置を示す光点が表示されるのだが──点滅《てんめつ》するのは二つの光点のみ。秋人《あきと》と由乃《ゆの》のものである。

「……やっぱり信号は受信してないか。この都市《まち》、なんでこんなに通信環境《かんきょう》が悪いんだ？　さっさと他のみんなと合流したいんだけどな」

「今の時代の情報都市ってどこもこんなものだよー。あーくんたちが使っている通信システムって一人一人が接続子《ノード》として構築する小規模な分散型ネットワークでしょ？　いくらこの時代のものより二世代も三世代も〝最先端《さいせんたん》〟の技術を持ったあーくんたちでも、そもそもの信号の出力不足で混線しちゃうんだよ」

すれ違《ちが》う人々を興味深そうに振《ふ》り返《かえ》りながら由乃《ゆの》が言い、秋人《あきと》はしばし考え込む。

想《おも》うのはフィリアのこと。由乃《ゆの》ほどではないが、あの少女もまた運動神経は決して高いわけではないのだ。卓越《たくえつ》した演算スキルを持つとは言え一人の女の子だ。素直《すなお》に心配だった。

「……集合するのも手こずりそうだな。量子迷彩《クアンタムステルス》の消費電力もかなりエグいせいで、タクティカルスーツのバッテリー残量も少ないし……」

「オフラインでも《電磁蜘蛛《でんじぐも》》の捜索《そうさく》ができるように担当エリアは割《わ》り振《ふ》ってあるんでしょ？」

「そうだけど、仲間と通信ができない状況《じょうきょう》っていうのは常にネットに繋《つな》がっていた俺たちにとっては怖《こわ》いんだよ。……通信素子《エーテル》が手元にあればなー。優先度がそんなに高くないからって、第七プラントにほとんど置いてきちゃったんだよな」

「……通信素子《エーテル》、ね」

「？」

何やら含《ふく》みのある言い方に秋人《あきと》は由乃《ゆの》の顔を覗《のぞ》き込《こ》もうとするが、その前に由乃《ゆの》が白衣を翻《ひるがえ》して振《ふ》り返《かえ》る。

「今の位置的に丁度いいし、捜索《そうさく》の担当エリアに行く前に一か所観光してく？」

「観光？　どこを？」

「あそこ」

そう言って指さすのは、右手に広がるオフィス街。

その中心にそびえるのは建築的な知識がさっぱりでも先鋭的《せんえいてき》なデザインであると一目で分かる巨大《きょだい》な建造物。それを見て最初は綺麗《きれい》だなー、どっかで見覚えあるなー、くらいにしか思わなかった秋人《あきと》であるが、そのビルの端《はし》に掲《かか》げられた企業《きぎょう》ロゴを見てぎょっとする。

それは、ひどく見慣れたデザイン。

「ちょ――由乃姉《ゆのねえ》、あれってまさか」

ドン引く秋人《あきと》を前に、由乃《ゆの》はニヤリと悪い笑《え》みを浮《う》かべた。

「――そ。テレサ本社」

そこは、敵の本拠地《ほんきょち》だった。

由乃《ゆの》に連れられるまま歩くこと十分。

テレサ本社は、ティーラの都市のど真ん中に鎮座《ちんざ》していた。

巨大《きょだい》な立方体や直方体を幾《いく》つも重ね合わせたようなデザインとでも言えばいいのだろうか。

流線形の類は一切《いっさい》なく、ただ直線の織り成す美しさだけが、多用されたガラスと人工大理石の中で光《ひか》り輝《かがや》く。

敷地《しきち》に広がるのは美しさのためだけに配置された芝生《しばふ》や木々の緑色。

自然を表す記号のはずなのに、それすらも作られた人工物に見えてしまう。

本社ビル前は広大な敷地《しきち》を贅沢《ぜいたく》に使った公園になっており、ジョギングコースや噴水《ふんすい》広場まで完備されていて、街と一体化しているような印象を得る。

無駄《むだ》のない美しさのために全てが計算された空間。

完璧《かんぺき》である以外のものは排除《はいじょ》される、真っ白で、綺麗《きれい》で、完璧《かんぺき》な場所。

それが、テレサ本社だった。

「……ここが」

「うん。テレサの本社ビル。アルカディアの本体も、今はあの中にあるよ」

「――――っ」

さらりと由乃《ゆの》の口から出てきた言葉に秋人《あきと》は身を固くする。

振《ふ》り返《かえ》ると、由乃《ゆの》の表情はいたって普通《ふつう》だった。無表情と言ってもいい。

しかし、その無表情がむしろ、彼女の心中に様々な感情が渦巻《うずま》いていることを思わせた。

「……、突破《とっぱ》するには、相応の装備が必要だな」

秋人《あきと》は今の由乃《ゆの》にかける言葉が分からず話題を繋《つな》ぐ。

そんな秋人《あきと》の内心まで見透《みす》かしたのか、由乃《ゆの》は一度だけ柔《やわ》らかく笑うと、視線を眼前のテレサの本社ビルに移した。

「そうだねえ。少なくとも今のあーくんたちだったら一人当たり十デスしてやっとビル内部に侵入《しんにゅう》できる、ってくらい戦力差があるかな。あ、そう言えばエルメアの〝否認《デイナイ》されるべき特殊部隊《アルズ》〟もいたっけ。そしたら二十デスで足りるかどうかって感じかな」

「二十デスって……今の俺たち、命いっこしかないんだけど？」

「だから正面突破《とっぱ》だけは絶対にしちゃだめ」

秋人《あきと》と由乃《ゆの》は近くのベンチに座って同時に足を組み、頬杖《ほおづえ》をついてビルを睨《にら》みつけた。

「空から降下して屋上から侵入《しんにゅう》するのは？」

「無理だねー。今は収納されていて見えないけど、あーくんたちが突破《とっぱ》した州間防護壁《ステートボーダー》なんて目じゃないくらい大量の対空砲《アンチエアー》が配備されているよ」

「さっき言っていた正面突破《とっぱ》っていうのは？　──例えば、戦車《タンク》を調達してくるとか」

一見ただの小奇麗《こぎれい》な正面広場。作りだけ見れば嶺京《れいきょう》にあったアルカディア開発本部のそれに似ているが、その実、所々にアートオブジェの皮を被《かぶ》った防護用の固定砲《こていほう》が大量に設置されているのが分かる。装甲車《そうこうしゃ》でも持ち出さないと歩兵など秒で血飛沫《ちしぶき》に変わるだろう。

由乃《ゆの》はその細い肩《かた》を竦《すく》めた。

「仮にイージス戦車を持ち出しても、今の第八世代戦車の薄《うす》い装甲《そうこう》じゃ簡単に貫《つらぬ》かれちゃう」

「虎《とら》の子《こ》の多重自律反応装甲《MAR》も一撃《いちげき》必殺の質量弾《しつりょうだん》には強くても、多面攻撃《こうげき》にはめっぽう弱いもんな」

「そーいうこと。せめて第三世代戦車の分厚い装甲《そうこう》がないと無理かな」

「……わざわざこんな場所まで連れてきたんだ。まさか打つ手なしってオチじゃないんだろう？」

秋人《あきと》がそう言うと、由乃《ゆの》はふふんと得意げに笑ってみせた。

「もっちろん。おねーちゃんに全部任せなさいって」

「不安だなあ……」

「不安ってひどいなあ。これでも超《ちょう》一流の研究者なんだからね？　分析力《ぶんせきりょく》には自信アリだよ」

由乃《ゆの》はベンチから立ち上がり、ビルの一点を指さす。

「あそこから突破《とっぱ》するの」

「……正面玄関《げんかん》？」

「違《ちが》う違《ちが》う。その隣《となり》」

秋人《あきと》はスマートコンタクトレンズの倍率を引き上げて、ガラス張りのビルを舐《な》めまわすように探す。すると、由乃《ゆの》の指さす辺りに見えたのは、正面玄関《げんかん》とは別のもう一つの侵入《しんにゅう》経路。

「……まさか幹部専用のエントランス？」

「あったりぃ」

「いやいやいや……何言ってるんだよ」

「あそこが何だかんだ遮蔽物《しゃへいぶつ》が多い関係で一番通る射線の数が少ないのよね」

「………仮に五百歩譲《ゆず》ったとして」

「五百歩も譲《ゆず》ったら最早《もはや》それは敗走よ」

「どうやって入る？　どうせ通るのにカードキーが必要なんだろ？」

由乃《ゆの》の茶々を無視して言葉を繋《つな》ぐ。

そして由乃《ゆの》はドヤ顔のまま言い返した。

「その方法を、これから見つける情報屋さんに教えてもらうんだよ～」


由乃《ゆの》曰《いわ》く、この街は三つの区画に分かれているらしい。

「ティーラの中心はテレサが牛耳《ぎゅうじ》る区画。その周辺はテレサ以外の企業《きぎょう》が縄張りにしている区画。そしてさらに外周部が企《き》業《ぎょう》に街を追い出された連中が住む場所がある。それが――」

秋人《あきと》と由乃《ゆの》の足が、ざっと音を立てて止まる。

見上げる先には、違《い》法《ほう》増築を繰《く》り返《かえ》したことにより立体迷路《めいろ》の様相を呈《てい》しているコンクリートジャングル。階段の先に商店街があり、その真上に住宅街があるかと思えば、隣《となり》は廃車《はいしゃ》が積まれたスクラップ工場がある。

「……なんか、入り組んでいる感じがジオシティ・イオタみたいな場所だな」

「たしかにねえ。ここがテレサに追われた人たちが流れ着く場所――廃棄区画《トラッシュディビジョン》だよ」

その境界を踏《ふ》み越《こ》えた瞬間《しゅんかん》から街の空気が変わるのが分かった。

通りを歩く人間がまず違《ちが》う。小奇麗《こぎれい》かつスタイリッシュにコーディネートを決めていた人々が、電飾《でんしょく》と金属パーツがふんだんに使われた派手な恰好《かっこう》をした人間に入《い》れ替《か》わった。サイボーグの種類も全く異なる。さっきまでは生体パーツを自然に埋《う》めた人々が多かったのに、ここではシリンダーが剝《む》き出《だ》しになった外骨格系の人工筋肉パーツや、明らかに攻撃用《こうげきよう》と分かるナイフや銃《じゅう》の機構が仕込まれた手足を持つサイボーグが目立つ。

そんな粗野《そや》な人間で溢《あふ》れ返《かえ》る商店街を、秋人《あきと》は由乃《ゆの》に手を引かれながら進む。

その時。

変なニオイのする煙《けむり》の向こう――露店《ろてん》と露店《ろてん》の隙間《すきま》に出来た小さな交差路に見覚えのある黒のタクティカルスーツ姿の兵士を見た。

秋人《あきと》は、はっ、と顔を上げて、先行する由乃《ゆの》の手を引いて抱《だ》き寄《よ》せる。

「――由乃姉《ゆののねえ》、こっち」

「ちょっ、あーくん……っ？」

それから露店《ろてん》の商品を値踏《ねぶ》みする客を装《よそお》って、路地の近くで背を向ける。

二人一組の兵士だ。どちらもさっき、秋人《あきと》たちの列車を襲撃《しゅうげき》してきた際に亜礼《あれい》の後ろにいた顔だ。視線の巡《めぐ》らせ方《かた》を見るに、秋人《あきと》たち嶺京兵《れいきょうへい》を探しているのは明らかだった。

秋人《あきと》は無言でフードを被《かぶ》り、由乃《ゆの》を自分の陰《かげ》に隠《かく》す。

由乃《ゆの》が不安そうな声で囁《ささや》いた。

「て、敵……？」

『シッ……。音声探知ソナーを走らせているかもしれない。大きな声を出すと見つかる』

『わわ、分かってるわよ。今はちゃんと音声探知ソナーに引っかからない声量でしゃべったんですうー』

『ほんとかよ……』

そう言いながらも由乃《ゆの》は肩《かた》を竦《すく》めて両手で自分の口を押さえる。そういうところが、大人っぽい見た目をしているくせに、どうにも子供っぽく見えるのだ。

秋人《あきと》は視界に装備一覧を示すウィンドウを展開し、タクティカルスーツの蓄電状況《ちくでんじょうきょう》を見る。

『……バッテリーの戻《もど》りが悪い。歩きばっかだったせいだ。スーツが全然発電していない。これじゃあ量子迷彩《クアンタムステルス》は使えないな。由乃姉《ゆのねえ》は――』

『私もまったくだよー。代謝悪いからかなあ。生体エネルギーの出力、全然ないんだよね』

今回のテレサ本社への殴《なぐ》り込《こ》み作戦で一番のキーパーソンである由乃《ゆの》を連れていたこともあり、なるべく量子迷彩《クアンタムステルス》を使いながら亜礼《あれい》の軍から逃《に》げたのが、ここに来て仇《あだ》となった。

『クソ……もっと早く気が付いていれば』

『あの〝否認《デ》されるべき特殊部隊《ィナイアルズ》〟を振《ふ》り切《き》るには必要だったし。あーくんのせいじゃないよ』

秋人《あきと》はパーカーの裾《すそ》に隠《かく》していた背中のホルスターに触《ふ》れる。

それを見た由乃《ゆの》が怯《おび》えた目で秋人《あきと》を見上げる。

『た……戦っちゃダメだからね？』

『……こんな場所でやらないよ。民間人が多すぎる。何より装備が貧弱《ひんじゃく》だ』

「装備が万全《ばんぜん》でもダメだから！　あーくん、そんなだと本当に死んじゃうからね……！」

「ちょっ、由乃姉《ゆのねえ》声がでかい……っ」

慌《あわ》てて肉声を発した由乃《ゆの》の口を押さえる。

すると、視界の端《はし》で亜礼《あれい》の部下がこちらを振《ふ》り返《かえ》るのが見えた。

「……？　おい、待てそこの二人」

まず……！

秋人《あきと》は硬直《こうちょく》した。どうするどうするどうするどうする。

連中との距離《きょり》は二十メートル弱。往来する人々で通りがごった返していることを踏《ふ》まえても、あと数十秒程度で接近されるだろう。ゆっくりとこの場から離《はな》れることもできるが、既《すで》に目を付けられている今、自分たちが連中の言うところの〝死を超越した子供たち《アクセプティ》〟ですと公言するようなものだ。

こうなったら、いっそ一発空に向かって発砲《はっぽう》して、混乱に乗じて逃《に》げるしかない。量子迷彩《クアンタムステルス》が使えない以上、亜礼《あれい》から逃《に》げた時以上に難しい逃走劇《とうそうげき》になるだろうがここで摑《つか》まるよりは万倍マシというもの。

秋人《あきと》は無言でホルスターに収まるハンドガンのグリップを握《にぎ》った。

『あーくん……?』

『……合図をしたら走るぞ』

『な、なにをするつもり……っ!』

『大丈夫《だいじょうぶ》。大丈夫《だいじょうぶ》だから………多分』

『多分ってそれダメなやつじゃん!』

黒の兵士たちが秋人《あきと》の右手が背中に回っていることに気が付き、彼らもまた身体《からだ》の前に抱《かか》えているアサルトライフルを握《にぎ》り直《なお》した。その瞬間《しゅんかん》だけは、兵士たちの意識が僅《わず》かに秋人《あきと》たちから手元の銃《じゅう》に逸《そ》れた。

「そこの二人、動くな。妙《みょう》な真似《まね》すると痛い目を見るぞ」

――今しかない。

秋人《あきと》は腹を括《くく》ってハンドガンを抜《ぬ》き、その銃口《じゅうこう》を空に向け――

「……っ⁉」

突如《とつじょ》、目の前の空間がぐにゃりと歪《ゆが》んだ。

由乃《ゆの》も驚《おどろ》き、慌《あわ》てて目を擦《こす》る。しかし、その光景に変わりはない。水たまりに石鹼《せっけん》を垂らしたように、何もないはずの虚空《こくう》が淡《あわ》い虹色《にじいろ》の輪郭《りんかく》を伴《ともな》って曲線を描《えが》く。しかも、振《ふ》り返《かえ》れば秋《あき》人《と》たちの背後の空間も同様に歪《ゆが》んでいた。

それは、量子迷彩《クアンタムステルス》が世界を偽《いつわ》る痕跡《こんせき》。

直後、腕《うで》を引かれ、強引《ごういん》に走らされる。

「だ、誰《だれ》⁉」

由乃《ゆの》は驚《おどろ》きに声を上げながら、秋人《あきと》と同様に上半身だけ前かがみになって駆《か》け出《だ》す。

「クソッ、追うぞ！」

黒の兵士たちが背後で叫《さけ》び、人の波を掻《か》き分《わ》けて後を追ってくるのが端目《はため》に見えた。

秋人《あきと》は鼻先を掠《かす》める二つの匂《にお》いに、秋人《あきと》と由乃《ゆの》の手を取る二人が誰《だれ》なのかが一瞬《いっしゅん》で分かった。

何より秋人《あきと》の右手に収まる柔《やわ》らかな手は、この数か月で一番触《ふ》れた大切なカタチ。

『フィリアと……玲奈《れな》か』

『え……⁉　フィリちゃんと、レナちゃんなの⁉』

秋人《あきと》の言葉に由乃《ゆの》が驚《おどろ》きの声を上げると、由乃《ゆの》との回線に二つのアイコンが追加される。

僅《わず》かなホワイトノイズが走り、それからクリアになった音声が脳内に響《ひび》く。

『ねえ、アキ？　こんな非常事態だっていうのに、由乃《ゆの》姉ちゃんとデートとはずいぶんよゆーじゃん？』

『待て待てよく見ろ、俺たちは真面目に《電磁蜘蛛《でんじぐも》》の追跡《ついせき》をしていたんであって――』

『玲奈《れな》、そこの貧血男《ひんけつおとこ》を追《お》い詰《つ》めるのは後にして。あなたが飛び出したせいで、ここから先はノープランよ』

『は？　二人とも力業《ちからわざ》であの〝否認されるべき特殊部隊《ディナイアルズ》〟を躱《かわ》すつもりだったのか⁉』

『うっさい、上空に発砲《はっぽう》して強引《ごういん》に逃《に》げ出《だ》そうとしていたアキに言われたくない！』

秋人《あきと》は真横の歪《ゆが》んだ空間に向かって叫《さけ》ぶと、脳内で玲奈《れな》の鋭《するど》い声が返ってくる。

するど、秋人《あきと》たちの正面の人だかりの中から増援《ぞうえん》と思われる六、七人の兵士が現れた。

「まっず──」

思わず全員の足が止まる。思考が止まる。

『み、みんな、そこの路地に入って！』

否、独りだけ思考だけは止まらなかった者が一人。

由乃《ゆの》の声に弾《はじ》かれたように秋人《あきと》たちは、真横にあった細く薄暗《うすぐら》い路地へと駆《か》け込《こ》んだ。露店《ろてん》と露店《ろてん》の隙間《すきま》を抜《ぬ》け、水はけの悪いシンと冷えた細道を走る。人気はなく、露店通《ろてんどお》りと異なり追っ手が路地に入った瞬間《しゅんかん》、銃《じゅう》の射線が秋人《あきと》たちを捉《とら》えるのは必至。

『ゆ、由乃《ゆの》さん、こんな路地を進んだところで囲まれて捕《つか》まります！』

『ふ、二人とも、今すぐ私とあーくんのことを挟《はさ》み込《こ》むようにして抱《だ》きしめてっ！』

『は、はいぃ⁉　由乃《ゆの》姉ちゃん、まさかの欲求不満⁉』

『おおおいおいおい由乃姉《ゆのねえ》、どうした、テンパりすぎて〈ニューラルゲート〉壊《こわ》れたか⁉』

『い、いいから、言う通りにしてっ‼』

背後から迫《せま》りくる複数の軍靴《ぐんか》の音。

逡巡《しゅんじゅん》の末、秋人《あきと》の背中からフィリアが、由乃《ゆの》側から玲奈《れな》が密着する。久しぶりに感じるフィリアの強い肉感にかっと身体《からだ》が熱くなるのを感じていると、秋人《あきと》の腕《うで》の中に収まった由乃《ゆの》が緊張《きんちょう》に震《ふる》える声で言った。

『ふ、二人とも、次の合図でコート前面の量子迷彩《クアンタムステルス》を解除。すぐにお互《たが》いの電磁波誘導界面《ダイバーター》を接続して！』

『なになになになに急に変なこと言わないで！』

『ら、了解《ラッジ》っ！』

慌《あわ》てふためく玲奈《れな》と、何とか事態を飲み込むフィリア。

対極的な二人を他所に、遂《つい》に敵影《てきえい》が路地の入口へと差《さ》し掛《か》かり――

『今だよ！　繋《つな》いで！』

瞬間《しゅんかん》、由乃《ゆの》の声が脳内に響《ひび》く。

直後、バチンッ、と静電気が弾《はじ》けたような音とともに、フードを被《かぶ》った玲奈《れな》の顔が由乃越《ゆのご》しに現れた。きっと、秋人《あきと》の後ろには同様に何もない空間からフィリアの姿が現れたことだろう。

そして由乃《ゆの》は玲奈《れな》とフィリアのケープコートの裾《すそ》を重ね合わせさせると、全員で座り込むように指示を飛ばす。わけも分からずに秋人《あきと》たちはその場にしゃがんだ。

四人の身体《からだ》を二人分のコートでぐるりと囲んだような形である。

『電磁波誘導界面《ダイバーター》の接続を確認《かくにん》――量子迷彩《クアンタムステルス》、再起動するよ！』

同時、キュイン、と量子迷彩《クアンタムステルス》の起動音が響《ひび》くと、薄《うす》く光を透過《とうか》していたケープコートの内側が真の暗闇《くらやみ》になる。

前後左右からケープコートに当たった光が、コート表面の電磁波誘導界面《ダイバーター》と呼ばれる極小の機械繊維《せんい》を通じて迂回《うかい》。入光した場所とは真反対に抜《ぬ》けることで、中にいる人や物を透過《とうか》させるのだ。それが、量子迷彩《クアンタムステルス》の大まかな仕組み。迷彩《ステルス》が起動している最中は、光が迂回《うかい》することから内部には一切《いっさい》の光が入ってこない。

そのため——

『スーツの外部センサーを起動した。仮想ビュワーを合成表示するよ』

由乃《ゆの》が言うなり、秋人《あきと》の眼前に外部からの視界情報へのアクセス許可申請《しんせい》を示すウィンドウがポップアップする。迷わず〝YES〟のボタンをクリック《マインド》すると、警告表示のアイコンが明《めい》滅《めつ》。直後、ケープコートが透過《とうか》し、外の景色が露《あらわ》になった。

それは、あくまで透過したように見えるだけで、実際にはコートの内側は暗闇《くらやみ》のままだ。それを、外部センサーが捉《とら》えた光学情報を元に仮想的に作りあげた映像を視界に合成表示することで疑似的《ぎじてき》に透過《とうか》して見せているのである。

「な、に——？　奴《やつ》らどこへ行った」

敵兵の悪態が路地に響《ひび》く。秋人《あきと》たちは一斉《いっせい》に振《ふ》り返《かえ》った。そこには、銃口《じゅうこう》を路地の奥や上空に向けながら歩いてくる複数名の兵士の姿があった。

『……見失ってくれたみたいだな』

『でも、こっちに来るわ』

フィリアの言葉の通り、一歩、また一歩と秋人《あきと》たちのいる場所へと近づいてくる。

双方《そうほう》の距離《きょり》は、実に十メートル。兵士の一人が苛立《いらだ》ち紛《まぎ》れに舌打ちする。

「クソッ、視覚デバイスマネージャーに侵入《クラック》されてないよな⁉」

「制御《せいぎょ》アプリはクリーンだ。恐《おそ》らく量子迷彩《クアンタムステルス》だろう。幾島《いくしま》隊長の話では一之瀬《いちのせ》秋人《あきと》と神崎由《かんざきゆ》乃《の》の推定バッテリー残量から、向こう三時間は量子迷彩《クアンタムステルス》を使えないだろうという話だったが──何らかのイレギュラーが発生したのだろう。それ以外に説明がつかない」

「量子迷彩《クアンタムステルス》だって万能《ばんのう》じゃない。音も熱も、足音だって人の痕跡《こんせき》はいくらでも残るんだ。音声探知ソナーをもう一度走らせろ！」

「残念ながら私のバッテリーも限界だ。ここでソナーを打てばスーツが動かなくなる」

「畜生《ちくしょう》が……ッ。これだから戦術的《タクティカル》スーツは厭《いや》なんだ。機能を集約しすぎているせいで不測の事態に対して脆弱《ぜいじゃく》過ぎる」

亜礼《あれい》の部下の兵士二人は、最後にそう悪態をついて踵《きびす》を返した。その背中が露店《ろてん》通《どお》りの雑踏《ざっとう》に消えてから更《さら》に数分経《た》った頃《ころ》、ようやく四人は大きく息を吐《は》き出《だ》した。

「ぶっ、はぁあ！　きんちょーしたぁー！」

玲奈《れな》が最初に立ち上がり、秋人《あきと》とフィリアがそれに続く。秋人《あきと》は、俯《うつむ》いたまま足腰《あしこし》にまるで力が入っていない由乃《ゆの》の手を引いて無理やり立ち上がらせた。

それと同時、量子迷彩《クアンタムステルス》が解け、ただのケープコートへと変わると、近くを通りかかっていたやんちゃそうな若い男の集団がぎょっとした目で見てくる。傍《はた》から見れば、何もない空間から女三人と男一人が抱《だ》き合《あ》った状態で現れたのだから当然の反応とも言えた。

秋人《あきと》は固まった首をゴキゴキと鳴らしながらフィリアと玲奈《れな》の方を向く。

「二人ともありがとうな。滅茶苦茶《めちゃくちゃ》助かった。あのままじゃ一発空に撃《う》って、混乱した通りを無理やり走って逃《に》げるしか方法がなかった」

「まったく……あなたが銃口《じゅうこう》を空に向けた時には肝《きも》が冷えたわよ。相変わらず計画性がないんだから」

「選択肢《せんたくし》がなかったと言ってくれ」

「バッテリー残量を気にするところから準備が足りないって言っているのよ」

「無茶言うなよ……。それにしてもフィリアと玲奈《れな》と合流できたのは運がよかった」

右手に握《にぎ》りっぱなしだったハンドガンをホルスターに戻《もど》していると、秋人《あきと》の言葉に玲奈《れな》とフィリアが互《たが》いの顔を見合わせる。それから玲奈《れな》が眉《まゆ》を立てて、

「ちょっとアキ、運任せで私たちがここにいるわけないじゃん。二人とも探すのめっちゃ大変だったんだからね？」

「お、おう……？」

腰《こし》に手を当て溜息《ためいき》をつく。

「はー……もうわかってないなあ。フィリアが〈イヴ〉と少しだけ持ってきてた他のドローンを総動員して探したに決まってんじゃん」

「――――」

驚《おどろ》き、フィリアの方を向く。

フィリアは、素知らぬ顔をして露店通《ろてんどお》りを眺《なが》めていた。白銀の髪《かみ》をニットの袖《そで》から僅《わず》かに覗《のぞ》く細い指で弄《いじ》っている。

「あ、ありがとう、フィリア」

「……別に。わたしは今回のキーパーソンを優先的に保護したにすぎないわ。由乃《ゆの》さんを失えば、わたしたちはアルカディアへ辿《たど》り着《つ》く手立てを失うことになるから」

「そ、そうか……」

何か、いつもよりも――と言うより、昔みたいに棘《とげ》の数が戻《もど》っている……？

秋人《あきと》が内心で甘々な感じのフィリアを少し期待していたのだが、ここティーラに来てからというもの、どうもトゲトゲしているような気がする。まさか、新しい街に来て、色々なものを見て、今の関係に飽《あ》き始《はじ》めたなんてこと――

「もー、相っ変わらず素直《すなお》じゃないなあ、素直《すなお》に心配だったの一言で済むのに」

フィリアの背後から首をひょっこり出した玲奈《れな》が暴露《ばくろ》していく。

「ちょっ、玲奈《れな》！　何言ってんのよ！」

勢いよく振《ふ》り返《かえ》ったフィリアは顔を真っ赤にして玲奈《れな》の頬《ほお》を両側からつまみ、ぐにぐにと揉《も》みくちゃにする。

「うへへへ、らっへフィリアがクールぶってるからあ」

「ぶってなんかない！　あーもうっ、色々台無しじゃやない！」

そして頬《ほお》を膨《ふく》らませたフィリアがむーっ、と秋人《あきと》を睨《にら》むので、苦笑いを返しておいた。

すると、玲奈《れな》がふと呟《つぶや》く。

「……そう言えば、由乃《ゆの》姉ちゃん、なんか静かだね？」

「たしかに」

いつもなら歩兵二人が立ち去った後など真っ先に悲鳴を上げそうなものなのだが。

そう思ってずっと身体《からだ》を支えていた手元の由乃《ゆの》に視線を落として――

「「あ」」

秋人《あきと》と玲奈《れな》とフィリアは同時に声を上げる。

そこには、極度の緊張《きんちょう》ゆえに白目を剝《む》いて気絶している由乃《ゆの》の姿があった。

7

私——神崎由乃《かんざきゆの》は友達がいない。

いや、その一言では大いに語弊《ごへい》があるだろうか。

正確に言うなら、私は友達がいないのではなく、友達になるような同年代の人間が周りにいなかった、というのが実際のところである。

私はいわゆる一般的《いっぱんてき》な子供ではなかった。

若くしてテレサ社の要職に就《つ》いた父・神崎徹《かんざきとおる》は、「生きているうちに娘《むすめ》と話したい」という死に瀕《ひん》する彼の妻の願いを叶《かな》えるために、私を作った。

私は人工子宮《アイアンマザー》から生まれ、学習用仮想空間で通常の人間の倍の速さで育てられた。この身体《からだ》の成長も調整用の培養器《ばいようき》で加速させられた。世界を捉《とら》えた時間も、肉眼よりも脳で疑似《ぎじ》信号を視《み》た時間の方が遥《はる》かに長い。

それが悪かったというわけではない。

私は私の幼少期に満足しているし、不平不満の類もない。ただ、愛され方が違《ちが》っただけ。そんな父のお陰《かげ》で母と話せたし、その記憶《きおく》もこのちっぽけな脳にしっかりと刻み込まれている。

しかし、言葉を交《か》わす人間は父とその秘書たち。せいぜいが、手伝いをしていた研究室の同《どう》僚《りょう》たちくらいなものだったが、彼らは私よりも一回りも二回りも年上だった。当然だ。当時、私の心と身体《からだ》の年齢《ねんれい》は——主観年齢《ねんれい》と実年齢《ねんれい》が一致《いっち》しないためこのような言い方になるが——弱冠《じゃっかん》十三歳だった。テレサ社の社員に同年代の子供がいるわけがない。

だから、ずっと独りだった。

自分では気にしていないつもりだった。——昔からそういうものだと理解していたから。

しかし、ここに至って、知ってしまった。——仲良く言葉を交《か》わす彼らを見てしまったから。

私は自覚した。

自分の孤独《こどく》を。隣《となり》に誰《だれ》もいない事実を。胸のうちにぽっかりと空いた、黒々とした大きな穴を。その穴を埋《う》めようにも、私が彼らの輪の中に入ることは決して許されない。

絶対に、許されない。

彼らは——〝死を超越した子供たち《アクセプティ》〟は作られたという点は同じでも、私とは違《ちが》う。なぜなら、彼らは私に作られた側であり、私は彼らを作った側だからだ。

第七プラントで久しぶりに彼らと再会した時にそれを強く自覚した。

私に対する彼らの目。それは、明らかに敵ないしは異物を見る目だった。

ただ唯一《ゆいいつ》、一人だけ。一人の少年を除いて。

——由乃姉《ゆのねえ》。

私のことをそう呼んで慕《した》ってくれる黒髪《くろかみ》の少年だけは、私の心の内を覗《のぞ》き込《こ》むような冷たくとも柔《やわ》らかな瞳《ひとみ》を向けていた。

彼は昔からそうだった。誰《だれ》に対しても一歩身を引いて、誰《だれ》に対しても柔和《にゅうわ》に接する。

それが彼の優《やさ》しさであり、強さであった。

私はそんな彼の一面が好きで、よく可愛《かわい》がったものだ。

その彼が私に対して優《やさ》しさを見せてくれる度《たび》に思う。

――私が守らなければ、と。

温かい――

最初に知覚した情報は、身体《からだ》前面に感じる熱だった。

「……から、俺はむしろ被害者《ひがいしゃ》というか保護者だったんだって何度も言ってるだろ？」

「じゃあなんでテレサ本社ビルなんて行ったわけ？　この都市《まち》でいっっっちばんヤバイところじゃん！」

「玲奈《れな》、それ以上はムダよ。どうせいつものその場の流れに身を任せた無計画さの産物よ」

一定周期で身体《からだ》が上下している。風も感じる。鼻先をくすぐるのは髪《かみ》だろうか。ちくちくしてくすぐたい。どうやら誰《だれ》かに背負われているらしい。

「――っ」

そこで意識が浮上《ふじょう》する。

目を開き、肺を思い切り膨《ふく》らませる。酸素を取り込み、脳を稼働《かどう》させる。

一体いつから寝《ね》ていた？　今は何時？　それ以上に、ここはどこ――？

「あ、やっと起きた由乃《ゆの》姉ちゃん」

視界の横からひょいっと金髪《きんぱつ》少女の顔が入り込んでくる。

「……大丈夫《だいじょうぶ》ですか？　怪我《けが》、していませんか？」

その向こうから白銀の少女――フィリちゃんが美しい蒼《あお》の瞳《ひとみ》で振《ふ》り返《かえ》って心配そうな顔をした。そして最後に、顔をすぐ横にあった黒髪《くろかみ》の頭部が傾《かたむ》き、同じく黒色の瞳《ひとみ》と目が合う。

そこは、あーくんの背中の上だった。

「よかった、由乃姉《ゆのねえ》。目、覚ましたか」

「――――」

あーくんが心底、安心したように柔《やわ》らかい笑《え》みを浮《う》かべる。

それが、私の心を揺《ゆ》さぶった。

――ああ、そんな顔で見ないで。

勘違《かんちが》いしてしまう。自分が、輪の中に入れたのだと錯覚《さっかく》してしまう。

だから私は笑った。上手に笑えていたかは分からないが、口角を上げた。

「ごめんねえ。私、あーくんに背負われてばっかだね」

たはは、と笑って、あーくんの背中から降りる。

危ないからと止めてくれたあーくんだが、その言葉は丁重《ていちょう》にお断りして、両足で地面に立つ。

ゴミと汚水《おすい》に塗《まみ》れたアスファルトだ。走っているヒビは砲撃《ほうげき》の衝撃《しょうげき》によるものではなく、単なる経年劣化《れっか》故《ゆえ》。補修《ほしゅう》も掃除《そうじ》もされていない、放置された人工物。

その汚《きたな》ささえ、私の目には新鮮《しんせん》に映る。ただ研究室の中に引きこもっていた人生だったが、最後にこんな別世界を見られることになるとは。気を取り直して向き直る。

「私、もしかして気を失ってた感じ？　今何時かな」

「午後十時です。五時間くらい気を失われていた計算になりますね。第十三プラントで覚醒《かくせい》してから日も経《た》ってないのにここ数日激務でしたから、その反動が来たのでは」

「そう、なのかなあ……？　三人ともごめんね、迷惑《めいわく》かけちゃったね」

「全然。謝るなよ。由乃姉《ゆのねえ》もこういう都市に慣れてないんだからあんまり無理すんなよ」

「ありがと、あーくん」

首を回すと、辺りは薄暗《うすぐら》く、都市の表情はすでに夜のそれに切《き》り替《か》わっていた。

この辺りはどうやら廃棄区画《トラッシュディビジョン》の中でも深部のようで、階段と路地とが複雑に入り乱れた立体的な繁華街《はんかがい》になっていた。食べ物屋からパーツ屋、薬屋から何やら怪《あや》しいピンク系の光に包まれた店まで様々だ。

「この五時間、どんな感じだった？」

訊《たず》ねると、三人は微妙《びみょう》そうな顔をした。

はあ……とレナちゃんが盛大《せいだい》に溜息《ためいき》をつく。

「テレサの情報を握《にぎ》っているっていう情報屋の居場所は全く摑《つか》めずだよ。この廃棄区画《トラッシュディビジョン》にいるのは確からしいんだけど、みんな口を開きたがらない。テレサが怖《こわ》いみたい」

「そっか……。思った以上に、テレサの独裁が進んでいたんだね。他のみんなとの連絡《れんらく》は？」

すると、今度はフィリちゃんが浮《う》かない表情で首を横に振《ふ》った。

「残念ながらまだ……。今、〈イヴ〉──わたしの専用機のドローンのことなんですけど、その子と一部持ってきていた小型ドローンを駆使《くし》して、ティーラの広域に僅《わず》かながら通信素子《エーテル》を撒布《さんぷ》している状況《じょうきょう》です。撒布《さんぷ》が完了《かんりょう》すれば、通信速度は期待できませんが、戦術データリンクが復旧して最低限の連絡《れんらく》も取れるようになる見込みです」

「横の連携《れんけい》も難しいか……。情報屋は潜《もぐ》っちゃった可能性があるね」

「潜《もぐ》ったっていうのは？」

あーくんはネオンに彩《いろど》られる〝カラオケ〟やら〝イザカヤ〟といった文字を眺《なが》めながら聞く。

「文字通り地下に潜《もぐ》ることもあるけど──情報の売買を一時的にやめたってことだよー。手練《てだ》れの情報屋が潜《もぐ》るとなったらネットにも浮上《ふじょう》しなくなるから、追跡《ついせき》はかなり難しくなっちゃう」

「……そうなったら詰《つ》み、だな」

四人の間に重苦しい空気が立ち込める。

すると、くぅ～、と可愛《かわい》らしい音が鳴った。

「……っ!!」

音の出所はすぐに分かった。

フィリちゃんだ。

本人は我関せずのすまし顔を貫《つらぬ》いている気だろうが、その実頬《ほお》はりんごのように赤く染まっている。それに目ざとく気付いたあーくんはニヤリと笑って、

「フィリア、言ってくれればよかったのに。今日も超絶《ちょうぜつ》ハラヘリだったのか」

「ちっ、ちがっ！　って言うかわたしがいつも腹ペコみたいに言うのやめてよね！」

「でも実際、俺と一緒《いっしょ》でフィリア、燃費悪いだろ？」

「燃費とか言わないでよ！　知らない間にエネルギーがどこかに行っちゃうだけなんだから！」

私とあーくんの視線が、無言でフィリちゃんの胸部と臀部《でんぶ》に向けられたのは言うまでもない。

直後、あーくんは眉《まゆ》を立てたフィリちゃんから鋭《するど》いビンタを頰《ほお》に喰《く》らっていた。

すると、耐《た》えきれなくなったのか、今度はレナちゃんが大きな欠伸《あくび》をした。

「ふわ……ぁふ。なんか私は眠気《ねむけ》が急にマックスになったかもー……」

「そこら辺の露店《ろてん》で食べ歩きしながら、宿探すか？」

あーくんの提案に、フィリちゃんとレナちゃんが頷《うなず》く。

そうなれば私の役割だと思い、繁盛《はんじょう》してそうな商店街の方を指さした。

「私、休ませてもらった分、元気だから、ちょっと宿の場所聞いてくるね」

「ちょっ、由乃姉《ゆのねえ》一人で行くのは危ないって。俺も付いて行くから」

そう言ってあーくんが慌《あわ》てて付いて来る。

それを見たフィリちゃんとレナちゃんも振《ふ》り返《かえ》り、

「秋人《あきと》待って、わたしも行く」

「待って待って置いてかないでよ、こんな場所で離《はな》れたら五分ではぐれる自信ある！」

「じゃ、じゃあみんなで行こっか？」

結局、四人で商店街を回ることになった。


最早《もはや》ベースが分からない合成肉に、産地不明の固形野菜。

真っ青に光《ひか》り輝《かがや》く炭酸飲料に、虹色《にじいろ》のクリームが三重にスポンジに挟《はさ》まれたケーキ。

その他、正体不明だけど妙《みょう》に匂《にお》いだけは食欲をそそる食べ物を三種。

露店街《ろてんがい》で手に入れた食料はそんなラインナップだった。

嶺京《れいきょう》の基地内で使っていた電子通貨がそのままティーラでも使えたのが幸いした。最悪、電子決済システムを騙《だま》して食料などは現地調達することを考えていたため、その手段を取らずに済み安心する。

秋人《あきと》たちは本日の戦利品を抱《かか》えて、四人並んで繁華街《はんかがい》の奥へと歩いていた。

探すのは、ずばり本日の寝床《ねどこ》である。

「肉を焼く仕事もあれば、薬を作る仕事とかジュースを作る仕事とか色々あるんだねえ」

そう言って感心した声を上げるのは、真っ青に発光している炭酸飲料をストローで吸い上げる玲奈《れな》だ。時折、隣《となり》のフィリアの方を向いて「見て」と舌を見せて、フィリアのドン引いた反応を見て楽しんでいる。

昔から玲奈《れな》はメロンジュースが好きだったのだが、こうしてみると、もしかしたら着色料マシマシな極彩色《ごくさいしき》な飲み物が好きなだけなのではと勘《かん》ぐってしまう。

「……嶺京《れいきょう》では世の中の全てを把握《はあく》した気になっていたけれど――こうして実際に外の世界を目《ま》の当《あ》たりにすると、それが間違《まちが》いだったってことを思い知らされるわね」

一方で、フィリアはその横で紙袋《かみぶくろ》に入った食料を覗《のぞ》き込《こ》みながら、コーヒーもどきの液体が入ったカップに口を付けては、一口ごとに眉間《みけん》に皺《しわ》を寄せている。きっとローレリア軍として戦っていた頃《ころ》は基地で良い豆から挽《ひ》いたコーヒーを飲んでいたのだろう。由乃《ゆの》はと言えば、一見無難そうな缶《かん》ジュースを手に持っているが、その表面には〝当社比カフェイン2000%増量中!!〟の文字が躍《おど》っている。大丈夫《だいじょうぶ》だろうか、致死量《ちしりょう》じゃないだろうかそれ。

街に並ぶ宿はどこも遠目に見て怪《あや》しい外観をしていた。極彩色《ごくさいしき》のホロに彩《いろど》られていたり、城のようなデザインをしていたり、異国の地を思わせる緑溢《あふ》れる装飾《そうしょく》が施《ほどこ》されていたりと、つまるところ派手だ。

各々《おのおの》、手にした食料を食べ終えた頃《ころ》、ようやく比較的《ひかくてき》まともそうな外観の宿を見つける。疲《つか》れも相まって判断能力も鈍《にぶ》っていた四人は、半ば投げやりに転がり込んだ。

〝ホテル・ディヴァース〟。宿の名前はそんな感じの横文字だった。

中に入ると狭《せま》いカウンターに、不愛想《ぶあいそう》な中年男性の店主が目に飛び込んでくる。照明は薄暗《うすぐら》く、奇妙《きみょう》な匂《にお》いの香が焚《た》かれていた。一見小奇麗《こぎれい》に取り繕《つくろ》っているようだが、所々に掃除《そうじ》が行き届いていないのか埃《ほこり》が積もっているのが見てとれる。

「二人用の部屋を二つ、一泊《いっぱく》させてもらえませんか」

気難しそうな店主に向かって由乃《ゆの》が言う。

店主は身体《からだ》のあちらこちらには金属フレームが見えており、一目で元軍属ないしは秋人《あきと》たちと同じムジナの匂《にお》いを感じさせた。機械化されているのは店主の顔も同様で、光学カメラに置《お》き換《か》えられた両眼が由乃《ゆの》を凝視《ぎょうし》する。

「……、っ」

由乃《ゆの》が怯《ひる》む。秋人《あきと》はケープコートの下――背中のホルスターに収まるハンドガンに右手を伸《の》ばした。それを、フィリアの手が重なり無言で制止する。彼女は首を小さく横に振《ふ》った。

すると、おもむろに店主が口を開いた。

「生憎《あいにく》、今日はスイートの一部屋しか空きがない。テレサの連中がどうにも騒《さわ》がしいお陰《かげ》で、表の路《みち》を歩けない奴《やつ》らがわんさかと押し寄せてきやがった。部屋を使いたけりゃ四人一部屋で済ませな」

野太い声に、秋人《あきと》とフィリア、玲奈《れな》の三人は互《たが》いの顔を見合わせる。四人一部屋。普段《ふだん》ならここで赤面の一つでも作るところだが、状況《じょうきょう》が状況《じょうきょう》だ。誰《だれ》もそこについては触《ふ》れずに、皆《みな》むしろこの宿の造りやいざとなった時のための退避《たいひ》ルートについて思案を巡《めぐ》らせている顔だった。

その中で由乃《ゆの》は振《ふ》り返《かえ》って、

「――他の宿を探すのも大変そうだし、今日はここでいいかな？」

三人に同意を求めた。

渋面《じゅうめん》を作りながらも頷《うなず》く女二人。きっとこの雑然とした埃《ほこり》っぽさを気にしてのことだろう。なんだかんだ言って嶺京《れいきょう》での生活は清潔で快適に整えられていた。秋人《あきと》こそあまり頓着《とんちゃく》しない性格のためまだ耐《た》えられるが、女性陣《じん》にとっては少なからず抵抗《ていこう》があるのだろう。

最後に秋人《あきと》が頷《うなず》いて、由乃《ゆの》が「それでお願いします」と店主に伝える。

「チェックアウトは十一時まで。延長は三十分ごとに加算。鍵《かぎ》は指紋式《しもんしき》。指がない奴《やつ》がいたら脈拍式《みゃくはくしき》も備え付けてあるからそっちを使ってくれ」

決済を終えるなり、店主はさっさとカウンターの奥にある小部屋へとひっこんでしまった。

秋人《あきと》たちは息を吐《は》くと、本日の寝床《ねどこ》へと向かう。

部屋は三階にあった。店主曰《いわ》く、秋人《あきと》たちが取った部屋以外は満室だそうだが、存外他の宿泊者《しゅくはくしゃ》の気配は感じても物音はしない。実に静かな空間だ。防音がしっかり行き届いているらしい。

扉《とびら》に備え付けられているセンサーに親指を押し当て、四人分の指紋《しもん》を登録してから部屋の中へと足を踏《ふ》み入《い》れる。

「う……っ」

真っ先に感じたのは、強烈《きょうれつ》なルームフレグランスの匂《にお》い。

続いて、仄《ほの》かに残る青臭《あおくさ》さ。遅《おく》れて、それが人間の残り香だと気づく。

窓は全て洒落《しゃれ》こんだ木製扉《とびら》で塞《ふさ》がれており、室内は薄暗闇《うすくらやみ》に沈《しず》んでいる。代わりにふんだんに使われた間接照明が大人びた空間を演出しており、異界へ迷いこんだかのような錯覚《さっかく》を得る。

外部から光学で捕捉《ほそく》されにくいというのは利点だが、どうにも閉塞感《へいそくかん》が強く息が詰《つ》まる思いがする。何より、咄嗟《とっさ》の脱出《だっしゅつ》経路が出入口ひとつというのが不安を残す。

鏡が多用された部屋の中央には半円形のソファが置かれており、それを点対称《たいしょう》にクイーンサイズだがキングサイズだかの巨大《きょだい》なベッドが部屋の左右に鎮座《ちんざ》していた。

「な――なによ、これ。宿って、こういう場所なの？」

最初に戸惑《とまど》いの声を上げたのはフィリアだった。

玲奈《れな》は立《た》ち尽《つ》くすフィリアを追《お》い抜《ぬ》いて部屋を渡《わた》ると、異様に広い浴槽《よくそう》を見て、鏡張りの天《てん》井《じょう》を見て、そして最後にベッドの分厚いマットレスを見て言う。

「ねえ……なんかここ、雰囲気《ふんいき》めっちゃ怪《あや》しいね？」

居心地《いごこち》悪《わる》そうにきょろきょろと室内を見回す玲奈《れな》を他所に、由乃《ゆの》は向かって左手にあるベッドの上にぼすんと座った。

「そりゃあそうだよ～。だってここ、そういう場所だし」

「そういう場所？」

閉めた扉《とびら》の前で秋人《あきと》と並んで立《た》ち尽《つ》くしているフィリアが問い、小首を傾《かし》げる。それから少しして、由乃《ゆの》が言わんとする意味に気が付いたのか、音が聞こえてきそうなほどの勢いで耳まで真っ赤にするとそっぽを向いて叫《さけ》んだ。

「なな、なんで普通《ふつう》の宿にしなかったんですか！」

「廃棄区画《トラッシュディビジョン》にまともな宿なんてないよ～。むしろこっちの方が綺麗《きれい》で便利で安全だよ」

そう言いながら、由乃《ゆの》は足を組んでこちらを見ながらニマニマと笑う。こちらの反応を楽しんでいるのは明らかだった。ここまで努めて無心を貫《つらぬ》いていた秋人《あきと》であったが、そこまであからさまな注目を浴びるとこちらも意識せざるを得ない。そうして隣《となり》のフィリアの吐息《といき》や衣擦《きぬず》れが耳につくようになって、いよいよ体温が上がってきた頃《ころ》――

「あーもうだめ、私、ギブ」

由乃《ゆの》の座るベッドに玲奈《れな》が倒《たお》れ込《こ》んだ。

沈《しず》む黄金の髪《かみ》に、鳴るポリマーフレームの音。出所は彼女の腰《こし》に交差して装備されている二丁のハンドガン〈ヴァイタリア〉だ。

慌《あわ》てて秋人《あきと》は玲奈《れな》の元へと駆《か》け寄《よ》る。

「おい馬鹿。せめて装備外してから寝《ね》ろって。トリガーセーフティだって万能《ばんのう》じゃないんだ」

「ふ、ふふ……。ここでアキに言われるのが化粧《けしよう》落とせ、とかじゃないのが笑えるね」

瞼《まぶた》を閉じながら顔を横向きにして小さく笑う玲奈《れな》。秋人《あきと》は唇《くちびる》を尖《とが》らせる。

「……仕方ないだろ。少なくとも今はまだ、テレサと交戦中なんだから」

「そうだね……いつか、こんな会話をしないで済む日が来るといいね……」

その言葉を最後に、玲奈《れな》はベッドに突《つ》っ伏《ぶ》したまま小さな寝息《ねいき》を立て始めた。

「まったく……危ないって言ってんのに。…………お疲《つか》れ様《さま》、玲奈《れな》」

秋人《あきと》は呆《あき》れの溜息《ためいき》をつきながら、玲奈《れな》の頭を柔《やわ》らかく撫《な》でる。秋人《あきと》の頬《ほお》はきっと持ち上がっていた。それから玲奈《れな》を起こさないようにそっとケープコートを脱《ぬ》がせ、腰《こし》に装備していたベルトごとハンドガンと予備の弾倉《マガジン》を外して、ガラス張りの背の低いテーブルに載せる。

振《ふ》り返《かえ》ると、由乃《ゆの》が座ったまま両手を天井《てんじよう》に突《つ》き出《だ》して伸《の》びをした。

「ふぁ……ぁ。レナちゃんの寝顔《ねがお》見てたら私も眠《ねむ》くなってきちゃった。……私、どこで寝《ね》よっかなぁ～？」

意味深な視線を投げかけてくる由乃《ゆの》に、二つのベッドの狭間《はざま》できょろきょろと挙動不審《ふしん》に視線を巡《めぐ》らせるフィリアがびくりと身体《からだ》を震《ふる》わせた。

秋人《あきと》は慌《あわ》ててソファを指す。

「お、俺はここで大丈夫《だいじょうぶ》だから、由乃姉《ゆのねえ》もフィリアもベッド使えよ」

「え～、そんなんじゃ疲《つか》れ取れないよ？」

由乃《ゆの》は笑って、フィリアに目配せをした。

秋人《あきと》が内心で首を傾《かし》げている傍《そば》で、フィリアが何やら深刻な顔をして俯《うつむ》いてしばらく口を噤《つぐ》むので、いよいよ心配になって口を開く。

「フィリア？　俺は本当にここで大丈夫《だいじょうぶ》――」

「……あなたはこっち」

フィリアが言葉を被《かぶ》せながら、秋人《あきと》の手を引いた。そして指さした。

玲奈《れな》と由乃《ゆの》のいるのとは反対側のベッドを。

「えーと、つかぬことを伺《うかが》うようですが……フィリアは？」

「……わたしも、こっち」

手の位置は変わらないまま、無垢《むく》に繰《く》り返《かえ》される言葉。

頰《ほお》に朱《しゅ》の差した顔で見上げてくる蒼《あお》の瞳《ひとみ》は、期待と不安に揺《ゆ》れていた。

「……分かったよ」

言った先、フィリアは恥《は》ずかしさを越《こ》して、嬉《うれ》しさに大粒《おおつぶ》の瞳《ひとみ》を弧《こ》にした。

斯《か》くして、一之瀬《いちのせ》秋人《あきと》とフィリア・ロードレインは同衾《どうきん》に至り——


微睡《まどろみ》の中、秋人《あきと》は裏拳《うらけん》を喰《く》らって目が覚めた。

「……っ！　いってぇ——っ！」

見れば、細い手が秋人《あきと》の鼻っ柱を直撃《ちょくげき》している。

瞼《まぶた》の裏に星を散らしながら飛び起きると、秋人《あきと》の身体《からだ》の上には、フィリアの細い左腕《ひだりうで》が乗っかっていた。見れば、彼女は瞼《まぶた》を下ろしたまま絶賛夢の中で、

「む、う……。なに、この戦略外骨格《JOINT》。装甲《そうこう》が、とても、硬《かた》いわ」

再び左腕《ひだりうで》を天高く振《ふ》りかぶったので、ひぃいぃっと秋人《あきと》はベッドから飛び降りる。

すんでのところで避《よ》けた秋人《あきと》は振《ふ》り返《かえ》ると、今の今まで秋人《あきと》の頭部があった場所にそれは鋭《するど》い一撃《いちげき》が繰《く》り出《だ》されるのを見た。普通《ふつう》、ベッドのスプリングは、ぐしゃあ、と音を立てるものではないはずなのだが。

視界端《はし》に浮《う》かぶデジタル時計を見れば、まだ深夜の三時半。

早朝の静かな時間を楽しむにしてはまだ太陽は地平線の下を彷徨《さまよ》っているし、二度寝《にどね》するには未《ま》だアドレナリンが全身を駆《か》け巡《めぐ》っていてしばらくは難しそうだ。

――と、冷たい夜風が足元を撫《な》でるのを感じた。

見れば、嵌《は》め殺《ごろ》しだと思っていた木製扉《とびら》が左右に開け放たれ、ガラス窓が開いている。

その手前。

亜麻色《あまいろ》に蒼《あお》の色が混じった幻想的《げんそうてき》な色合いのショートボブが風に揺《ゆ》れる。

「あーくん。夜更《よふ》かしさんじゃん」

窓際《まどぎわ》に腰掛《こしか》けていた由乃《ゆの》が振《ふ》り返《かえ》り、手をひらひらと振《ふ》った。

秋人《あきと》は硬《かた》くなった首を回しながら歩み寄った。

「見てなかったのか？　フィリアからクリーンヒット貰《もら》ったんだよ。見てくれよ、これ。俺の鼻曲がってないか？」

「あーくんの可愛《かわい》い悲鳴は聞こえた。大丈夫《だいじょうぶ》。イケメン君だよ」

「お気遣《きづか》いどーも。生憎《あいにく》、自分の顔の出来の悪さについては自覚してるつもりだ」

「過度の謙遜《けんそん》は失礼だよ？」

「そのつもりがなくてもアイツの隣《となり》に立っていると自信も無くすさ」

言って、眠《ねむ》れる白銀の君を振《ふ》り返《かえ》る。見事なプロポーションを誇《ほこ》る一方で、今は非常出口を示すピクトグラムのような恰好《かっこう》で快適極《きわ》まる寝息《ねいき》を立てていた。それがどこか微笑《ほほえ》ましい。

視線を戻《もど》すと、由乃《ゆの》は笑って肩《かた》を竦《すく》める。気にするな、ということらしい。

秋人《あきと》は苦笑《くしょう》しながら、由乃《ゆの》と対面になる形で同じ窓枠《まどわく》に腰掛《こしか》ける。

座ってから気が付くが、ここからだと廃棄区画《トラッシュディビジョン》の輪郭《りんかく》の向こう側にテレサ本社ビルの威《い》影《えい》がよく見えた。角度的に、由乃《ゆの》の位置からだとなおさらだ。

そうして由乃《ゆの》の方へと向き直ると、ふい、と彼女は顔を逸《そ》らした。

ショートボブが由乃《ゆの》の横顔を覆《おお》い、表情を隠《かく》す。

「由乃姉《ゆのねえ》……？」

声をかけるが、由乃《ゆの》は無言で首を横に振《ふ》るのみ。

何か様子がおかしい。

そう思って由乃《ゆの》に近寄り、彼女の手を握《にぎ》る。

由乃《ゆの》は一度深く息を吸って吐《は》くと、秋人《あきと》の顔を見た。

「――――」

由乃《ゆの》は、泣いていた。

「ごめんね、あーくん」

由乃《ゆの》は両膝《りようひざ》を抱《かか》えるようにして身を縮めながら、ガラス窓にその小さな頭を預ける。重そうに。辛《つら》そうに。まるで微睡《まどろみ》の波に攫《さら》われるかのように由乃《ゆの》の瞳《ひとみ》の焦点《しようてん》が曖昧《あいまい》になる。

秋人《あきと》は慌《あわ》てて声をかける。

「どうして謝るんだよ。謝られることなんてなにも――」

「あるよ。罪なら沢山《たくさん》、あるよ。私は沢山《たくさん》の嘘《うそ》をついた。沢山《たくさん》の人を傷つけた。沢山《たくさん》のことから逃《に》げてきたし、沢山《たくさん》の言い訳をした。大切なあーくんを、優《やさ》しい君を、誰《だれ》よりも沢山《たくさん》殺した」

「由乃《ゆの》、姉」

「そして何より――」

由乃《ゆの》が顔を上げる。

赤みがかった灰色の瞳《ひとみ》。凪《な》いだ湖面に一石が投じられたように、濡《ぬ》れた瞳《ひとみ》が揺《ゆ》れて、震《ふる》えて、大粒《おおつぶ》の涙《なみだ》の粒《つぶ》を目端《めはし》に作った。

「――何より私は、アルカディアを生み出した」

「違《ちが》う」

考えるよりも先に言葉が口をついた。

由乃《ゆの》の肩《かた》を抱《だ》き、ぐっと顔を寄せる。

「由乃姉《ゆののねえ》、それは違《ちが》う。それは罪なんかじゃない。由乃姉《ゆののねえ》が謝ることなんかじゃない。確かにアルカディアに苦しめられている現状があるのも確かだけど、そもそもアルカディアが無ければ俺たちは今ここに存在していなかった。生きていなかった。――由乃姉《ゆののねえ》。失敗だと思った何かが、誰《だれ》かにとってのかけがえのない成功だったりするんだよ」

秋人《あきと》は思い出す。第七プラントで由乃《ゆの》が見せた悲しい横顔を。

あれはやはり、罪を抱《かか》えた者の貌《かお》だったのだ。

今だからこそ分かる。

秋人《あきと》が心を潰《つぶ》した理由がアルカディアを壊《こわ》したことによる罪悪感なのであれば。

由乃《ゆの》が心を潰《つぶ》した理由はアルカディアを作った罪悪感なのだ。

「……優《やさ》しくていい言葉だね。誰《だれ》の言葉？」

「半分以上は玲奈《れな》の受け売りさ」

「そっか。でも、もう半分はあーくんの言葉ってことだ。……ありがと。優《やさ》しい子に育ってくれておねーちゃん嬉《うれ》しいよ」

由乃《ゆの》の頬《ほお》を涙《なみだ》の粒《つぶ》が伝った。

それなのに、由乃《ゆの》は笑って、秋人《あきと》の頭を撫《な》でた。それがなぜだか途方《とほう》もなく悲しくて胸が締《し》め付《つ》けられる痛みが走って、気が付けばその手を取っていた。大事に大事に温めるように両手で包み込んで、目を伏《ふ》せた。

「……あーくん？」

「…………………そう言えばまだ聞いてなかった。……なあ、由乃姉《ゆのねえ》。教えてくれよ」

「何を？」

顔を上げる。上げて、問う。

「──アルカディア、どうやって壊《こわ》すんだ。自壊《じかい》プログラムってやつを、どうやって内部から流し込むつもりなんだ」

広がったのは無音。

否、二人の心音が、脈拍《みゃくはく》が、繋《つな》いだ手を伝って聞こえてくる。

たったそれだけの繋《つな》がりなのに、時間が経《た》てば経《た》つほど二人の境界は曖昧《あいまい》になり、溶《と》けていくような錯覚《さっかく》を覚えた。

しかしその感覚も、由乃《ゆの》が短く息を吸ったことで終わりを告げる。

「記憶変数体《マインドステート》に自壊《じかい》コードを混入させた状態で、複体再生《リスポーン》するの。そして、死をトリガーに自《じ》壊《かい》コード交じりの記憶変数体《マインドステート》をアルカディアが読込《ロード》させて——終わり」

「待てよ、それって——」

呼吸が速くなる。由乃《ゆの》は頷《うなず》く。

「片道切符《きっぷ》の自爆攻撃《じばくこうげき》。アルカディアは壊《こわ》れちゃうから、記憶変数体《マインドステート》は読込《ロード》されても再生はされない。——でも、大丈夫《だいじょうぶ》。その役は私がやるから」

秋人《あきと》は立ち上がって由乃《ゆの》に迫《せま》った。

そんなこと、絶対にさせてはならない。

「ダメだ。他の方法を探そう。誰《だれ》かの犠牲《ぎせい》の上に成り立つ未来なら俺は要《い》らない」

「——」

由乃《ゆの》は目を開いてから目を伏《ふ》せた。

「……やっぱり優《やさ》しいね、あーくんは」

「優《やさ》しさなんかじゃないよ。これは俺の欲だ」

「……それでも、だよ」

秋人《あきと》は由乃《ゆの》の肩《かた》を起こして言う。

「例えば——そう。アルカディアのシステムに正面から侵入《しんにゅう》して、自壊《じかい》プログラムを流し込めばいい」

「……フィリちゃんの演算能力でも三層から成るアルカディアのセキュリティウォールは簡単には破れないよ。最低でも五時間はかかる。そんな長時間、サーバーのコンソールをフィリちゃん抜《ぬ》きで防衛できる？」

「それ、は——」

無理だ。フィリアがいたとしても、敵陣《てきじん》のど真ん中で陣地《じんち》を築いて防衛するなど保《も》って五分が限界だ。

「これが最善で、唯一《ゆいいつ》の方法なんだよ、あーくん」

「だからって、そう簡単に諦《あきら》められるかよ……ッ」

秋人《あきと》は叫《さけ》んで、はっと後ろを振《ふ》り返《かえ》って口を噤《つぐ》む。

幸い、フィリアと玲奈《れな》は変わらず規則的な寝息《ねいき》を立てていた。あの二人にはまだ、この話を聞かせられない。聞いたらきっと——いや、間違《まちが》いなく無理をしてでも別の手立てを探そうとするだろう。ただでさえ《電磁蜘蛛《でんじぐも》》の捜索《そうさく》を含《ふく》め、今回の作戦でも負担を強《し》いているのに、

きっとそうする。それは秋人《あきと》の望むところではなかった。

胸を撫《な》でおろす一方で、秋人《あきと》は逡巡《しゅんじゅん》した。

思考して、そして由乃《ゆの》へ向き直って言った。

「——その役、俺が引き受ける」

「ダメ」

「由乃姉《ゆのねえ》……っ！」

「ダメなものはダメだよ。これは私の罪。私が背負うべきもので、あーくんが背負うものではない。それにさっき自分で言ったばっかじゃん。誰《だれ》かの犠牲《ぎせい》の上に成り立つ未来なら俺は要《い》らない——って。同じことをきっと、そこの二人は思っているよ」

「…………」

秋人《あきと》はもう一度二人の寝顔《ねがお》を見て、言葉を失ってしまった。

そして由乃《ゆの》を見て——自分の目の前にあったはずの路《みち》が立ち消えた感覚を得てぞっとする。

すると、そっと抱《だ》きしめられた。見ずとも分かる。由乃《ゆの》だ。

「……ごめんね。そしてありがとうね。私のために、沢山《たくさん》考えてくれて」

「当たり前だろ……っ、何言ってんだよ……！」

「でもね、あーくん」

ほとんど同じ位置から秋人《あきと》の顔を由乃《ゆの》は見据《みす》えた。

見て、言う。

「望むもの全ては手に入らないんだよ。諦《あきら》めることを覚えないと。――それが、大人になるっていうことなんだよ」

「――――」

声が出ない。

出そうとしても喉《のど》が震《ふる》えてうまく言葉を発することができない。

そんな秋人《あきと》を由乃《ゆの》はもう一度抱擁《ほうよう》して、耳元で囁《ささや》く。

「……今は《電磁蜘蛛《でんじぐも》》を追うことだけに集中して。その後は私が上手《うま》くやるから」

由乃《ゆの》は身を離《はな》すと、短く「おやすみ」と言って玲奈《れな》の寝《ね》るベッドへと入り込んでしまった。

秋人《あきと》は呆然《ぼうぜん》と立《た》ち尽《つ》くして、ソファの上に腰《こし》を下ろす。

そのまますずるずると背中を滑《すべ》らせて、天井《てんじょう》を一人見上げた。

8

目が覚めると、全身が古木になったように軋《きし》んだ。

「……………………、あぁ」

朝陽《あさひ》に照らされた天井《てんじょう》が目に入る。どうやら昨日はあのままソファで寝落《ねお》ちてしまったらしい。その上、不用心極《きわ》まりないことに窓を開けっぱなしのままで、朝陽《あさひ》はそこから入射してきていた。

端的《たんてき》に言って、寝覚《ねざ》めは最悪だった。

身体《からだ》の痛み以上に、心にのしかかる重しの質量が大きすぎる。

もう一度だけ大きな溜息《ためいき》をついてから勢いを付けて身体《からだ》を起こす。

どちらにせよ、昨夜、由乃《ゆの》が最後に言ったように今の秋人《あきと》たちにとって最優先事項《じこう》は《電磁《でんじ》蜘蛛《ぐも》》の早期発見だ。それができなければそもそもアルカディア破壊《はかい》の一歩目すらも達成できない。

両手で自分の頬《ほお》を張って気合いを入れる。悩《なや》む時間も必要だが、切《き》り替《か》えも大切だ。

そして部屋を振《ふ》り返《かえ》り、絶句した。

大きなダブルベッドが一対ある部屋。

その中間、ソファ正面に広がる人工大理石の床《ゆか》の上に横たわるのは一人の少女。

その少女――フィリアは、身体《からだ》を丸めて気持ちよさそうに寝息《ねいき》を立てていた。

「…………相変わらずの寝相《ねぞう》の悪さだな」

秋人《あきと》は無言でカメラアプリを立ち上げ、視野を短い動画で撮影《さつえい》する。果たして、丸めた身体《からだ》で枕《まくら》を抱《だ》きしめ、寝言《ねごと》で「〈イヴ〉……だいすき」と呟《つぶや》く姿が激写された。

「…………」

秋人《あきと》は画像フォルダに保存されたその一枚を早速《さっそく》見て、くすりと笑う。ほんの少しだけ心が軽くなったような気がした。……この写真も何かフィリアに詰《つ》められた時のカウンター用に撮《と》ったつもりだったが、予定変更《へんこう》だ。本人には悪いが、丁重《ていちょう》に保存させてもらおう。

玲奈《れな》と由乃《ゆの》はと言えば、仲良く二人抱《だ》きしめ合《あ》う形で心地《ここち》よさそうな寝息《ねいき》を立てている。

その由乃《ゆの》の寝顔《ねがお》を見て、秋人《あきと》は再び夜中の由乃《ゆの》との会話を思い出し、息を詰《つ》めた。

──諦《あきら》めることを覚えないと。それが、大人になるっていうことなんだよ。

首を横に振《ふ》る。

諦《あきら》めるなんて、そんな簡単にできていたらそもそも嶺京《れいきょう》を脱《だつ》してこんな場所にいない。しかし、現状有効な答えが出ないのも確か。

──切《き》り替《か》えよう。

秋人《あきと》は自分の胸に手を当て、深呼吸を一つ。

それから、声を張り上げた。

「みんな起きろー！　朝だぞー！」

汚《よご》れた洗面所で顔を洗い、一応用意されていた新品の歯ブラシで歯を磨《みが》き、水を髪《かみ》に撫《な》でつけ寝《ね》ぐせと格闘《かくとう》する。

そんなことを狭《せま》い空間で押し合いへし合いを繰《く》り広《ひろ》げた四人が、ようやく部屋を出たのは実に正午を目前にした午前十一時五十八分——起床《きしょう》してから実に二時間後のことだった。

レイトチェックアウトもいいところである。

「まいど」

秋人《あきと》は昼間に見ても不愛想《ぶあいそう》なオーナーに由乃《ゆの》から預かった暗号通貨で延滞料《えんたいりょう》を払《はら》い、エントランスとは名ばかりのベンチが一つあるだけの空間を振《ふ》り返《かえ》った。

三人は疲《つか》れが残った顔で立ち上がり、それぞれのバックパックを背負う。

「ん～、なんだか身体《からだ》が痛いなぁ。あのベッド、クッションがほとんど入ってなくてスプリングが当たって痛かったぁ～」

「私はふかふかな由乃《ゆの》姉ちゃんのお陰《かげ》でぐっすりだったかも」

由乃《ゆの》が首を回しながら言い、玲奈《れな》が笑いながら由乃《ゆの》と腕《うで》を組む。

昨日の泣き顔はどこへやら。多少目端《めはし》が赤く腫《は》れているように見えるが、そうと知らなければ気が付かない程度だ。そこにはいつもの柔和《にゅうわ》な笑みを浮《う》かべる〝由乃《ゆの》お姉ちゃん〟がいた。

秋人《あきと》は息を吐《は》く。昨夜のことは依然《いぜん》として肚《はら》に落ちていない。それでも由乃《ゆの》はこうして前を向いて先に進もうとしている。その未来を変えたい。しかし、その変え方が分からなかった。

すると、玲奈《れな》の横でフィリアが不思議そうな表情を浮《う》かべた。

「……わたしも身体《からだ》が痛いのよね。どうして今日わたしは床《ゆか》で寝《ね》ていたのかしら……？」

「いや、どうしてって、そりゃあ……」

秋人《あきと》は意図的に呆《あき》れた顔を作ってフィリアを見る。

フィリアはそのほっそりとした指を顎《あご》に当てて考え込んだ。

「基地にいる時もそうだったけど、毎朝目が覚めると床《ゆか》の上なのよ。てっきり〈イヴ〉が悪戯《いたずら》でわたしの身体《からだ》を移動させていたとばかり思っていたけど――今朝は〈イヴ〉はいないわけだし……」

「……なあ、フィリア。それ本気で言ってるのか？」

「……どういう意味よそれ」

秋人《あきと》とフィリアの後ろで、由乃《ゆの》と玲奈《れな》が「ちょ、ちょっとあーくん、それは言っちゃダメだって！」「アキ、世の中には知っていいことと悪いことがあるんだよ……！」などとひそひそ声で騒《さわ》ぎ立《た》てているが、流石《さすが》に誰《だれ》かが言ってやるべきだろう。

「言っちゃ悪いがフィリアの寝相《ねぞう》、物凄《ものすご》いぞ。ベッドから毎日落ちてるのだってその寝相《ねぞう》のせいだろ」

「…………」

フィリアの顔が硬直《こうちょく》する。

一秒、二秒……と静止してから、輝《かがや》きを失った蒼《あお》の瞳《ひとみ》でようやく瞬《まばた》きをして、

「ちょっと何言っているのか分からないわ。寝相《ねぞう》が悪くてベッドから落ちるなんて聞いたこと

ないもの。そんなアクロバティックな寝相《ねぞう》のひとなんて、いるわけないじゃない」

なんて宣《のたま》った。

(((……いや、現に目の前にいるんだってば)))

とは、その他三人の一致《いっち》した心の声だった。

微妙《びみょう》な顔をする三人に対し、一人だけフィリアが頭上に〝?〟マークを浮《う》かべて小首を傾《かし》げる。それにしても、過去二年強、ルームメイトをやってきたシスティは何も言わなかったのだろうか。……いや、よくよく考えたらアイツも笑ってフィリアの写真を撮《と》りそうである。

秋人《あきと》たちは息をひとつついて頭を切《き》り替《か》えると、バックパックを背負い直す。

そんなやり取りをしながら、いよいよ秋人《あきと》たちはカランと鈴《すず》を鳴らしながらホテルの扉《とびら》を押した。

「──んじゃま、今日も元気に情報屋探しの続きをしますか」

「そうだねえ、ちゃちゃっと見つかってくれるとおねーちゃんも楽なんだけどねえ」

「もういっそのこと戦車《タンク》をレンタルしてテレサにかちこむ方が楽な気がしてきたんだけど」

「ちょ、ちょっと秋人《あきと》、今の反応、どういう意味よっ。それじゃまるで本当にわたしが毎朝ベッドから転がり落ちてるみたいじゃない！」

そうして朝陽《あさひ》の降り注ぐ都市へと新たな一歩を踏《ふ》み出《だ》し──

「よォ、一之瀬少尉《いちのせしょうい》ィ。ロードレイン中佐のみならず《九《ミ》ミリ《ズ》の令嬢《・ナイン》》と由乃《ゆの》様と同衾《どうきん》するとはいい御身分だなァ」

目を血走らせた男たちに一瞬《いっしゅん》で囲まれた。

「ちょっ、お前たちなんで!?」

ケープコートを身に纏《まと》った男たち。

それは、ロードレイン愛好会のメンバーたちだった。道行く廃棄区画《トラッシュディビジョン》の住人たちも、異様な光景を見るように奇異《きい》の視線を向けながら立ち去っていく。

「はっ。朝まで絶賛お楽しみ中だった貴様は気が付いてもいなかったのか」

ロードレイン愛好会の会長である長髪《ちょうはつ》の男・ザインは一歩前に出て、反転されたホロディスプレイを展開する。それは、ティーラの平面マップと、いくつかの赤い光点。

「まさか――」

秋人《あきと》は目を見開き、ザインはニイィッ、と残虐《ざんぎゃく》な笑《え》みを浮《う》かべる。

「つい十五分前、戦術データリンクが復旧した」

ばっ、と秋人《あきと》は勢いよくフィリアを振《ふ》り返《かえ》る。

すると同じく驚《おどろ》きに硬直《こうちょく》していたフィリアは我に返り、慌《あわ》てて虚空《こくう》に視線を走らせ、

「……ほんとだ。みんなとの通信、復旧してる」

ぽつりと言った。

それを耳にした愛好会の連中が一斉《いっせい》に頭を抱《かか》え、慟哭《どうこく》する。

「ぁぁあああなんてことだッ、あの情報戦最強の名を恣《ほしいまま》にしていた中佐が、戦術データリンクの復旧なんていう超《ちょう》重要ミッションを完全に放念されていたとはッ!!」

「いいち之瀬《のせ》ぇええ、そんな重要なことを忘れさせるなど、我らの中佐に何をしていたぁああ！」

「まてまてまてまてまて寝《ね》てただけだから！　別に指一本触《ふ》れてないから！」

「寝《ね》てただけだと⁉　〝だけ〟と言ったか貴様！」

やばい、テレサ本社に殴《なぐ》り込《こ》む前に、ここで死ぬかも。

「なんならフィリアが自由奔放《ほんぽう》にぐっすり熟睡《じゅくすい》していた証拠《しょうこ》写真も──」

──あるんだぞ。そう続けようとした矢先。

「かっ……はッ」

隣《となり》から伸《の》びてきた手によって秋人《あきと》の喉《のど》が鷲掴《わしづか》みにされた。

震《ふる》える身体《からだ》で目だけで追うと、そこには白銀の幽鬼《ゆうき》が立っている。

「……わたしたちは、ただ、一緒《いっしょ》に寝《ね》ていただけよね？」

「いやフィリアは床《ゆか》で一人で大の字にんぐっ──は、い……そう、です、一緒《いっしょ》に寝《ね》てました」

僅《わず》かに緩《ゆる》められ生まれた気道の隙間《すきま》から、必死に言葉を絞《しぼ》り出《だ》す。

それを聞いたフィリアはニッコリと笑って秋人《あきと》を解放した。

「よかった」

秋人《あきと》は自分の喉《のど》を押さえながら嘔吐《えず》く。

今のを見て事実認識《にんしき》を改めてくれるかと期待し顔を上げるが——

「中佐と一之瀬《いちのせ》が、ついに……」

「いやまて、まだそうと決まったわけでは……」

「やめろやめるんだ、現実から目を逸《そ》らし続けるほうが最近は辛《つら》くなってきた……」

そこには既《すで》にフィリアの言葉に打ちのめされた男たちの姿しかなかった。

そんな光景を他所にフィリアがてて、と秋人《あきと》に身を寄せてくる。

もうこれ以上、彼らに追い打ちをかけてやるなと秋人《あきと》は言おうとしたが、しかし。

「ねえ、秋人《あきと》。さっき言っていた証拠《しょうこ》写真について、あとでじっくり教えてもらおうかしら」

「…………」

追い打ちをかけられたのはむしろ秋人《あきと》の方であった。

不自然なほどニコニコな笑《え》みを崩《くず》さないフィリアに、呆《あき》れてジト目を無言で向けてくる玲奈《れな》。

「あーくんはずいぶん罪な男の子になっちゃったんだねえ……」

残されたその惨状《さんじょう》を前に、由乃《ゆの》が溜息《ためいき》を一つついた。

秋人《あきと》は冷汗《ひやあせ》を流しながらザインを見る。

「……それで。そんなことを言うために俺たちを尾《つ》けていたのか？」

「まさか。貴様の確保は任務のついでだ」

そして、ザインは頬《ほお》を引き攣《つ》らせながら言った。

「この周辺に《電磁蜘蛛《でんじぐも》》のアジトがあるとの情報を入手した」


「はいよ、ラーメン半炒飯《はんチャーハン》セットおまち」

そんな声とともに秋人《あきと》の前に置かれたのは、もうもうと湯気が立ち上るラーメンと半球状に綺麗《きれい》に整えられた炒飯《チャーハン》の一皿だった。

件《くだん》のホテルの数軒隣《すうけんとなり》にあったラーメン店。通りに面したカウンター席と、路地まで領地を拡大したテーブル席が六つ並ぶその店に秋人《あきと》たちは入ることにした。

秋人《あきと》、フィリア、玲奈《れな》、由乃《ゆの》は四人掛《が》けのテーブル席に座った。そんな四人を――否、正確には秋人《あきと》を睨《にら》みつける影《かげ》が十数名。

ロードレイン愛好会の連中だった。

彼らは秋人《あきと》たちを囲うように他のテーブルについて同様に遅《おそ》めの朝食を取り始めた。その他にも、近くのエリアで情報屋の居場所を探《さぐ》っていたメンバーがばらばらと集結してきて、同じラーメン店や隣《となり》の定食屋のテーブル席に陣取《じんど》り始める。

秋人《あきと》は熱々のラーメンに箸《はし》を付けながら、後ろの席に座るザインに背を向けたまま訊《たず》ねる。

『――それで、さっきの話は本当なのか？』

『我々の仕事を疑うとは腹立たしい。見くびるなよ一之瀬《いちのせ》少尉《しょうい》。ロードレイン中佐を探――ゴホン、《電磁蜘蛛《でんじぐも》》を探す一心でティーラ中の情報屋を総当たりで買収して得た情報だ』

『おい……今、壮大《そうだい》な規模でのストーキングが暴露《ばくろ》された気がするんだが』

いや、そんなことは今に始まったことではない、と麻痺《まひ》した頭を横に振《ふ》った。

ザインが言葉を続ける。

『《電磁蜘蛛《でんじぐも》》は、ティーラを縦断する川沿いにあるどこかの小屋を隠《かく》れ家《が》にしているらしい。――ここまでの情報ならズブの素人《しろうと》でも辿《たど》り着《つ》くだろう。だが我々中佐の右腕《みぎうで》は違《ちが》う。その隠《かく》れ家《が》には情報を買う客のための地下通路があるらしい』

向かいに座るフィリアが「右腕《みぎうで》にした覚えはないんだけど……」と端正《たんせい》な眉《まゆ》を寄せた。

『その通路が、廃棄区画《トラッシユデイビジヨン》の中でもここら一帯にあると？』

『そういうことだ』

『よく調べたな』

『これも中佐への忠義故《ゆえ》だ』

『――助かる』

秋人《あきと》とザインは同時に振《ふ》り返《かえ》る。そして無言のまま互《たが》いに口端《くちは》を持ち上げると、それぞれの食事に戻《もど》った。

すると、店員の少女が水のピッチャーを交換《こうかん》しに来た。

褐色《かっしょく》の肌《はだ》にウルフカットの黒髪《くろかみ》といった出《い》で立《た》ちの快活そうな少女だ。

左胸に光るネームプレートには〝ヨルタ〟と書いてあった。

「お兄さんたちってモデルさんか何かなんスか？　着ている服、めっちゃオシャレっスよね」

ウルフカットの少女――ヨルタが興味津々《きょうみしんしん》な様子で秋人《あきと》たちに話しかけてくる。

「ほ、ほんと⁉」

ガタッと椅子《いす》を鳴らして、玲奈《れな》が勢いよく立ち上がった。玲奈《れな》はそのまま身を乗り出してヨルタの手を取ってキラキラした目で見つめる。

ヨルタは驚《おどろ》いて若干《じゃっかん》身を引きながらも、コクコクと頷《うなず》く。

「ほ、ほんとっス、ほんとっス。今の中央の流行《はや》りじゃなくて、ひと昔前に流行《はや》ったスタイリッシュな感じが、今風に洗練されている感じで、めっちゃおしゃれだなって」

「あ、あっ、ありがとう！　これね、全部私が作ったの！　二千四百人分、全部！」

「ぜ、全部スか⁉　って言うか二千四百人ってなんスかその意味分かんない数字」

それから玲奈《れな》とヨルタは会話に花を咲《さ》かせた。

その中で、由乃《ゆの》が突然《とつぜん》口を開く。

「ねえ、ヨルタさん。《電磁蜘蛛《でんじぐも》》って名前に聞き覚えある？」

響《ひび》いた由乃《ゆの》の言葉にヨルタの身体《からだ》が静止する。

玲奈《れな》が戸惑《とまど》いの表情で振《ふ》り返《かえ》った。

「由乃《ゆの》姉ちゃん……？　一体何を――」

一瞬《いっしゅん》生まれた静寂《せいじゃく》。

次にヨルタが顔を上げた時、これまで終始浮《う》かべていた笑《え》みからは一変して無表情だった。

そして、ずい、とヨルタはテーブルに乗り出し、

「――その名前、どこで聞いたんスか」

ドスの利《き》いた低い声音《こわね》が四人の合間に響《ひび》いた。

しかし、由乃《ゆの》はそんな般若《はんにゃ》の形相のヨルタなどどこ吹《ふ》く風で、いつものニコニコした柔《やわ》らかな笑《え》みを浮《う》かべている。そしてちょんちょんと自分の鎖骨《さこつ》の辺りをつついた。

「丸見えだよお。ホロタトゥーを隠《かく》すなら透過《とうか》処理じゃなくてアプリごと落とさなきゃね。私みたいな人には逆位相で中和されて覗《のぞ》き見《み》されちゃうぞ」

「――っ⁉」

ばっ、と慌《あわ》ててヨルタは自身の首元を手で押さえる。

その直前、秋人《あきと》は一瞬《いっしゅん》だけ彼女の首を見た。なるほど、たしかに微《かす》かな空間の揺《ゆ》れがあった。言われるまで気付かなかった。しかし由乃《ゆの》には見えていたのだ。それが蜘蛛《くも》の形をしていると。

「――ねえ、《電磁蜘蛛《でんじぐも》》について少し教えてくれないかな。報酬《ほうしゅう》は弾《はず》むよ」

「アンタたちはウチのお客さんス。だから忠告してあげるっス。──《電磁蜘蛛《ツレ》》を追った人間は、消されるっスよ」

「それは《電磁蜘蛛《でんじぐも》》に？」

「まさか」

ヨルタは冷汗《ひやあせ》を流しながら鼻で笑う。

「この都市《まち》で消す側に立つ組織はただ一つっス」

その時だった。

通りの方が急に慌《あわ》ただしくなったのは。

「なんだ？」

秋人《あきと》とフィリアは振《ふ》り返《かえ》り、素早《すばや》く視線を走らせる。

「──ほら、来たっス。消す側の奴《やつ》らが」

皆《みな》、都市の中央の方から走って逃《に》げてきている。それも、何かに怯《おび》えるような表情を浮《う》かべている。

その理由はすぐに分かった。

二足歩行型・陸戦ドローン──《リッター》。胸部にテレサ社のロゴが刻まれた幾十機《いくじゅっき》もの機体が、次々に住民へ銃口《じゅうこう》を向け、捕縛《ほばく》しているところだった。

「悪いけどウチも店じまいっス。裏口とかはないんで今のうちに逃《に》げた方がいいっスよ」

ヨルタは慣れた様子で鉤《かぎ》のついた鉄棒を取ると、シャッターを下ろしていく。

秋人《あきと》たちは顔を見合わせ、ここはひとまず撤退《てったい》しておくかとアイコンタクトを送り合った
――その瞬間。

「こちらティーラ都市警察《TCPD》。そこの少女、止まれ。都市間住民基本データベースに登録なし。違法滞在者《いほうたいざいしゃ》として拘束《こうそく》する」

「いやっ、放して！　助けて、助けてお姉ちゃんっ！」

幼い少女の悲鳴が通りに響《ひび》き渡《わた》った。

「――サチ？」

ヨルタが鉤付《かぎつ》きの鉄棒を取り落とし、振《ふ》り返《かえ》る。

釣《つ》られて秋人《あきと》も視線を送った。そこに居たのは褐色肌《かっしょくはだ》の十歳前後の少女で、顔立ちはヨルタと瓜二《うりふた》つだ。傍《はた》から見るだけで二人が姉妹《しまい》であることが分かる。

「お願い、サチ、そこから動かないで。お願い。殺されちゃう」

「お姉ちゃん、お姉ちゃんっ!!」

表情を失ったヨルタ。サチと呼ばれた妹が、姉に助けを求めて悲痛な声を上げる。

サチは《リッター》の腕《うで》を振《ふ》り払《はら》って大通りを走った。数機の《リッター》がその背中に銃口《じゅうこう》を向ける。

「そこの少女、停止しろ。もう一度言う。――停止しろ」

秋人《あきと》は無意識に立ち上がった。

同時、その肩《かた》を誰《だれ》かに捕《つか》まれる。

「あーくん、ダメ」

声の主は由乃《ゆの》だった。秋人《あきと》は振《ふ》り返《かえ》らないまま言う。

「由乃姉《ゆのねえ》。頼《たの》む」

「……っ、大人になってあーくん。今あなたがすべきことを思い出して……っ。……求めるものの全部を手に入れるのは無理なの、諦《あきら》めることを知ってよ！」

秋人《あきと》は奥歯《おくば》を強く、強く噛《か》んだ。

由乃《ゆの》が言っていることはもっともだ。きっと正しいのだろう。由乃《ゆの》が言っていることは大人の行動で、秋人《あきと》が今やろうとしていることは子供のそれなのだ。

しかし。だがしかし。

それら決して譲《ゆず》れないものを譲《ゆず》りたくないと言って、それの一体何が悪い。

今、眼前で散ろうとしている命を助けたいと願って、それの一体何が悪い——‼

「——大事なものも諦《あきら》めなきゃいけないのが大人だって言うんなら、俺は子供のままでいい」

秋人《あきと》は由乃《ゆの》の手を振《ふ》り解《ほど》いて通りに出た。

「ライガー1《ワン》よりエリアD41内の全ユニットへ通達。――交戦用意《レディ・トウ・エンゲージ》」

その後ろに玲奈《れな》とフィリアが続く。

背中のマウントからハンドガンを抜《ぬ》き、スライドを引いて初弾《しょだん》を装塡《そうてん》した。

同時、これまで沈黙《ちんもく》を貫《つらぬ》いていた嶺京兵《れいきょうへい》の全員が立ち上がり、得物を構える。

フィリアが通信上で短く言った。

「キリ、広域ジャミングのアクティベート用意」

『ちょっ、部長⁉　い、いきなりどうされたんですか⁉　航空ドローンは待機していますけど、今の台数で広域ジャミングなんてかけたら五分ももたずにバッテリーがゼロになります！』

「いいから早くッ！」

『……っ、ら、了解《ラッジ》！』

キリの返答のすぐ後に、〈マインドトーク〉の回線が自動で切《き》り替《か》わる。それが唯一《ゆいいつ》、こちらから仕掛《しか》けるジャミングの中で回線がクリアに聞こえる周波数帯なのだ。ここからは敵に同様のクリアな周波数帯を特定されてもいいように五秒ごとにこの回線が切《き》り替《か》わる。

ヨルタが異変に気が付き、秋人《あきと》の横顔を見る。

「アンタたち、一体なにを――」

「見れば分かるだろ。妹を助けるんだよ」

視線の先で、《リッター》が鋼鉄の指先をトリガーにかけた。

「都市法第六十三条第二項に基《もと》づき目標を処分対象と認定《にんてい》。処分す——」

——る。

そう《リッター》の機械音声が鳴り終える前。

秋人《あきと》たちは一斉《いっせい》に発砲《はっぽう》した。次々に崩《くず》れ落《お》ちる二足歩行兵器。反撃《はんげき》の間もなく胸部のサブライユニットを穿《うが》たれた機体が紫電《しでん》を散らしながら倒《たお》れていく。

果たして、決着は一瞬《いっしゅん》でついた。

住民が見守る中、鋼鉄の死体が転がる通りに、ただ一人幼い少女が立っている。

玲奈《れな》がヨルタの背中を押した。それを見た妹もまた歩き出し、早足になり、そして最後は走り——二人は通りの中心で抱《だ》き合《あ》った。

「お姉ちゃん……っ‼」

「サチ……っ！　大丈夫《だいじょうぶ》⁉　怪我《けが》はない⁉」

「大丈夫《だいじょうぶ》だよ！　この人たちが助けてくれたから……！」

ヨルタは妹の手を握《にぎ》ったまま秋人《あきと》たち嶺京兵《れいきょうへい》を振《ふ》り返《かえ》って、勢いよく頭を下げた。

「——、ありがとう。この恩は、忘れないっス」

しかし、秋人《あきと》は表情を崩《くず》さない。

理由は単純。まだ終わってないからだ。

秋人《あきと》は右手でヨルタの肩《かた》に触《ふ》れる。少女は顔を上げた。

「早く逃《に》げろ。奴《やつ》らは俺たちを捕捉《ほそく》した。その間に二人で逃《に》げるんだ」

「でも――」

「どうせ俺たちはテレサとやり合う運命なんだ。それがちょっとばかし早まっただけ。――だから行ってくれ。俺たちは大丈夫《だいじょうぶ》だから」

嘘《うそ》だった。それでも後悔《こうかい》はない。

なぜなら隣《となり》で玲奈《れな》とフィリア、それ以外の皆《みな》も彼女ら二人に笑いかけているからだ。

そこに、通信が入る。

『情報統括《とうかつ》本部よりライガー・アクチュアル隊隊長！　ドローンのバッテリーが切れて広域ジャミングが解除されました！　今、テレサの追撃《ついげき》部隊がそちらに向かっています！』

嶺京兵《れいきょうへい》の顔が一気に強張《こわば》る。

秋人《あきと》は叫《さけ》んだ。

「行ってくれ！　テレサの追撃《ついげき》部隊がもう来る！」

ヨルタは唇《くちびる》を噛《か》んでラーメン屋の店内を振《ふ》り返《かえ》り、それからサチの顔を見た。

そして数瞬《すうしゅん》の葛藤《かっとう》の末、ヨルタはラーメン屋の奥を指さす。

「――店の中に逃《に》げ道《みち》があるっス。そこから一緒《いっしょ》に脱出《だっしゅつ》しましょう」

秋人《あきと》たちは鼻を摘《つま》まれた猫《ねこ》のような顔をしていたことだろう。

「さっき、裏口はないって」

フィリアの言葉にヨルタはニヤリと笑う。

「裏口はないッス。でも入口なら店の中にあるッス。――隠《かく》し通路への入口がね」

それから全員は顔を見合わせる。しかし、ここでリアクションを取っている暇《ひま》はない。

秋人《あきと》たちは一様に頷《うなず》いた。

「分かった、案内してくれ」

「了解《りょうかい》ッス。ただ、狭《せま》いんで一人ずつしか通れません。この人数だと少し時間がかか――」

その時だった。

キリの切羽つまった声が脳内に届いたのは。

『――うそ、自分の管理する都市なのにそんな――。皆《みな》さんなんとしてでもそのエリアから撤《てっ》退《たい》してください!! 戦術輸送機《ドロップシップ》の射出光を確認《かくにん》――敵は廃棄区画居住区《トラッシュディビジョン》のど真ん中に着地点をセットしていま――』

瞬間《しゅんかん》、キリの声が掻《か》き消えた。

音という音が消失する。

否。音はハッキリと脳に届いているはずだった。

しかし、それを上回る衝撃《しょうげき》に、思考の外へと追いやられた。

めくれ上がるアスファルト。崩《くず》れ落《お》ちる居住区画のビル群。

粉塵《ふんじん》が濃霧《のうむ》のように広がり、瓦礫《がれき》が濁流《だくりゅう》のように流れる。

その中央に降り立つ三体の巨人《きよじん》。

気が付けば、秋人《あきと》たちはさっきまで立っていた位置から十メートルは吹《ふ》き飛《と》ばされていた。何かが着弾《ちやくだん》したのは見えた。しかし、その瞬間《しゆんかん》に飛来してきた瓦礫《がれき》の渦《うず》に巻き込まれ、何が起こったのか理解するのに時間がかかった。

身体《からだ》にのしかかった瓦礫《がれき》を押しのけ、周りを見渡《みわた》す。

立体的に入り組んでいた商店街は見る影《かげ》もなく、横殴《よこなぐ》りにしたジェンガよりも脆《もろ》く、大胆《だいたん》に形状を変えていた。

フィリアや玲奈《れな》、由乃《ゆの》を始めとする嶺京兵《れいきようへい》も砂塵《さじん》に塗《まみ》れたコンクリートの上に投げ出されている。その横にはヨルタとサキの姿もあった。簡単な画像診断《しんだん》をかけた限りでは、命に関わる外傷は無さそうだった。

しかし、安心するには状況《じようきよう》があまりに悪すぎる。

秋人《あきと》は視線を上げる。

秋人《あきと》たちがいたラーメン屋の、丁度道を挟んだ向かい側。

そのビル群の上に、三つの巨影《きよえい》が秋人《あきと》たちを睥睨《へいげい》していた。

「一体、何が、起こったんっスか。……っ、あ、あれは……なんっスか……」

起き上がったヨルタが慄《おのの》きに喉《のど》を震《ふる》わせる。

同じく眼前の絶望を見上げた由乃《ゆの》は目を見開いて、その名を口にした。

「そんな、まさか——戦略外骨格《JOINT》？」

その横で玲奈《れな》と互《たが》いに支え合いながらフィリアが立ち上がる。

「……ひどすぎる。こんな、人が住んでいる都市に、戦略外骨格《JOINT》を落とすなんて」

「まずいよね、コレ。完全に捕捉《ほそく》されちゃってるよね。流石《さすが》に全員で逃《に》げ切《き》るのはちょっときつそうかな～……」

玲奈《れな》は呆然《ぼうぜん》と呟《つぶや》いた。

秋人《あきと》はこんな状況《じょうきょう》でも右手がまだハンドガンを強く握《にぎ》りしめていることに気が付いた。

死んでも得物は手放すな——。死ねない世界へと一変したアルカディア破壊後《はかいご》の日常で、秋《あき》人《と》たちが真っ先に叩《たた》き込《こ》んだ意識改革がそれだった。死ねないからこそ、死んでも手放さない気持ちで武器を手にし続ける——。外の世界の戦闘用《せんとうよう》の教本に書いてあったことの一つだった。

その恩恵《おんけい》を、ここにきて秋人《あきと》は強く実感した。

ハンドガンが被《かぶ》った砂埃《すなぼこり》を振《ふ》り払《はら》い、スライドを勢いよく引く。砂利《じゃり》とともに弾頭《だんとう》の詰《つ》まった弾《たま》が一発弾《はじ》き出《だ》された。大丈夫《だいじょうぶ》だ、問題なく動作する。

そしてようやく、秋人《あきと》は立ち上がった。

「……俺が殿《しんがり》をやる。その間に、みんな離脱《りだつ》してくれ」

視線の先で戦略外骨格《JOINT》が通りに降り立った。

夥《おびただ》しい量の粉塵《ふんじん》を撒《ま》き散《ち》らし、その煙《けむり》の向こうからセンサー群の怪《あや》しい光を輝《かがや》かせる。

対戦車ブレード《ゼロクロ》はライフルと同様、持ち合わせていない。

秋人《あきと》は隣《となり》に立つフィリアと玲奈《れな》を見て、そして最後に由乃《ゆの》を振《ふ》り返《かえ》った。

端《はな》から勝ち筋など皆無《かいむ》。それでも、出来ることはある。それでもやらなければならないことはある。それでも——守らなければならない人がいる。

秋人《あきと》は目を閉じ顔を前に戻《もど》し、そして目を開けた。

肉の案山子《かかし》になる準備はできた。願わくば、秋人《あきと》が死ぬ前に、全員をヨルタの言う緊急用《きんきゅうよう》の隠《かく》し通路《つうろ》とやらで脱出《だっしゅつ》させたい。

「——————」

遂《つい》に砂塵《さじん》が風に吹《ふ》かれて晴れた。

思ったよりもずっと近くに三機の戦略外骨格《JOINT》は立っていた。

青白かったセンサー群が赤に変わり、秋人《あきと》たち嶺京兵《れいきょうへい》をはっきりと捉《とら》える。それからゆっくりとシリンダーが稼働《かどう》する音が響《ひび》き、巨大《きょだい》な砲身《ほうしん》を携《たずさ》えた兵装がその剛健《ごうけん》な両腕《りょううで》に持ち上げられていく。

死が音を立てて迫《せま》っていた。

最早《もはや》秋人《あきと》がなすべきことは数少ない。あとはそれを遂《と》げるだけ。

そして両脚《りょうあし》に力を籠《こ》めようとしたその時、

「こんなになっても、あーくんは諦《あきら》めないんだね」

秋人《あきと》の肩《かた》に置く手があった。

「由乃姉《ゆのねえ》……？」

由乃《ゆの》は秋人《あきと》の横を通り過ぎて進む。

一歩、二歩と。そこで立ち止まる。

彼女の足は小刻みに震《ふる》えていた。

「は、はは……。なにこれ、すっごく怖《こわ》いね。みんな、こんな場所で二年間も戦っていたの？」

いや――十六年間、ずっとか。

口の中で呟《つぶや》いた由乃《ゆの》の言葉は風に巻かれて消えていく。

由乃《ゆの》は顔を上げた。そして、肩《かた》にかけていた白衣を脱《ぬ》ぎ捨《す》てる。

「由乃姉《ゆのねえ》、何を――早く逃《に》げ――」

俯《うつむ》いた由乃《ゆの》は見えない表情で呟《つぶや》く。

「――あーくんが言ったんだからね。諦《あきら》めるなって。だから私も、それに付き合ってあげる」

――だって私は、みんなのおねーちゃんだからね。

そう言って、由乃《ゆの》はいつの間にか手に持っていた二つの端末《たんまつ》を目の前の空間に放った。

「レナちゃん、コレ、借りるね」

否――それは端末《たんまつ》などではない。

待機状態の航空ドローン。

それも、自律式立体プリンター《ATAP》。

直後、二つの物質が高速で生成された。

一つは由乃《ゆの》の右腕《みぎうで》。

リング状に変形した自律式立体プリンター《ATAP》は由乃《ゆの》の右腕《みぎうで》を指先から肩《かた》にかけて紫電《しでん》を伴《ともな》って移動していく。腕《うで》の印刷ではない。服の印刷でもない。それは、外骨格の印刷。無骨なフレームやシリンダーが剝《む》き出《だ》しになった、ただ腕力《わんりょく》を強化するためだけにデザインされた装備。

もう一つは由乃《ゆの》の足元。

そこでもリング状に変形した自律式立体プリンター《ATAP》が、こちらは地面から天を目指すかのようにゆっくりと浮上《ふじょう》していく。その中心に、複雑な造形の得物を作りながら。それはショットガンにもライフルにも見える何かの射出装置——否、ランチャーだ。

その間、実に五秒。

全ての印刷が終わったその時、由乃《ゆの》は無骨な外骨格に包まれた右手で、地面に屹立《きつりつ》した正体不明のランチャーを引《ひ》き抜《ぬ》いた。

サポート材が剝《は》がれ落《お》ち、先端《せんたん》から乾燥《かんそう》が急速に進む。のっぺりとした白色が、見る見るうちに鮮《あざ》やかな金属の色彩《しきさい》に変わっていった。

「——音声コントロール。大脳皮質ＬＫ区画の機能を制限。演算区画として仮想化を開始」

由乃《ゆの》の身体《からだ》の右腕《みぎうで》が一瞬強張《いっしゅんこわば》り、脱力《だつりょく》する。

大脳皮質LK区画——それは右腕《みぎうで》の運動機能を司《つかさど》る前頭葉の一部だ。まさか、演算能力を確保するために、自分の脳の一部を演算領域に変換《へんかん》するのか。

由乃《ゆの》の舌は止まらない。

「——音声コントロール。タクティカルスーツの給電アドレスを〈アークランチャー〉に設定。補助電源機能カット。生命維持《いじ》機能、カット」

その時遂《つい》に、戦略外骨格《JOINT》の銃口《じゅうこう》が由乃《ゆの》を捉《とら》えた。

しかし、由乃《ゆの》は動じず、彼女もまた中央に立つ戦略外骨格《JOINT》に向けてランチャーを向ける。

その動きは酷《ひど》く機械的だ。動作の全てをタクティカルスーツと外骨格に任せているのだろう。

いつぞやか秋人《あきと》が対亜礼《あれい》戦で使えなくなった右腕《みぎうで》を強引《ごういん》に動かしたのと同じ原理だ。

「——音声コントロール。〈アークランチャー〉の給電開始。給電終了《しゅうりょう》とともに起動待機——」

言葉と同時、キィイイン、と由乃《ゆの》の構える得物から高音が鳴り始める。

ランチャーの砲身《ほうしん》とも言うべきメインバレルの周辺に、青白い稲妻《いなずま》が蛇《へび》の舌のように消えては現れた。変圧器と思われるパーツが急速回転し、由乃《ゆの》のスーツから電力を貪《むさぼ》るメインバレルも白い輝《かがや》きを増していく。

「射撃用意《レディ》、照準固定《セット》——」

そして、三機の戦略外骨格《JOINT》が同時に引き金を引こうとしたその刹那《せつな》。

「起動《インパクト》」

単調な声とともに――由乃《ゆの》が一瞬先《いっしゅんさき》に、トリガーを絞《しぼ》った。

瞬間《しゅんかん》。

世界が一面の蒼《あお》に染まった。

視野が焼き付く。

脳が色というクオリアを失う。蒼《あお》が色という概念《がいねん》へと置《お》き換《か》わる。

潰《つぶ》れた瞳《ひとみ》が微《かす》かに捉《とら》えたのは、暴力的な反動に一瞬《いっしゅん》で背中側に弾《はじ》かれた由乃《ゆの》の巨大《きょだい》な右腕《みぎうで》と、上半身を削り取られ、その輪郭《りんかく》を溶解《ようかい》させた三機の戦略外骨格《JOINT》だった。

風は灼熱《しゃくねつ》のソニックブームへと変わり、大気が焦《こ》げ付《つ》いて生まれた轟音《ごうおん》がこの場に存在するあらゆる物質に叩《たた》きつけられる。

気が付けば、〈アークランチャー〉と呼ばれた兵装の砲口《ほうこう》があった場所と、戦略外骨格《JOINT》の背中側に一直線の光の柱が生まれていた。

その光こそがこの蒼《あお》の世界の原因であり、結果だった。

柱は徐々《じょじょ》に輝《かがや》きを失っていき、入《い》れ替《か》わるように世界が色彩《しきさい》を取《と》り戻《もど》す。それでも形までは元通りにはならない。柱の通り道には塵一片《ごみいっぺん》すらも残されていない。

肌《はだ》が焼け付く感覚とともに、強烈《きょうれつ》なオゾンの匂いが後になってやってくる。

次に秋人《あきと》が五感の全てを取《と》り戻《もど》したのは、実時間にして三十秒も後のことだった。

「——、——。い、ま、——なにが」

嗄《か》れた声しか喉《のど》から出ない。

脳が知覚したのは由乃《ゆの》が未知の兵装を使ったということ。

そして、戦略外骨格《JOINT》が三機まとめて消し飛んだということ。

ただ在ったのは、戦略外骨格《JOINT》の歪《いびつ》な亡骸《なきがら》と、その眼前で巨大化《きょだいか》した右腕《みぎうで》を大きく後ろに反《そ》らしたまま硬直《こうちょく》している由乃《ゆの》の背中。

音はない。

ただ、風が吹《ふ》いていた。

その最中《さなか》。

「——由乃姉《ゆのねえ》ッ‼」

神崎由乃《かんざきゆの》の身体《からだ》がぐらりと傾《かたむ》き、砂埃《すなぼこり》の中に崩《くず》れ落《お》ちた。

由乃《ゆの》の身体《からだ》は酷《ひど》い状態だった。

タクティカルスーツの表面は焦《こ》げ、右腕《みぎうで》を除くすべての体表が逃《に》げ場《ば》を失った高電荷《こうでんか》により弾《はじ》け、裂《さ》け、焼け爛《ただ》れている。綺麗《きれい》に整った顔は、血の混じった砂利《じゃり》に汚《よご》れ、土気色になるまで血の気を失っていた。

手足は氷のように冷たく、心肺の動きは微弱《びじゃく》。蚊《か》のように細い呼吸と、僅《わず》かな脈拍《みゃくはく》が辛《かろ》うじて生きていることを示しているが、その実は死に体《してい》である。

それほどまでに、彼女の使用した〈アークランチャー〉なる代物《しろもの》は、その瞬間的《しゅんかんてき》かつ莫大《ばくだい》な電力消費と〈ゼロクロ〉をも超《こ》える凶悪《きょうあく》な反動により使用者の身体《からだ》をズタズタに引《ひ》き裂《さ》く諸刃《もろは》の剣《つるぎ》だった。

秋人《あきと》は由乃《ゆの》の身体《からだ》を背負って薄暗《うすぐら》い坑道《こうどう》の中を駆《か》けていた。その隣《となり》を道案内役のヨルタが並走《へいそう》する。サチは大事を取って、ヨルタの知り合いだという〝ホテル・ディヴァース〟の店主に預けていた。

秋人《あきと》のすぐ斜《なな》め後《うし》ろをぴったりと追従しているキリが声を上げる。

「心拍数《しんぱくすう》十三パーセントダウン！　血中酸素濃度《のうど》も急激に低下しています！」

由乃《ゆの》のタクティカルスーツと有線接続して生体反応をモニタリングしてくれているのだ。

「前頭葉のシナプスの活動が限界観測点の間際《まぎわ》です……このままでは由乃《ゆの》さんの記憶変数体《マインドステート》が破損してしまいます！」

秋人《あきと》は一際《ひときわ》大きく足を踏《ふ》み出《だ》す。

「クソッ、由乃姉《ゆののねえ》、死ぬなよッ！」

「ヨルタさん、なんでこんな道があるの⁉」

秋人《あきと》の背後から玲奈《れな》が叫《さけ》び、先頭を走るヨルタが首の動きだけで振《ふ》り返《かえ》る。

「アタシらテレサの憎《にく》まれっ子《こ》は、こうして地下に逃《に》げ道《みち》を沢山《たくさん》作ってるんっスよ！」

「どこでもいい、テレサに捕捉《ほそく》されない場所まで連れて行ってくれ！　このままだと由乃姉《ゆのねえ》が死ぬ！」

ヨルタは秋人《あきと》の背中でぐったりとしている由乃《ゆの》の姿を見て、前方へと視線を戻《もど》した。

「……廃棄区画《トラッシュエディビジョン》の人間は恩を忘れないっス。安心してください。アタシたちが知る中で一番安全な場所に連れてくっス」

ヨルタの言葉に、秋人《あきと》たちは互《たが》いの顔を見合わせた。

それから走ること約二十分。大蛇《だいじゃ》の巣のように曲がりくねった地下道を抜《ぬ》け、ジャングルのようにじめじめと湿《しめ》った地下水道へと繋《つな》がる。

そこは高さが十メートル以上ある巨大《きょだい》な地下水道である。

すると、不意にヨルタが立ち止まった。

「……どうした？　なぜ止まる？」

「ここっス」

そうしてヨルタが見上げるのは、水道の中心に一定間隔《かんかく》で地上に向けて伸《の》びる鉄製の梯子《はしご》。

そのうちの一つに駆《か》け寄《よ》ると、ヨルタはシャツの襟《えり》を引っ張り、首筋を露《あらわ》にした。

暗闇《くらやみ》の中、彼女の首の上に稲妻《いなずま》で出来た蜘蛛《くも》のホログラムが浮《う》かび上《あ》がる。

同時、遥《はる》か頭上でガコンッ、と何かのロックが解除される鈍重《どんじゅう》な音が鳴《な》り響《ひび》く。

「これで《電磁蜘蛛《でんじぐも》》の隠《かく》れ家《が》へ入れるっス」

「もしかして、《電磁蜘蛛《でんじぐも》》って私たちの真上にいるってこと？」

玲奈《れな》が訊《き》くと、ヨルタは短く頷《うなず》いた。

「……アタシはここまでっス。今、《電磁蜘蛛《でんじぐも》》は潜伏《せんぷく》期間。その間は会わない取り決めっス」

「そうか……ここまで本当にありがとう」

「お礼を言うのはこっちっス。――妹を助けてくれてありがとうございました」

その言葉を最後に、秋人《あきと》たちはヨルタと別れ、鉄製の梯子《はしご》を登った。

由乃《ゆの》は秋人《あきと》とザインの二人がかりで持ち上げた。こんな時ばかりは、タクティカルスーツによるアシストの恩恵《おんけい》を感じずにはいられない。

そうして先頭を行く秋人《あきと》は頭上で蓋《ふた》をするマンホールをゆっくりと押し上げた。

「――――」

一言で表すと、そこは機械の海だった。

ケーブルが、ファンが、基盤《きばん》が――壁《かべ》という壁《かべ》、床《ゆか》という床《ゆか》、天井《てんじょう》という天井《てんじょう》を埋《う》め尽《つ》くしている。どこまでも無機質な場所なのに、その光景の異様さゆえか巨大《きょだい》な生き物の体内にいるかのような錯覚《さっかく》さえ得る。インジケーターが星空のように瞬《また》き、ヒートシンクを冷やすファンの鈍《にぶ》い駆動音《くどうおん》が鳴《な》り響《ひび》く。

秋人《あきと》が部屋の奥に向けてハンドガンを構える中、次々と他のメンバーたちがマンホールから出てくる。そして全員が部屋に出たのを確認《かくにん》すると、それぞれ得物を構えて周囲を警戒《けいかい》しながら部屋の奥へと前進を始める。

外気よりぐっと下がった気温に肌寒《はださむ》さを感じながら、奥へ奥へと進んでいく。

すると、淡《あわ》い光とともに小さな空間が見えてくる。

秋人《あきと》たちは一様に目を細めた。

逆光の中に見えるのは横に長い大きな執務机《しつむづくえ》が一つ。その上には新旧様々な記録デバイスが山積みにされ、一メートル以上の山脈を形成していた。

「どういうつもりヨルタ。今、休業中だって伝えたはずだけど」

その山脈の向こうから女の声が飛んできた。三十代前後を思わせる、艶《つや》のある声音《こわね》。

「俺たちはヨルタさんの代理だ、《電磁蜘蛛《でんじぐも》》。頼《たの》む、力を貸してほしい」

「へえ……？　生憎《あいにく》、ただいま休業中なのよ。悪いけど他を当たってくれる――」

秋人《あきと》たちがその執務机《しつむづくえ》の前で立ち止まるのと同時、声の主が山積みにされたハードディスクの陰《かげ》から顔を出す。

そして、互《たが》いの顔を見て、その場の全員が鋭《するど》く息を呑《の》んだ。

「ちょ――」

「なっ――」

先頭に立っていた秋人《あきと》とフィリア、玲奈《れな》が最速でハンドガンに指を滑《すべ》らせる。

同時、声の主も座ったまま右手をジャケットの内側へと這《は》わせる。

その間コンマ二秒。

次の瞬間《しゅんかん》、二十の銃口《じゅうこう》が互《たが》いに向けられた。

誰《だれ》も声を上げない。瞬《まばた》きもしない。

トリガーに指をかけ、いつ銃口《じゅうこう》が火を噴《ふ》いてもおかしくない状態。

その緊迫《きんぱく》の中、秋人《あきと》は口火を切った。


「――ここで何をしている、エルゼ」


吊《つ》り上《あ》がった目に、チョコレート色の髪《かみ》。

執務《しつむ》机《づくえ》の奥に座るその女は、蠱惑的《こわくてき》な貌《かお》で笑った。

「それはこっちのセリフよお、一之瀬《いちのせ》秋人《あきと》。第七プラントで包囲されているって話だったけど、情報が古かったようね。神崎《かんざき》局長と同じように私も殺す？　命を弄《もてあそ》んだ罪人として」

そこにいたのは、かつて秋人《あきと》たちを飼っていた大人の一人。

神崎徹《かんざきとおる》の元秘書――エルゼ・アインハルトだった。

エルゼはメタルパーツで補強されたジャケットに、同じく金属フレームが目を引く機械化されたタイトパンツという出《い》で立《た》ちをしており、髪《かみ》は嶺京《れいきょう》でそうしていたように後ろにひとくくりにしている。インナーの類が見えないあたり、あの上下の一張羅《いっちょうら》はタクティカルスーツの代わりなのだろう。それなりの身体強化機能と防弾《ぼうだん》性能があると踏《ふ》んでおいた方がよさそうだ。

秋人《あきと》の隣《となり》のフィリアが半歩前に出る。

「久しぶりねエルゼ。テレサの犬の次はモグラの真似《まね》かしら？　つくづく辛気《しんき》臭《くさ》い日陰《ひかげ》がお似合いの女ね」

「フィリア・ロードレイン。あなたは相変わらず汚《よご》し甲斐《がい》のある小娘《こむすめ》だ」

「――まさかあなたが《電磁《でんじ》蜘蛛《ぐも》》ってわけ？　なるほどそれなら納得《なっとく》がいくわ。テレサに追われていて、かつ内部情報に詳《くわ》しい――それはそうよね。アルカディア開発局の秘書をやっていたあなたであれば機密情報なんていくらでも手に入ったでしょう」

「…………」

エルゼは目を細め、握《にぎ》ったハンドガンに力を籠《こ》める。

それを見て玲奈《れな》が鋭《するど》い声で制する。

「私たちがこの距離《きょり》でも弾《たま》を迎撃《げいげき》できるのは分かってるよね。この状況《じょうきょう》、エルゼの詰《つ》みだよ」

「そう？　相変わらず天代玲奈《あましろれな》は思い込みが激しいわね」

「それってどういう……っ」

言葉と同時、秋人《あきと》たちの背後の天井《てんじょう》から重《じゅう》機関銃《きかんじゅう》を備えた迎撃《げいげき》ポッドが二機顔を出した。後衛のメンバーが銃口《じゅうこう》を迎撃《げいげき》ポッドへと向ける。

　この密閉空間かつ至近距離《きょり》だ。ひとたび発砲《はっぽう》されれば全員が避《よ》けることはまず不可能。機関《きかん》銃《じゅう》の弾頭《だんとう》をハンドガンの弾《たま》で逸《そ》らすことはできても、圧倒的《あっとうてき》な質量の違《ちが》いから撃《う》ち落《お》とすことはまず無理。跳弾《ちょうだん》して、同様に死傷者が出ることは必至だ。

　場が膠着《こうちゃく》し、辺りに緊張《きんちょう》が走る。

　そして打開策を狙《ねら》ってフィリアが迎撃《げいげき》ポッドにクラッキングを仕掛《しか》けようとしたその時、

「由乃《ゆの》さんの心肺が停止！　タクティカルスーツの生命維持《いじ》機能もＯＳ側からロックされていて再稼働《さいかどう》できません！」

「なんだって……っ！」

　秋人《あきと》は慌《あわ》てて振《ふ》り返《かえ》った。

　その隙《すき》を見逃《みのが》すエルゼではない。

　エルゼは僅《わず》かに生まれた注意の隙間《すきま》を突《つ》いて、一気に秋人《あきと》へと距離《きょり》を詰《つ》めた。

　振《ふ》り返《かえ》った時にはもう遅《おそ》い。

　エルゼは秋人《あきと》の懐《ふところ》に居て、その距離《きょり》は既《すで》にいかなる攻撃《こうげき》も避《さ》けられない間合い。

「――――っ！」

　しくじった――

　心の中で奥歯《おくば》を噛《か》み締《し》める秋人《あきと》。

　しかし、いくら経《た》ってもエルゼは銃口《じゅうこう》を秋人《あきと》の眉間《みけん》に合わせてこないし、当然弾頭《だんとう》も飛んでこない。

それもそのはず。

エルゼは秋人《あきと》のことなど眼中になく、秋人《あきと》らを突《つ》き飛《と》ばすと少女へ駆《か》け寄《よ》り——

「——由乃《ゆの》お嬢様《じょうさま》‼」

今にも泣きそうな表情で、そう叫《さけ》んだのだった。


「ふ——……。……とりあえず一命はとりとめたわ」

エルゼの言葉に、秋人《あきと》たちは胸を撫《な》でおろした。

現在、由乃《ゆの》は、隣《となり》の部屋のエルゼのものと思われるベッドに横たわっている。由乃《ゆの》の全身の至る所からケーブルが伸《の》び、部屋の様々な機械類に接続されていた。

それらを操《あやつ》っていたエルゼはARゴーグルを外して髪《かみ》を振《ふ》り解《ほど》くと、大きな溜息《ためいき》をついた。

「脳の焦《こ》げ付《つ》いていた箇所《かしょ》を〈ニューラルゲート〉の補修機能を使って修繕《しゅうぜん》したわ。今はスーツの生命維持《いじ》機能で何とかなっているけど、油断は禁物ね。いつ、容態が悪化してもおかしくない」

「……そうか。助かった」

エルゼは静かに寝息《ねいき》を立てる由乃《ゆの》の顔を、慈愛《じあい》にも悲哀《ひあい》にも見て取れる複雑な表情で眺《なが》める。

それから床《ゆか》に横たわった巨大《きょだい》な兵装を見た。

「……〈アークランチャー〉を使った、か。馬鹿ね。コレを生身の肉体で使えば、無事では済まないことくらい分かっているはずなのに」

「こんな兵装、嶺京《れいきょう》で見たことないぞ」

秋人《あきと》が言うと、エルゼは不機嫌《ふきげん》そうに眉《まゆ》を立てて振《ふ》り返《かえ》る。

「コレは〈ゼロクロ〉以上に反動が強力で歩兵兵装の枠《わく》を超《こ》えているという理由で開発中止が言《い》い渡《わた》された代物《しろもの》よ。それを、この子は生成速度を重視して右腕《みぎうで》だけの補助外骨格と、反動制《せい》御《ぎょ》の演算用に仮想化した前頭葉の一部を使って強引《ごういん》に駆動《くどう》させた。ほんとう――無茶にも程《ほど》があるわよ」

「…………」

誰《だれ》も、何を言っていいか分からず言葉を呑《の》んだ。

エルゼは呆《あき》れ目《め》で秋人《あきと》を睨《にら》みつける。

「……本当、どういう神経しているのかしら。どうして先に言わないの？　馬鹿じゃないの？　あと一歩遅《おそ》かったら死んでいたのよ？」

「ぐっ……。あのなあ、俺たちだって由乃姉《ゆのねえ》の治療《ちりょう》をするためにテレサに見つからない場所を求めてここまで来たんだよ！　そしたらエルゼがいるからややこしくなったんだろ！」

「うるさい、黙《だま》りなさい一之瀬《いちのせ》秋人《あきと》。私の巣に入り込んできたのはあなたたちでしょう」

エルゼは頭を押さえて溜息《ためいき》をつく。

「……どうしてお嬢様《じょうさま》がここにいるの」

「第七プラントにいた時、SOS信号を受信したんだ。どうやら家出した後、第十三プラントでずっと眠《ねむ》っていたらしい」

「……実験中に散々探したけど、どうりで見つからないわけだわ。最初からお嬢様《じょうさま》は嶺京《れいきょう》に居なかったってことか」

──やられたわ。

エルゼは嘆息《たんそく》して、顔を上げた。

「それで。あなたたちは何が目的」

息を吸って、ひと思いに告げる。

「テレサ本社へのアクセスカードキーが欲《ほ》しい」

「無いわ。他を当たって」

「嘘《うそ》！　エルゼなら持ってるでしょ！　わたしなさいよ！」

玲奈《れな》がエルゼに掴《つか》みかかるが、エルゼはそれを振《ふ》り払《はら》うこともせず冷たく醒《さ》めた目で嘲笑《ちょうしょう》した。

「へえ？　なに？　力で奪《うば》い取《と》る？　面白《おもしろ》いわね。何やらご高説垂れてたあなたたちも結局はテレサとやっていることは変わらないじゃない」

「そ、それは——」

するとそこに混ざる誰《だれ》かが身じろぐ音。

「……エル、ゼ。みんなを、いじめないで」

「由乃《ゆの》お嬢様《じょうさま》!?」

それは、由乃《ゆの》が丸めた背中をゆっくりと起こす音だった。

「由乃姉《ゆのねえ》!?」

「いけません、前頭葉が一度焦《こ》げ付《つ》いてるんです。お願いですから安静にしていてください！」

「……ダメなんだ、エルゼ。私たちには、もう、時間がない。テレサに捕捉《ほそく》される前に、乗り込む。乗り込んで、全部壊《こわ》すの」

由乃《ゆの》はそう言って、頭部や首元に接続されていた無数のケーブルを引《ひ》き抜《ぬ》いて投げ捨てた。

「壊《こわ》すって、何をです」

「決まっているでしょ」

「……っ、まさか——アルカディアを？」

由乃《ゆの》は小さな動きで顎《あご》を引く。

「今度こそ、壊《こわ》すんだよ。今度は二度と修復できないほど、内部から徹底的《てっていてき》に」

「しかし、アルカディアは由乃《ゆの》お嬢様《じょうさま》の理想郷に必要不可欠な——」

秋人《あきと》らへの態度とは一変して、縋《すが》るような声で言うエルゼに、由乃《ゆの》は力なく首を横に振《ふ》った。

「……もういいんだ。私の思《おも》い描《えが》いた理想郷は誰《だれ》かの犠牲《ぎせい》の上にしか成り立たないものだった」

「今更《いまさら》何を……っ。それを承知で作ったのがあのシステムでしょう！　しかもアルカディアを内部から壊《こわ》す方法って、そんなことをしたら貴女《あなた》は——」

「エルゼ」

由乃《ゆの》は顔を上げ、真っすぐにエルゼの目を見る。

あの神崎徹《かんざきとおる》にも臆《おく》さずモノを言っていたエルゼが、その時だけは怯《ひる》んだように見えた。

「お願い。カードキーを頂戴《ちょうだい》」

「しかし——」

その時だった。

部屋全体にけたたましい警報が鳴ったのは。

「——何⁉」

フィリアがキリを振《ふ》り返《かえ》るが、キリは目を見開きながら首を小刻みに横に振《ふ》る。

「……ッチ。全く、戦闘《せんとう》スキル以外は全くなってないわねえ一之瀬《いちのせ》。面倒《めんどう》な連中に尾《つ》けられたわね」

「なんだって？」

「――来るわよ」

エルゼの言葉と同時。

視界の半分が粉塵《ふんじん》とともに真っ白に弾《はじ》けた。

咄嗟《とっさ》に秋人《あきと》とフィリアで、由乃《ゆの》を庇《かば》う。

「ぐうッ――‼」

直後、由乃《ゆの》の身体《からだ》が弾《はじ》き飛《と》ばされ、室内の設備が狭《せま》い空間にぐちゃぐちゃにかき混ぜられる。天井《てんじょう》の至る所が崩壊《ほうかい》し、ケーブルが火花を撒《ま》き散《ち》らしながら切断されていく。機器類が瓦礫《がれき》に押しつぶされ、リキッドドライブ方式の外部記憶《きおく》装置が破損し、内部から半透明《はんとうめい》の液体が噴《ふ》き出《だ》す。

粉塵《ふんじん》に皆《みな》が咳《せ》き込《こ》み、呻《うめ》き、ゆっくり起き上がる。

そこには、天井《てんじょう》が抉《えぐ》り取《と》られ、茜色《あかねいろ》の空が丸見えになったエルゼの秘密基地の姿があった。

そこでようやく自分たちが、地上にある小屋のひとつにいたことを認識《にんしき》する。

木製の屋根が吹《ふ》き飛《と》び、ガラスが粉々になって撒《ま》き散《ち》る。

砲撃《ほうげき》されたのだ、と混乱する頭で理解した。

見渡《みわた》せば、秋人《あきと》たちが立っているのは川沿いの集落で、似たような木製やプレハブ製の家屋が乱立している。そこに今しがたの砲撃《ほうげき》による火の手が広がり、住民が悲鳴を上げながら退避《たいひ》をしていた。

そこに遠くから近づいてくる足音が幾重《いくえ》にも鳴った。

同時、通信ケーブルまみれだった壁《かべ》が消失したことが理由で、秋人《あきと》の〈ニューラルゲート〉がネット回線に復帰する。

秋人《あきと》は眩暈《めまい》に歪《ゆが》む視界の中で、高速で足音の分析《ぶんせき》ツールを起動。

その足音の正体を認識《にんしき》する。

『玲奈《れな》、戦術立体プリンター《ATAP》、借りるぞ』

『なに、する気、アキ……⁉』

『みんな、量子迷彩《クアンタムステルス》を使って逃《に》げろ。俺が奴《やつ》をやる……ッ！』

秋人《あきと》は玲奈《れな》の腰《こし》のマウントから戦術立体プリンター《ATAP》を外し、オンラインで接続する。

〈ゼロクロ〉を、印刷する。

同時、二振《ふたふ》りの刀の切っ先が目の前にあった。

「――――ッ！」

刀は突《つ》き出《だ》されたのではない。飛来してきたのだ。

足を、腰《こし》を、肩《かた》を、肘《ひじ》を、手首をしならせ、最高速度で振《ふ》り上《あ》げる。

果たして、深紅《しんく》の結合光を撒《ま》き散《ち》らす形状可変合金の粒子《りゅうし》が、ダイヤモンドに匹敵《ひってき》する硬度《こうど》で二振《ふたふ》りの刀剣《とうけん》を半ばから両断した。

キキンッ、と小気味いい音とともに宵闇《よいやみ》の空へと弾《はじ》かれていく。

しかし、そこで終わらない。

三本目、四本目と同形の刀剣《とうけん》――〈マークエイト〉が飛来してくる。

それを、秋人《あきと》は呼吸もせず、瞬《まばた》きも忘れ、全ての集中力をもって斬《き》り飛《と》ばしていく。

やがてその攻撃《こうげき》も止み、いつの間にか秋人《あきと》たちの前には黒い戦闘服《せんとうふく》に身を包む兵士たちが立っていた。秋人《あきと》は眼前の、自分と瓜二《うりふた》つの顔立ちの男に対して言う。

「単調な攻撃《こうげき》だな、幾島《いくしま》」

「単調な迎撃《げいげき》だな、一之瀬《いちのせ》」

鼻で笑った亜礼《あれい》は、一際《ひときわ》強い生成光とともに左の手の中から、これまでのモノとは打って変わって黒く鈍《にぶ》く光る一振《ひとふ》りの刀剣《とうけん》を抜《ぬ》き出《だ》した。

それを一目見ただけで、ぞわりと秋人《あきと》の背に悪寒《おかん》が走る。

ただの色違《いろちが》いではない。明らかな業物《わざもの》。

何が違《ちが》う。長さ？　切れ味？　精度？　――否、分からない。

それは一刀交えるまでは検証など不可能――！

亜礼《あれい》が走る。

秋人《あきと》も大股《おおまた》に一歩踏《ふ》み込《こ》む。

視界端《はし》に〈ゼロクロ〉用反動制御《せいぎょ》プログラムのウィンドウが追加で展開し、文字列を高速に流す。

タクティカルスーツの人工筋繊維《バイオメタルファイバー》が唸《うな》り、出力を最大にして秋人《あきと》の身体《からだ》を動かし――

「大人しく死ね、肉人形ッ！」

「大人しく国に帰れ、ストーカー野郎《やろう》ッ！」

両者、激突《げきとつ》した。

瞬間《しゅんかん》、波形に粉塵《ふんじん》が吹《ふ》き飛《と》び、瓦礫《がれき》という瓦礫《がれき》が粉々に砕《くだ》けて砂塵《さじん》と化す。

二人の力は拮抗《きっこう》し、鍔迫《つばぜ》り合《あ》いになる。

否、〈マークエイト〉の切っ先が、僅《わず》かに〈ゼロクロ〉の刀身に斬《き》り込《こ》んだ。

「――ッ⁉」

秋人《あきと》は驚《おどろ》きに目を見開き、亜礼《あれい》が不敵に笑った。

このままでは斬《き》られる――ッ！

すぐさまそう判断した秋人《あきと》は、〈ゼロクロ〉用反動制御《せいぎょ》プログラムを停止。

同時、〈ゼロクロ〉の出力を〝三〟から、最大出力の〝五〟に変更《へんこう》する。

直後、支えを失った身体《からだ》は、〈ゼロクロ〉の生み出す暴力的なまでの反動に煽《あお》られ、弾《はじ》かれて秋人《あきと》は後方へ吹《ふ》き飛《と》ばされた。

「かっ、ぐっ、ぅうっ――！」

二度、三度と地面に全身を打ち付けながら、何とか静止する。

追撃《ついげき》はない。お互《たが》いの得物は超近距離《ちょうきんきょり》兵装。まだ致命傷《ちめいしょう》の一つも与《あた》えていない秋人《あきと》を追撃《ついげき》するにはリスクが高いと堅実《けんじつ》な判断を下したのだろう。

秋人《あきと》は〈ゼロクロ〉の反動と亜礼《あれい》との衝突《しょうとつ》に全身を震《ふる》わせながら身体《からだ》を起こす。口の中に広がる血の味を、砂利《じゃり》交じりの唾《つば》と一緒《いっしょ》に吐《は》き出《だ》し、口元を拭《ぬぐ》った。

その時、自分の右腕《みぎうで》に一本の切り傷が走っていることに気が付く。

斬《き》られたのだ。

「…………」

「――ッチ。間一髪《かんいっぱつ》のところで避《よ》けたか」

「……なんだその〈マークエイト〉は」

「これか？　簡単なことだ。戦術立体プリンター《ATAP》からの印刷時にフィラメントの結合濃度《のうど》を最大まで高めたんだ。コストはかかるが、その分、簡単には切断されないぞ。君はどうにも人の身体《からだ》を切断するよりも前に、兵装を無力化したがるようだからね。慈悲《じひ》でもかけているつもりか？」

「クソ……っ」

亜礼《あれい》は黒の〈マークエイト〉を下段に構えながら距離《きょり》を詰《つ》めてくる。

秋人《あきと》は再び〈ゼロクロ〉を起動した。秋人《あきと》の足元が赤く照らされる。

「いい加減諦《あきら》めろ、一之瀬《いちのせ》」

そこで秋人《あきと》は気が付く。

亜礼《あれい》の握《にぎ》る〈マークエイト〉の先端《せんたん》が、僅《わず》かに削《けず》れていることに。

……最後に出力を最大にした時のか？

生まれるのは僅《わず》かな可能性。しかし、恐《おそ》らくそれが唯一《ゆいいつ》の希望。

秋人《あきと》は無言で〈ゼロクロ〉の電源を切り、刀身を消した。

そして〈ゼロクロ〉を腰《こし》のマウントに戻《もど》す。

「……観念したか」

亜礼《あれい》は息を吐《は》き、しかし油断のない足取りで着実に間合いを縮めてくる。

その間、秋人《あきと》はゼロクロの設定を大幅《おおはば》に変更《へんこう》した。

刀身の幅《はば》を三から一へ。

長さは、四から三。

そして出力を最大出力のまま固定した。

〈ゼロクロ〉の最大出力というものは、基本、使用されることを想定されていない設定だ。使えば使用者の身体《からだ》は反動でズタボロになり、内部バッテリーも十秒と経《た》たずに空になる。その代わりにイージス戦車の超高硬度《ちょうこうこうど》の複合装甲《そうこう》だろうが戦略外骨格《JOINT》の多重自律反応装甲《そうこう》だろうが、一撃《いちげき》で両断するだけの火力を手にすることができる、そんな諸刃《もろは》の剣《つるぎ》なのである。

秋人《あきと》の手元に今、代えのバッテリーはない。

最大出力で使用できるのも、残り数秒といったところがぜいぜいだろう。

だが、ここであの黒い〈マークエイト〉とそれを振《ふ》るう幾島亜礼《いくしまあれい》を突破《とっぱ》しなければ秋人《あきと》たちに未来はない。

なればこそ、取る方策は一つ。

全身の力を抜《ぬ》き、右の指先を緩《ゆる》く伸《の》ばした。

目を薄《うす》く閉じ、意識を広げ、音を聞く。

「……なんだ？」

秋人《あきと》は再び反動制御用《せいぎょよう》のプログラムを走らせる。

違和感《いわかん》に気が付いたのか、亜礼《あれい》の仮面に覆《おお》われていない左目が一層鋭《するど》くなった。

「肉人形のクセに往生際《おうじょうぎわ》が悪い。おとなしく死んでいろ――ッ！」

声と同時、黒の剣尖《けんせん》がやってくる。

それを、呼吸一つ。

「――ッ!!」

静から動。

脱力《だつりょく》から集中。あるいは、解放。

鞭《むち》のようにしなった指先が〈ゼロクロ〉の柄《つか》を取り、トリガーを絞《しぼ》る。

視界端《はし》に流れる反動制御《せいぎょ》プログラムも最早《もはや》意識の外。

あるのはただ、眼前に迫《せま》る黒の切っ先と、幾島亜礼《いくしまあれい》一人だけ。

振《ふ》り抜いた腕《うで》が最高速度に達したその瞬間《しゅんかん》、最大出力で生成された刀身が出現。

瞬間《しゅんかん》、漆黒《しっこく》の〈マークエイト〉を弾《はじ》いた。

「な——」

——にッ⁉

亜礼《あれい》の声が僅《わず》かに意識の内側へと滑《すべ》り込《こ》んでくる。

それもすぐに押し出し、秋人《あきと》は〈ゼロクロ〉の刀身を消した。

そして再び、腰《こし》のマウントへと戻《もど》す。

一瞬《いっしゅん》の輝《かがや》き。

まるで閃光《せんこう》のように現れては消えた〈ゼロクロ〉の刀身は、傍《はた》からはマズルフラッシュにも見えただろう。それだけの早業《はやわざ》だった。

亜礼《あれい》は弾《はじ》かれた態勢で表情を驚愕《きょうがく》のそれへと変える。

しかし、それも長くは続かなかった。

答えは単純。

「ここまでにしよう、一之瀬《いちのせ》」

亜礼《あれい》に、援軍《えんぐん》が現れたのだ。

亜礼《あれい》の背に広がる河川敷《かせんじき》の堤防《ていぼう》。ティーラの高層ビル群の輝《かがや》きを映す川面《かわも》は、突如《とつじょ》として吹《ふ》き荒《あ》れた突風《とっぷう》に乱された。否、それはただの突風《とっぷう》ではない。

亜礼《あれい》の背後に現れたのは、何十機ものテレサ社製の輸送機だった。

それらは空中で旋回《せんかい》しながらジェットエンジンを垂直に移行すると、そのうちの何機かが水《みず》飛沫《しぶき》を散らしながら亜礼《あれい》の背後へと降り立った。

それを見て玲奈《れな》が叫《さけ》ぶ。

「アキ、脱出《だっしゅつ》しよう……ッ！」

「手遅《ておく》れだ」

亜礼《あれい》が言うと同時、背を向け着陸した輸送機の腹のハッチがガバリと開く。

その中にいたのは、拘束《こうそく》されてすし詰《づ》め状態にされた嶺京兵《れいきょうへい》の姿だった。

そして先頭に見えるのは、よく知る赤髪《せきはつ》の男と、黒髪《くろかみ》ショートの少女の二人。

「遼太郎《りょうたろう》……ッ！　システィ‼」

同じく仲間たちの姿に気が付いた面々は次々にその名を叫《さけ》ぶ。

『何があった遼太郎《りょうたろう》！』

『すまねえ、俺たちの戦術データリンクが解除されてお互《たが》いの位置が把握《はあく》できなくなったタイミングを突《つ》かれて捕《つか》まっちまったッ！』

戦術データリンクの解除。

それは、秋人《あきと》がサチを救出する際、情報統括《とうかつ》本部の計らいでテレサの援軍《えんぐん》を足止めするため広域ジャミングをかけたことが原因だった。つまり、これは秋人《あきと》による失策。

秋人《あきと》が強く唇《くちびる》を噛《か》んでいると、亜礼《あれい》の部隊――〝否認されるべき特殊部隊《ディナイアルズ》〟の連中が秋人《あきと》たちへ銃《じゅう》を構えてにじり寄ってくる。秋人《あきと》たちもまた、あの輸送機の中に閉じ込めようとしているのだ。

秋人《あきと》たちは由乃《ゆの》を中心に守るようにして円陣《えんじん》を組んでハンドガンの銃口《じゅうこう》を向けた。

敵の包囲網《ほういもう》の先頭に立った亜礼《あれい》が秋人《あきと》に手を伸《の》ばす。

「一之瀬《いちのせ》秋人《あきと》。我々とともに来い。他の〝死を超越した子供たち《アクセプティ》〟も同様だ。我々の上長――バルドレッド准将《じゅんしょう》は、君たちのことを非常に高く評価している。アルカディアの復旧後、テレサ社には処分せず我々に身柄《みがら》を引《ひ》き渡《わた》すよう口利《くちき》きしよう」

「あーくん、騙《だま》されないで」

「分かってる」

秋人《あきと》の隣《となり》で呟《つぶや》く由乃《ゆの》に、しかし亜礼《あれい》はすかさず言葉を返す。

「神崎由乃《かんざきゆの》、君にとっても悪くない話だ。アルカディアはやがてエルメア合衆国とローレリア連邦《れんぽう》との第二次二国間大戦を皮切りに世界中に広がるだろう。その後の世界は、君の望むところに最も近いはずだ」

「そんなもの、私が望んだ世界じゃ……っ！」

「由乃姉《ゆのねえ》……？　さっきも言ってたけど、由乃姉《ゆのねえ》の望む理想郷って一体なんのこと――」

「違《ちが》う。そんなものはない。理想郷なんてないんだよあーくん。全部、この人たちの戯言《たわごと》。虚《きょ》言《げん》もいいところよ」

「虚言《きよげん》もいいところなのは君の方だろう神崎由乃《かんざきゆの》。知っているぞ。君が、全人類に肉体を棄《す》てさせ、アルカディアの中で生きさせる計画を進めていたことを」

「――――」

亜礼《あれい》の言葉に、音が止まり、時が止まる。

「なに、それ……」

「由乃姉《ゆのねえ》、今の話、本当なのか……？」

背後でフィリアが喉《のど》で呻《うめ》き、秋人《あきと》は震《ふる》える声で隣《となり》の少女に訊《たず》ねた。

「そんなわけ、ないじゃない。そんな馬鹿なこと、できるわけないじゃない」

「由乃姉《ゆのねえ》」

「……っ」

秋人《あきと》は由乃《ゆの》の瞳《ひとみ》を直視する。

神崎徹《かんざきとおる》と同じ、感情の読めない灰色がかった瞳《ひとみ》。しかし、あの男と違《ちが》って情熱を秘めた赤の瞳《ひとみ》。それが複雑な感情によって細かく揺《ゆ》れ動《うご》く。

そして由乃《ゆの》が言葉を作ろうとしたその時、

「――何してる幾島亜礼《いくしまあれい》。さっさと回収しろ」

場違《ばちが》いな子供の声が響《ひび》いた。

それは少年の声。

秋人《あきと》は顔を上げ、その声の主を輸送機の放つサーチライトの強烈《きょうれつ》な逆光の中に見た。

金髪《きんぱつ》の少年。短パンに大きなパーカーを着ただけのどこにでもいるような少年だ。

まるで公園で友達とサッカーをしてきましたと言わんばかりの様相。

秋人《あきと》は――否、秋人《あきと》たちはハンドガンの銃口《じゅうこう》をその少年に向けるか迷った。

相手は子供。向けるべき対象ではない。

しかし――だがしかし、あの、人を人として見ない鋭《するど》い眼光に脳が激しく警鐘《けいしょう》を鳴らすのはなぜだ――！

「ランド局長。来ていたんですか」

亜礼《あれい》は隣《となり》で立ち止まったその少年に短く言った。

そのランドと呼ばれた少年は、特に言葉を返すこともなく、おもむろにポケットから何かを取り出す。それは葉巻とガスライターだった。

一度吸ってやめたものなのか既《すで》に両端《りょうたん》は切り落とされている。ランドはそのまま宵闇《よいやみ》の中に火を灯《とも》し、燻《くゆ》らせた。そして口を付けて、紫煙《しえん》とともに溜息《ためいき》を一つつく。

「……神崎由乃《かんざきゆの》と〝死を超越した子供たち《アクセプティ》〟。ようやく顔を拝めた。そうか、こんな顔をしていたのか」

その態度。その喋《しゃべ》り方《かた》。秋人《あきと》はピンと来た。

「──アンタ、第七プラントを襲撃《しゅうげき》してきた巨大戦略外骨格《きょだいJOINT》のパイロットか」

「半分正解で半分間違《まちが》いだ、モルモット。あれは俺であるし、俺ではない。あの場にいたのは確かに俺で間違《まちが》いないが、その記憶《きおく》はこの脳みそに引《ひ》き継《つ》がれてはいない」

由乃《ゆの》が隣《となり》で息を呑《の》む音が聞こえた。

「まさか……破損状態のアルカディアを使ったの、ランド・ローガン!?」

「俺を知っているか、神崎由乃《かんざきゆの》」

「……父から話は聞いているわ。防諜局《ぼうちょうきょく》上がりの元準軍事工作《パラミリ》オフィサーで、同期だったって。……私の母を最後まで諦《あきら》められなかった哀《あわ》れな男とも言っていたわ」

由乃《ゆの》の最後の言葉と同時、ランドの目が怪《あや》しく光った気がした。

ランドは隣《となり》の亜礼《あれい》の足のホルスターからハンドガンを抜《ぬ》くと、〝否認されるべき特殊部隊《ディナイアルズ》〟による包囲網《ほういもう》から一人由乃《ゆの》の前へと躍《おど》り出《で》る。

そして由乃《ゆの》に銃口《じゅうこう》を向ける。

同時、秋人《あきと》はその間に入り、今度こそランドの眉間《みけん》にハンドガンを向けた。

秋人《あきと》とランドは互《たが》いの頭部に銃口《じゅうこう》を向け合う。

「もう一度言ってみろ、試験管から生まれた人間モドキが。肉片《にくへん》に戻《もど》してやろうかッ‼」

「それ以上近付いてみろ。眉間《みけん》にブチ込むぞッ‼」

「やってみるかモルモット。俺にはアルカディアがある」

「記憶変数体《マインドステート》も引《ひ》き継《つ》げないアルカディアか？　ハッ、あんた勘違《かんちが》いしているぞ。アルカディアは人を生き返らせるシステムなんかじゃない。人を殺し続けるシステムだ。再生されるクローンはあんたと似て非なる存在――別人だよ」

「詭弁《きべん》は机の上でやってくれ。形容はどうであれ、アルカディアは人を再生する。その事実だけで充分《じゅうぶん》だ」

ランドは興が冷めたように踵《きびす》を返すと、亜礼《あれい》にハンドガンを投げて寄越《よこ》す。

それを片手でキャッチした亜礼《あれい》に、ランドは葉巻を手に紫煙《しえん》を吐《は》き出《だ》しながら言った。

「回収しろ。一匹残らず、確実にだ」

「――了解《りょうかい》」

亜礼《あれい》が言い、掲《かか》げた右の手首を短く二度振《ふ》る。

それを見た敵歩兵がじりじりと包囲を狭《せば》めてきた。

「……クソッ」

秋人《あきと》は後じさり、やがて肩《かた》がフィリアと玲奈《れな》に当たる。三人の背中に隠《かく》すのは由乃《ゆの》の身体《からだ》。

万事《ばんじ》休すか――。

そう諦《あきら》めかけた、その時だった。

「頭を下げなさい、子供たち」

女の声が、背後から響《ひび》いたのは。

直後、視界を真っ赤に染め上げる警告表示。

現れたのは〝小型高機動ミサイル《MTM》：接近〟の文字と、亜礼《あれい》の部隊の足元を敷《し》き詰《つ》めるように表示された着弾《ちやくだん》予測地点を示す円形のアイコン。

秋人《あきと》は目を剝《む》いて、身体《からだ》を反転させる。

遅《おく》れて、敵兵の悲鳴が上がった。

「――総員、スーツの外殻《がいかく》補正強度を最大にしろ！」

叫《さけ》び、フィリアと玲奈《れな》の身体《からだ》ごと自分の腕《うで》と背中でなるべく隠《かく》そうとする。二人も同様に背中を向けると、タクティカルスーツの人工筋繊維《バイオメタルファイバー》を硬化《こうか》させた。

直後、衝撃《しようげき》。

宵闇《よいやみ》に無数の爆炎《ばくえん》が立ち上り、夥《おびただ》しい量の瓦礫《がれき》の破片《はへん》が舞《ま》い上《あ》がる。

その粉塵《ふんじん》の中、秋人《あきと》たちの背後からゆっくりと歩いてくる人影《ひとかげ》が一つ。

「ったく。厭《いや》なのよね、残業代の出ない仕事って」

所々が淡《あわ》く光るのは機械化されたタイトパンツとジャケット。

シルエットは肉感の強い女のそれだが、似つかないものが二つ腰《こし》の辺りから翼《つばさ》のように広がる。秋人《あきと》はそれを知っていた。

ミサイルランチャーだ。

エルゼ・アインハルトは髪留《かみど》めを外し、吹《ふ》き荒《あ》れる夜風にその黒髪《くろかみ》を流す。

「印刷に手間取ったわ。ミサイルランチャー《こ　れ》を使うのも久々ね」

そしてエルゼはジャケットから右手で何かを取り出すと、秋人《あきと》に見せつけた。

それは、一枚の金属製のカード。

「幾《いく》らで買う？」

秋人《あきと》は凄絶《せいぜつ》に笑った。

やはりこの女は持っていたのだ。しかも、つくづく金が好きな奴《やつ》らしい。曲がらぬその信念には、畏敬《いけい》すら感じる。

だから、言った。

「支払《しはら》いは、テレサに怯《おび》えなくて済む未来ってことで」

「――乗ったわ」

エルゼは口端《くちは》で笑い、秋人《あきと》にカードを投げる。

それを秋人《あきと》が受け取った頃《ころ》には、秋人《あきと》たちの正面に立っていた。

「タクティカルスーツが無いのは、少し分が悪いわね」

「なんだ、この女ぁ？」

部下に支えられながら立ち上がったランドは、不機嫌《ふきげん》そうに眉《まゆ》を顰《ひそ》める。

先の爆撃《ばくげき》で三割の負傷者を出していた敵兵士はしかし、その損失を感じさせない完璧《かんぺき》なフォーメーションで再度秋人《あきと》たちを包囲し、その銃口《じゅうこう》をエルゼへと集中させていた。

同時、斉射《せいしゃ》。

それをエルゼは両手のライフルと腰《こし》から翼《つばさ》のように広げたミサイルランチャーによって見事に迎撃《げいげき》する。その弾頭《だんとう》の応酬《おうしゅう》を皮切りに、秋人《あきと》たち嶺京兵《れいきょうへい》も戦いに身を投じた。

それはエルゼ及《およ》び嶺京兵《れいきょうへい》にとって無謀《むぼう》な戦いだった。

倒《たお》れていく敵の数はごく少数。このままでは十秒と経《た》たずにこちらの手数が尽《つ》き、圧倒的《あっとうてき》な人数差で制圧されることは必至だった。

エルゼの背中に、由乃《ゆの》が叫《さけ》ぶ。

「エルゼっ、やめて、無茶よ！　今すぐ逃《に》げて！」

「お嬢様《じょうさま》、それは無理ですよ。たった今、そこの男と報酬《ほうしゅう》の契約《けいやく》を交《か》わしてしまいましたので」

「そんなのどうでもいいから！」

「あなたの理想郷が無くなった世界でまたお会いしましょう」

「エルゼ!!」

そう――これは勝つための戦いではない。

生きるための、撤退戦《てったいせん》なのだ。

『フィリア、玲奈《れな》！　由乃姉《ゆのねえ》を地下道に逃《に》がすぞ！』

『……ッ、分かったわ！』

『ちょっと、あーくん、勝手な真似《まね》しないで！　もう状況《じょうきょう》は詰《つ》んでるんだよ⁉　大人しく投降しよ⁉　諦《あきら》めよ⁉　私たちは負けたんだよ！』

『うっさい由乃姉《ゆのねえ》、まだなんだよ‼』

そう言って、秋人《あきと》は先ほどエルゼに渡《わた》されたカードキーを由乃《ゆの》に握《にぎ》らせる。

「あー、くん？」

「由乃姉《ゆのねえ》。これを持ってテレサ本社に——」

そこまで言いかけた時、エルゼの声が飛んでくる。

「この大馬鹿！　そんな役回りのためにソイツを渡《わた》したんじゃないわよ、一之瀬《いちのせ》！」

「……ッ！」

振《ふ》り返《かえ》ると、すぐ背後にエルゼが立っていた。エルゼは背を向けながらマズルフラッシュに横顔を真っ白に染め上げる。

「——これはあなたとフィリア・ロードレインが始めた叛逆劇《はんぎゃくげき》でしょう。最後までエスコートしなさい！」

秋人《あきと》は目を見開き、自分の行動を恥《は》じた。

そうだ。自分は何をしようとしていたんだ。三人の身を守る盾《たて》になるという大義名分から、ここで全ての責務を放棄《ほうき》しようとしていたのだ。

それだけは絶対にしてはならない。アルカディアを壊《こわ》した自分こそが、この手で決着をつけるべきなのだ。

「——ああ、そうだな。俺がケリをつける」

秋人《あきと》の言葉に、エルゼは一瞬《いっしゅん》だけ笑った。

「分かったらさっさと行く！」

エルゼはそう言って、由乃《ゆの》の身体《からだ》ごと秋人《あきと》とフィリア、玲奈《れな》の四人を蹴《け》り飛《と》ばした。

「な——ッ！」

僅《わず》かな滞空《たいくう》時間を経て、秋人《あきと》たちの身体《からだ》は天井《てんじょう》をなくしたエルゼの隠《かく》れ家《が》に倒《たお》れ込《こ》む。

慌《あわ》てて立ち上がって見ると、エルゼを始めとする嶺京兵《れいきょうへい》のみんなが笑って秋人《あきと》たちを見ていた。ある者は目だけで笑い、ある者は親指を立てている。

その最中、仲間が次々に血を噴《ふ》いて倒《たお》れていく。致命傷《ちめいしょう》こそ受けていないが、タクティカルスーツを貫通《かんつう》している。それが軽傷のはずがない。

それもこれも全ては秋人《あきと》たちを——由乃《ゆの》を逃《に》がすため。

エルゼは片手を上げながら踵《きびす》を返すと、一発のミサイルを秋人《あきと》たちの足元へと打ち放った。

「————」

足場が崩《くず》れ、暗い地下水道が見える。重力に引かれるまま秋人《あきと》たちは落下し——

その間際《まぎわ》に、エルゼの身体《からだ》が大きくくの字に折れ曲がるのを見た。

被弾《ひだん》したのだ。

「エルゼ――ッ！」

由乃《ゆの》が涙《なみだ》を流しながら右手を伸《の》ばす。

「離《はな》れろ由乃姉《ゆのねえ》！」

秋人《あきと》は空中で由乃《ゆの》の身体《からだ》を抱《だ》きしめる。

そのまま十数メートル下の地下水道に落着。

直後、重い水音とともに夥《おびただ》しい量の瓦礫《がれき》が降り注いだかと思うと、地上一帯の地盤《じばん》が崩落《ほうらく》。

次に瞼《まぶた》を持ち上げた時には、地下水道を丸々塞《ふさ》ぐ巨大《きょだい》な壁《かべ》が出来上がっていた。

9

真っ暗な地下道に、由乃《ゆの》の嗚咽《おえつ》だけが響《ひび》いていた。

由乃《ゆの》は抱《かか》えた膝《ひざ》に顔を埋《う》めて、背中を小刻みに震《ふる》わせる。

「エルゼ……エルゼ……」

由乃《ゆの》とエルゼが実際どのような関係なのか秋人《あきと》は知らない。しかし、今の彼女の姿を見るだけで、それが決して浅くない関係だったことは容易に理解ができた。

崩落《ほうらく》した瓦礫《がれき》の向こうから敵兵のくぐもった声が聞こえてくる。秋人《あきと》たちの行方《ゆくえ》は見失っているようだが、見つかるのも時間の問題だろう。

「……由乃姉《ゆのねえ》、行こう。ここで捕《つか》まったらエルゼが身体《からだ》張った意味が無くなってしまう」

少しして、由乃《ゆの》の頭がこくん、と僅《わず》かに沈《しず》んだ。それを見た秋人《あきと》とフィリアは由乃《ゆの》の身体《からだ》を支えるようにして起こすと、無言で地下道を歩き始めた。

足取りは重く、身体《からだ》が痛い。

しかし、そのことを口にする者は誰一人《だれひとり》としていなかった。

それよりも今はやることがある。

連れ去られた仲間を救い、アルカディアを破壊《はかい》するのだ。

秋人《あきと》たちがヨルタとサチの店の場所から地上へと出たのは、それから三十分後のことだった。

外に出ると、既《すで》に深夜だった。

早速《さっそく》、廃棄区画《トラッシユデイビジヨン》の住民の手で復興作業が始まっており、手製のサーチライトが至る所に輝《かがや》いていた。戦略外骨格《JOINT》の破砕《はさい》したパーツだけは機密保持のためにテレサ社の無人機が回収していったのか、跡形《あとかた》もなく姿を消していた。

すると、瓦礫《がれき》を運んでいた二人の少女が道具を放って駆《か》けてくる。

見れば、サチとヨルタだった。

「なにがあったんスか⁉」

「エルゼ――《電磁蜘蛛《でんじぐも》》の隠《かく》れ家《が》でテレサの特殊《とくしゅ》部隊に急襲《きゅうしゅう》された。《電磁蜘蛛《でんじぐも》》は撃《う》たれて……俺たちの仲間は連れ去られた」

「そん、な――」

それから秋人《あきと》は辺り一帯を見回して言った。

「……二人ともごめん。俺たちがここに来たばかりに、多くのものを失わせてしまった」

しかし、ヨルタは首を横に振《ふ》る。

「それは違《ちが》うっス。アンタたちは何も悪くない。悪いのはテレサの奴《やつ》ら、そうでしょう？」

しかし、事実秋人《あきと》たちを追ってテレサの連中は来たのだ。

秋人《あきと》は唇《くちびる》をきつく嚙《か》んで、言った。

「……俺たちが必ずテレサの奴《やつ》らを潰《つぶ》す。二度とこんな真似《まね》はさせない」

「あーくんは、まだ、諦《あきら》めてない？」

そこに、声が響《ひび》いた。

振《ふ》り返《かえ》ると、泣きじゃくっていた由乃《ゆの》が、両手の甲《こう》で涙《なみだ》を拭《ぬぐ》いながら立っていた。〈アークランチャー〉による傷も癒《い》えておらず、フィリアに肩《かた》を支えられながら辛《かろ》うじて上体を起こしているといった状態だ。

しかしその目は、今なお涙《なみだ》の粒《つぶ》を零《こぼ》しながら、秋人《あきと》を一直線に見ている。

「諦《あきら》めないよ。諦《あきら》めるわけがない。仲間を全員助け出して、絶対にアルカディアを壊《こわ》す」

「そっか――」

由乃《ゆの》はぎゅっと目を瞑《つぶ》って精神を統一するかのように頭上を仰《あお》ぐ。

次に視線を下ろした時には、由乃《ゆの》は憑《つ》き物《もの》が落ちたような表情をしていた。

それがどこか悟《さと》ったような顔に見えて、秋人《あきと》は思わず声を掛《か》けようと口を開き——

「オイ、いつまでそこで立ち止まってんだ」

そこに、野太い男の声が響《ひび》いた。

その場にいる全員が振《ふ》り返《かえ》る。

そこにいたのは、筋肉で膨《ふく》れ上《あ》がった二《に》の腕《うで》を組む、一人の男。

驚《おどろ》くことに、それは昨夜、秋人《あきと》たちが泊まった宿泊施設《しゅくはくしせつ》の店主だった。

禿頭《とくとう》の店主は顎《あご》をしゃくった。

「いいから中に入れ。さっきからテレサの連中が遠目にここをパトロールに来ている。どうせ追っているのはあんたらだろう。ほら、ヨルタとサチも三階に上がって休んどけ」

「クリフォードさん！」

すると、その店主を見るや、走って抱《だ》き着《つ》くヨルタとサチ。

秋人《あきと》たちは顔を見合わせる。

そこまで厄介《やっかい》になっていいのかと逡巡《しゅんじゅん》していると、その胸の内を見透《みす》かしたのかクリフォードと呼ばれた禿頭《とくとう》の店主は言った。

「あんたらテレサとやり合っているんだろう。なら仲間だ。ここにいる連中は全員テレサのクソ野郎《やろう》をぶちのめしたい奴《やつ》らなんだ」

そう言ってクリフォードはヨルタとサチを連れて宿の中へと姿を消す。

秋人《あきと》はフィリアと玲奈《れな》、そして由乃《ゆの》ともう一度顔を見合わせてから頷《うなず》いて後を追った。

宿の中に入って、秋人《あきと》は息を呑《の》んだ。

そこは今日の昼頃にチェックアウトしたこぢんまりしたカウンターがあるのみの侘《わび》しいエントランス——ではなかった。

カウンターの奥。

本棚《ほんだな》が並んでいたその場所は、不自然に横にスライドしており、その奥に隠《かく》し部屋《べや》が覗《のぞ》いていた。その部屋は、床《ゆか》も天井《てんじょう》も壁《かべ》も全てが多種多様な銃火器《じゅうかき》に埋《う》め尽《つ》くされていたのだ。

「な、なにこれ……っ」

玲奈《れな》は驚《おどろ》いてカウンターから身を乗り出す。

クリフォードは振《ふ》り返《かえ》っていった。

「戦争を始めるんだよ。テレサとのな。街をこんな滅茶苦茶《めちゃくちゃ》にしやがって。我慢《がまん》の限界だ」

「それは俺たちのせいで——」

「違《ちげ》えよ、少年。奴《やつ》らは遅《おそ》かれ早《はや》かれ、ああするつもりだったのさ」

クリフォードは弾倉《マガジン》の入っていないアサルトライフルを一丁手に取ると、チャージングハンドルを三度引き、何もない壁《かべ》に向けてトリガーを引く。カチリと撃鉄《げきてつ》が下りる音が鳴ったのち、それを秋人《あきと》に投げて渡《わた》した。

それは、年季の入った〈MAR‐16〉だった。

「これは――」

秋人《あきと》は顔を上げる。クリフォードは首を回した。

「いらねえのか？」

「――。ありがたく、使わせてもらいます」

クリフォードは無言で頷《うなず》き、再び背を向けて他の銃《じゅう》の物色を始める。

「最初はびびったよ。おめえらみたいな子供が歴戦の兵士のそれと同じ立《た》ち居振《いふ》る舞《ま》いをするからよ。目線、所作、重心の置き方……全てが完璧《かんぺき》だった。これだけ教えてくれ。おめえらは何者だ。なぜテレサに立ち向かう」

秋人《あきと》は隣《となり》のフィリアを見た。

蒼《あお》の瞳《ひとみ》が見つめ返してきて、秋人《あきと》の手に彼女の指が一瞬《いっしゅん》だけ触《ふ》れる。

それから秋人《あきと》はクリフォードに向き直って口を開いた。

「俺たちは、嶺京《れいきょう》でテレサの実験に使われていた兵士なんです。何度も何度も死を経験して、殺し合って、戦ってきた」

死、という言葉をどう捉《とら》えたのかは分からないが、クリフォードは息を吐《は》いて肩《かた》を落とす。

「……噂《うわさ》には聞いていたが、一番事実であってほしくない奴《やつ》が本当だったとはな。嶺京《れいきょう》の辺りで日夜、テレサが人体実験を繰《く》り返《かえ》しているってのは有名な話だった。――その復讐《ふくしゅう》、微力《びりょく》ながら手助けさせてもらう」

「復讐《ふくしゅう》じゃないですよ」

クリフォードは手を止めて振《ふ》り返《かえ》った。眉《まゆ》を上げて秋人《あきと》を見据《みす》える。

秋人《あきと》は肺を膨《ふく》らませた。

「俺たちは、俺たちの自由のために戦うんです」

クリフォードは笑った。

「それがいい。ああ、それがいい」

それからフィリアは普段《ふだん》使っているのと同形のライトマシンガンを、玲奈《れな》は二丁のサブマシンガンを選び、装備を整えていった。

カウンターを秋人《あきと》、フィリア、玲奈《れな》、由乃《ゆの》の四人で囲んで、弾倉《マガジン》に弾《たま》を込《こ》めていく。

カチ、カチ……と金属と強化プラスチックが擦《こす》れる音が響《ひび》く中、口を開いたのは玲奈《れな》だった。

「ねえ、由乃《ゆの》姉ちゃん。さっき、幾島亜礼《いくしまあれい》が言っていたことって、本当なの？」

秋人《あきと》とフィリアの手が一瞬《いっしゅん》止まり、由乃《ゆの》だけが無言でハンドガンの弾《たま》を弾倉《マガジン》に押し込んでいく。そして彼女の手元の弾倉《マガジン》に最後の一発が込《こ》められた時、ようやく由乃《ゆの》は言葉を作った。

「……本当よ」

秋人《あきと》は由乃《ゆの》の顔を見た。

彼女の横顔は寂《さび》しそうで、悲しそうで、黒く翳《かげ》っている。いつか見た、孤高《ここう》に戦い続けるフイリアの横顔によく似ていた。

「ねえ、あーくん。私の父は、何のためにあの実験をしていたかみんなに話した？」

「いや……アルカディアの軍事転用としか。記憶転写《オーバーライト》の上限年齢《ねんれい》の撤廃《てっぱい》とか話していたのは覚えているけど……」

由乃《ゆの》は半拍《はんぱく》置いて、ゆっくりと口を開く。

「あの実験はね、記憶転写《オーバーライト》機能の実装が目的だったのよ。元々、アルカディアには、記憶《マインド》変数体《ステート》を入力《インポート》する機能はあっても、それを出力《エクスポート》する機能はあくまで予備《サブ》で主軸《しゅじく》じゃなかったのよ」

「それってどういう……」

秋人《あきと》は戸惑《とまど》う。

出力《エクスポート》というのは複体再生《リスポーン》のことを指しているのだろう。しかし、アルカディアの本懐《ほんかい》とは人に死を回避《かいひ》する力を与《あた》えること——その出力《エクスポート》が主目的ではなかったというのは、一体どういうことなのか——

その答えは、すぐに由乃《ゆの》の口から飛び出してきた。

「アルカディアは人の死を回避《かいひ》するためのシステムなんかじゃない。人を量子世界で生きさせるためのプラットフォームだったんだよ。真の意味で死という概念《がいねん》のない理想郷そのもの。それが、アルカディア」

「――――」

息を呑《の》む。

量子世界で生きるためのプラットフォーム。それはつまり、肉体を棄《す》て電子の世界で生きるということ。あまりにも非現実的。あまりにも空想的。

同じことを思ったのか、フィリアがカウンターに身を乗り出した。

「そんなことが、可能なの……？」

「可能よ。アルカディアの中には記憶変数体《マインドステート》のエミュレーターが組み込まれているのよ」

「記憶変数体《マインドステート》のエミュレーター、ですって……？」

エミュレーターとは、仮想化技術の一つで、システムの中に別のシステムを模倣《もほう》して再現する機能のことだ。古いソフトウェアを使用するために、最新のOSの中で古いOSを疑似的《ぎじてき》に起動したり、ウイルスの挙動を確認《かくにん》するために敢《あ》えてエミュレーターの中で感染《かんせん》させたりと使用目的は様々だ。

それを、由乃《ゆの》は記憶変数体《マインドステート》をコンピューター上で動作させることができると言っている。

つまりそれが意味することは――

「……システムの中で仮想的に人間が人間としての活動を送れるってことなのか」

「仮想という言葉は最早《もはや》古いわ。適切じゃない。現実世界も、量子世界も、媒体《ばいたい》が違《ちが》うだけでやり取りされる情報は同一よ」

「記憶《きおく》データだけあっても、アルカディアで個人たりえるとは思えない」

秋人《あきと》の言葉に、由乃《ゆの》が首を横に振《ふ》る。

「記憶変数体《マインドステート》は、ただの記憶《きおく》データではないわ。その中には遺伝子情報どころか、全細胞《ぜんさいぼう》の状態が記録されている」

「なに、それ……。でも、それだとデータサイズが膨大《ぼうだい》になる――」

フィリアがわななく。

「だから私は圧縮した。細胞《さいぼう》ひとつひとつを変数として扱《あつか》い、それらの状態を係数として保存することで大幅《おおはば》にね。――だから、記憶変数体《マインドステート》」

「ハードディスクに記録されているデータを複製するのではなく、データが記録されているハードディスクそのものを情報化するような、そういうやり方ってことなのか」

「ええ、その通りよ」

「――――」

「だからこそ記憶変数体《マインドステート》さえあれば、アルカディアの中で生きていける。人間たりえるのよ」

玲奈《れな》は苛立《いらだ》ったように口を挟《はさ》む。

「……由乃《ゆの》姉ちゃんは本気でそんなことができると思っていたの？」

「できると思っていたどころか、実現一歩手前までいったよ」

「無理でしょ、そんなの。それってテレサっていう会社ありきの話でしょ？　結局、アルカディアのあるサーバーを管理する人間が中の人たちを支配することになる。それってこの都市と何にも変わんないじゃん」

「本来のアルカディアの計画に、中央のサーバーはないわ。必要ないのよ」

「……どういうこと？」

「誰《だれ》にも管理されず、地球上のどこからでもアクセスできて、それでいて半永久的に稼働《かどう》が可能なサーバー。それも私は作った」

　フィリアが目を細めて言う。

「それは、何」

「通信素子《エーテル》だよ」

　玲奈《れな》の怪訝《けげん》な顔をして首を捻《ひね》る。

「通信素子《エーテル》って……あの通信素子《エーテル》？」

　由乃《ゆの》は頷《うなず》いて言う。

「その通信素子《エーテル》。あれは中継器《ちゅうけいき》であると同時に、並列《へいれつ》で接続することで巨大《きょだい》な分散型サーバーとしても運用できるようになってるんだ」

「あれってただのオフライン領域対策なのかと思ってた……」

「それに変だと思わなかった？　ただの通信を中継《ちゅうけい》するための素子がエーテルだなんて大仰《おおぎょう》な名前で呼ばれていることに」

「……命名者がそういうイタい人なのかと思った。ほら、軍用の装備とか作戦名ってどれもイカついやつばっかじゃん？」

「ちゃんと意味があるのよ」

由乃《ゆの》は溜息《ためいき》を一つついて言う。

「かつての偉人《いじん》は、天体を満たすとする第五元素をエーテルと名付けた。人の棲《す》む世界の上部構造を天界と捉《とら》える考え方だね。──翻《ひるがえ》って、今じゃネットの世界は、私たちの棲《す》む現実世界の上部構造と最早《もはや》同義。人類が新たに生きる世界たるアルカディアを天界とするならば、それを構成する通信素子《エーテル》こそエーテルだと言えるでしょ？」

由乃《ゆの》と玲奈《れな》の言葉の往来に声を挟《はさ》む。

「電子の世界を天界と呼ぶか」

由乃《ゆの》は振《ふ》り返《かえ》り、秋人《あきと》に向かって柔《やわ》らかく笑う。

「魂《たましい》だけが到達《とうたつ》できる世界、という意味ではあながち間違《まちが》いじゃないと思うんだ、私」

「人間《ヒト》のエゴを感じる呼び名だけど──大筋はまあ、同意する」

そう言う秋人《あきと》の隣《となり》で、玲奈《れな》がぽつりと訊《たず》ねた。

「……そこまでアルカディアってシステムが完成していて、由乃《ゆの》姉ちゃんは壊《こわ》していいの？」

由乃《ゆの》は少し驚《おどろ》いた顔をして、それから玲奈《れな》の頭をゆっくりと撫《な》でながら言った。

「私は理解したのよ。ナイフが無くなったように、銃《じゅう》が無くならなかったように、そして核兵《かくへい》器《き》が無くならなかったように――兵器としてのアルカディアもまた、無くなることはないって。あの時はまだ、軍用に使われるなんて想像もしていなかった」

それはいつかフィリアと覗《のぞ》いたデータドライブの中に記録されていた由乃《ゆの》の手記に残されていた言葉そのもの。

「――あなたたちが傷つき続けるのを見て、私は決めたの。もし、アルカディアを完全にこの世から消すことができる時が来たら、そうしようって。これはきっと、人を幸福にする以上に、不幸にするテクノロジーなのよ」

それはどれだけの決意なのだろう。秋人《あきと》には到底《とうてい》想像ができなかった。

血の滲《にじ》む努力をしただろう。託《たく》した思いは決して軽くなかっただろう。

大切な人を喪《うしな》いたくない――その想《おも》いは普遍《ふへん》で、普通《ふつう》で、ありふれた願いだ。

それを、由乃《ゆの》は自分自身で断罪した。

消えるべき技術だと、決意した。

その想《おも》いがどれほどの苦しみを伴《ともな》ったかなど、考えも及《およ》ばない。

「――――」

秋人《あきと》は無言で由乃《ゆの》の肩《かた》に触《ふ》れた。

由乃《ゆの》は秋人《あきと》を見る。いつか小さい頃《ころ》に見たような、柔《やわ》らかい笑《え》みだった。

お互《たが》いに何も言わない。既《すで》に由乃《ゆの》が自分で決めたこと。そこに交《か》わすべき言葉はないのだ。

秋人《あきと》は一呼吸置いて言った。

「由乃姉《ゆのねえ》。アルカディアを壊《こわ》す方法だけどさ、何とかならないか」

フィリアと玲奈《れな》がばっと顔を上げる。

「ちょっと待って秋人《あきと》。それって何の話？」

「あーくん」

「由乃姉《ゆのねえ》は自分の命と引《ひ》き換《か》えに、アルカディアを壊《こわ》そうとしているんだ。記憶変数体《マインドステート》に自壊《じかい》プログラムを混入させて複体再生《リスポーン》をすることで強制的に読込《ロード》させるらしい」

「あーくんっ！」

由乃《ゆの》が目を吊《つ》り上《あ》げて秋人《あきと》に摑《つか》みかかる。

その肩《かた》を、秋人《あきと》は逆に両手で左右から挟《はさ》み込《こ》んだ。

「……っ」

「昨日からずっと考えてたけどさ、やっぱ俺には無理なんだよ由乃姉《ゆのねえ》！　嶺京《れいきょう》でフィリアを助けた時もそうだった。さっきサチを助けた時もそうだった。いつだって、いつだってそうなんだ、誰《だれ》かが目の前で死ぬっていうことを、俺は見過ごせないんだよ！」

言って、由乃《ゆの》が口を噤《つぐ》む。代わりに、フィリアと玲奈《れな》が言った。

「由乃《ゆの》さん、今の秋人《あきと》の話、どういうこと」

「由乃《ゆの》姉ちゃん。今度ははぐらかさないでね。——一体、何をしようとしているの」

「……あーくんが今言った通りだよ」

玲奈《れな》が涙目《なみだめ》になりながら勢いよく立ち上がる。

「ダメだよそんなの！　絶対にだめ！　誰《だれ》も死んじゃだめなんだって！」

「大丈夫《だいじょうぶ》、レナちゃん。私がやるから、誰《だれ》も死なないよ」

「何言ってんの！　それだと由乃《ゆの》姉ちゃんが死んじゃうでしょ⁉」

「私はいいの。元より父に人工的に作られた命。長生きすべき人間じゃないんだよ」

「それを言ったら私たちだって作られた命じゃん！　それでも変わらず生きてるじゃん！　普《ふ》通《つう》の人間じゃん！　長生きすべきとかすべきでないとか、そんなの関係ないよ！」

玲奈《れな》は由乃《ゆの》に抱《だ》き着き、由乃《ゆの》はその身体《からだ》をそっと抱《だ》きしめた。

「……ありがとうね、レナちゃん」

「……絶対、ダメだからね」

秋人《あきと》とフィリアも由乃《ゆの》に言う。

「他の方法を探そう」

「……由乃《ゆの》さん。わたしも反対よ。秋人《あきと》と同意見。他の方法を探しましょう」

会話はそれっきり途切《とぎ》れた。

弾《たま》を込《こ》め、マズル内の煤《すす》を取り、銃《じゅう》管理用のアプリケーションを設定していく。

「クリフォードさん、お手洗い借りてもいいですか？」

「……二階のを使え。そっちの方が綺麗《きれい》だ」

「ありがとうございます」

装備が護身用にハンドガンのみの由乃《ゆの》が一足先に準備が終わり、トイレに立つ。

残された三人の間に、得も言われぬ沈黙《ちんもく》が広がった。

それから十分は経《た》っただろうか。いや、もしかしたらもっと経《た》っているかもしれない。誰《だれ》も
何も声に出さない鈍重《どんじゅう》な空気の中、玲奈《れな》が口を開いた。

「……ねえ、アキ。どうする？」

玲奈《れな》はその翠《みどり》の瞳《ひとみ》で秋人《あきと》の表情を伺《うかが》う。

玲奈《れな》が聞いてきているのは、アルカディアをどう破壊《はかい》するのか、その方法についてだろう。

秋人《あきと》は整備を一通り終えた〈ＭＡＲ－16〉を足元に立てかけて、長く息を吐《は》いた。

「……分からない。正面からアルカディアのセキュリティウォールを突破《とっぱ》するにも、今の俺たちにはそんな演算能力の持ち合わせがないし」

「……カードキーがあるとはいえ、そもそもテレサ社に侵入《しんにゅう》するのだって一苦労よね」

「……クソ。早くみんなを助けないと。テレサも馬鹿じゃないから、アルカディアの修復が完《かん》了《りょう》するまではリスクは取らないとは思うけど……幾島《いくしま》がやろうとしたみたいに全員の頭部だけ切《き》り離《はな》して記憶変数体《マインドステート》を取り出そうとしないとも言えない」

ぞっとする想像をしてしまい、言った秋人《あきと》を含《ふく》めフィリアと玲奈《れな》が青ざめる。

その時だった。

不意に外の見張り役を買ってくれていたヨルタが振《ふ》り返《かえ》って言ったのは。

「ユノさん、トイレ長いっスね」

秋人《あきと》は聞き流そうとして、しかし手を止めた。

顔を上げると、フィリアと玲奈《れな》と目が合う。

「――まさか」

秋人《あきと》は駆《か》け出《だ》し、その後ろを玲奈《れな》が慌《あわ》てて追う。

「ちょっとアキ！　女子トイレに入ったら怒《おこ》るからね！」

「言ってる場合か！　クリフォードさん、トイレの場所は⁉」

「……上がって右の突《つ》き当《あた》りだ」

勾配《こうばい》の厳しい木製の階段を軋《きし》ませながら駆《か》け上《あ》がり、目的の扉《とびら》の前まで走る。

「由乃姉《ゆのねえ》！　おい、由乃姉《ゆのねえ》！」

「アキ、単にお腹《なか》痛いだけかもしんないじゃん！」

秋人《あきと》は玲奈《れな》に言われ、視界上に仮想ウィンドウを呼び出す。それは近隣《きんりん》マップと、味方位置を報《しら》せる情報。秋人《あきと》を含《ふく》め、赤い光点が玲奈《れな》とフィリアの三つしかない。

「由乃姉《ゆのねえ》の戦術データリンクが切れている。――突入《とつにゅう》する」

「ちょっ、突入《とつにゅう》って！」

「由乃姉《ゆのねえ》入るぞ！　恨《うら》むなよ！」

秋人《あきと》は腰《こし》からハンドガンを抜《ぬ》き、強化した右足で扉《とびら》を蹴《け》り破《やぶ》った。

「────っ」

秋人《あきと》の動きに合わせて玲奈《れな》も内部に突入《とつにゅう》し、狭《せま》い空間をクリアリングしていく。

並んでいるのは個室が二つ。

そのどちらも扉《とびら》は開いている。

もっと言えば、外気を取り込むためのガラス窓が開いていた。

駆《か》け寄《よ》り首を出せば、そこから屋上伝いに廃棄区画《トラッシユデイビジヨン》を渡《わた》れるような構造になっている。

仄《ほの》かに空気の燃焼臭《ねんしようしゆう》と生ぬるい風が吹《ふ》く。

「ジェットキットを使った形跡《けいせき》がある。印刷したのか。──やられた」

「ちょっと二人とも大丈夫《だいじようぶ》⁉」

遅《おく》れてフィリアと、その後ろにヨルタとサチが続く。

フィリアは一瞬《いつしゆん》で状況《じようきよう》を理解したのか、表情を固くする。

秋人《あきと》たちはいつまでもここにいるわけにもいかないので、取《と》り敢《あ》えず階段を降りてカウンターの前まで戻《もど》ることにする。

「まずいわね……。カードキーは由乃《ゆの》さんが持っているわよ」

「分かってる。──クソ。俺たちはジェットキットもないし、追いつけないぞ」

「なんだ、仲間に先を越《こ》されたか」

クリフォードが軽い調子で言ってくるので、秋人《あきと》はそれを睨《にら》みつけた。

「……アンタ、由乃姉《ゆのねえ》が一人で行くのを分かってて二階を教えたな」

クリフォードは肩《かた》を竦《すく》める。

「あの子は死に場所を探していた。そういう目をしていた。それを邪魔《じゃま》するのは野暮《やぼ》っていうもんだろう」

「それを止めるのが人情ってもんだろう！」

「それはあんたらの仕事だ」

「──────」

言われ、秋人《あきと》は唇《くちびる》を噛《か》んだ。

クリフォードは振《ふ》り返《かえ》って秋人《あきと》の顔を見て、それから片方の頬《ほお》を持ち上げて笑う。

秋人《あきと》は自分の額が引《ひ》き攣《つ》るのを感じた。それから〈ＭＡＲ－16〉を引《ひ》っ摑《つか》み、カウンターに背を向ける。

「フィリア、玲奈《れな》。出るぞ。由乃姉《ゆのねえ》を追いかける」

「追いかけるっていったってどうやって！　ジェットキットを印刷するフィラメントももうないし、カードキーもないんだよ⁉」

「走って正面から行くしかないだろう！」

「足がないなら、貸してやってもいい」

そこに、クリフォードの低い声が響《ひび》いた。

「なに？」

クリフォードは深い顔の傷の下で、真っ白な目をぎょろりと覗《のぞ》かせる。

「だから言ったんだ。足を貸してやってもいいと」

「あんた、自分から由乃姉《ゆのねえ》を逃《に》がしておいて何を——！」

「どうする」

クリフォードの試《ため》すような目に、秋人《あきと》は言葉を詰《つ》まらせる。

秋人《あきと》はフィリアと玲奈《れな》の顔を見てから両手に拳《こぶし》を作った。

「……貸してくれ。くだ、さい」

クリフォードは一度だけ唇《くちびる》を持ち上げた。


最大出力千五百ＨＰのターボシャフトエンジンが唸《うな》り声《ごえ》を上げる。

カウンターの奥。

乗用車三台は入る車庫の中に、ソレはあった。

埃《ほこり》を被《かぶ》ったタンカラーの布地の下から現れたのは、一対《いっつい》の巨大《きょだい》な履帯《りたい》と一門の巨大《きょだい》な主砲《しゅほう》。

「これって――」

フィリアが喉《のど》を晒《さら》し、眼前の力の化身《けしん》に蒼《あお》の目を見開く。

「今はＥＶ化だの無人化だのとうるさいが、戦車《タンク》と言ったらコイツだ」

「旧式の……戦車《タンク》？」

クリフォードはエンジンルームからオイルで黒くなった顔を引《ひ》き抜《ぬ》き、メンテナンス用ハッチを閉めると喉《のど》を張った。

「エルメア陸軍、第三世代主力戦車《MBT》――〈ディヴァース〉だ」

秋人《あきと》は口端《くちは》を持ち上げた。なるほど。この宿の名の由来は、コイツだったわけだ。

秋人《あきと》たちの後ろでヨルタがわななく。

「クリフォードおじさん……どうしてこんなものを」

「こういう時のために、戦友に横流ししてもらった。今や戦車《タンク》は第五世代まであるが、こいつの馬力は今でも現役《げんえき》だ」

「――」

「使い方は分かるか？」

「イージス戦車は散々壊《こわ》してきたし、乗ってきた。大丈夫《だいじょうぶ》だ。おおよそのことは分かる」

「イージス戦車――ハッ、奴《やつ》らはそんなものまで開発しているのか。テレサは手強《てごわ》いぞ」

「分かってる。――ずっと、近くで見てきたから」

戦車《タンク》の上部に立つ玲奈《れな》が振《ふ》り返《かえ》り、言う。

「アキ、由乃《ゆの》姉ちゃんとみんなを助けるのはそうなんだけど、どうやってアルカディアを壊《こわ》す？　結局、由乃《ゆの》姉ちゃんが言っていた方法でしかアルカディアに自壊《じかい》プログラムは流し込めないわけだし……」

秋人《あきと》は考え込み、それから玲奈《れな》とフィリアのいる戦車の上部に登った。

「……ひとつだけ考えがある。でも、そのためには先に全員を無事に救出しないとならない」

「……？」

玲奈《れな》とフィリアは顔を見合わせ、首を傾《かし》げる。

その二人に、秋人《あきと》は実現性にひどく乏《とぼ》しい、しかし現状考えうる限り唯一《ゆいいつ》の案を話した。


由乃《ゆの》は非常灯に切《き》り替《か》わったテレサ本社ビルの中を走っていた。

地下の装置搬入口《はんにゅうぐち》からカードキーを使用して、内部に侵入《しんにゅう》したのだ。

上着のフードを目深《まぶか》に被《かぶ》り、白衣を風に流す。

量子迷彩《クアンタムステルス》を起動しているため、自分の目にも身体《からだ》が透過《とうか》してうっすらとその輪郭《りんかく》が見えるだけだ。

「……電力をアルカディアのあるサーバーに集中させているんだわ。……まずい。〝死を超越《アーク》した子供《セブティ》たち〟の記憶変数体《マインドステート》の読込《ロード》が始まっている」

読込《ロード》が終われば最後。

彼らの記憶変数体《マインドステート》を元にアルカディア内部の基幹システムが修復され、完成した姿に逆戻《ぎゃくもど》りになってしまう。

それだけは、なんとしても止めないと。

アルカディアを構築するシステムデータのサイズは膨大《ぼうだい》だ。アルカディア開発本部の中でも戦略統合システム《UTAS》のアドオンという形式をとっていたが、その実、容量の八割はアルカディア本体が占《し》めていた。

それだけのデータ量、そしてそれを動かす演算能力を確保することができるサーバーなど、たとえテレサ本社としても数に限りがある。

一番適しているのは、やはり容量が大きく演算速度が高い軍用サーバー。

そのひとつが、四十六階B区画にある防諜局《ぼうちょうきょく》の秘匿《ひとく》サーバー。

由乃《ゆの》の爪先《つまさき》が向かうのは、そこだ。

薄暗《うすぐら》い廊下《ろうか》を走る。

途中《とちゅう》、慌《あわ》てた様子の職員たちとすれ違《ちが》うが、誰《だれ》も由乃《ゆの》の存在に気が付かない。せいぜいが聞こえるはずのない足音に人の気配を感じて不気味がる程度だ。

時折、額の上辺りに刺《さ》すような痛みが走り、視界が歪《ゆが》む。〈アークランチャー〉を使った弊《へい》害《がい》だろう。エルゼは脳の一部が焦《こ》げたと言っていた。どうやら〈ニューラルゲート〉を構成するマイクロマシンの一部が熱暴走したらしい。明らかに以前に比べて演算能力が落ちている気がする。

全身の関節という関節が軋《きし》み、痛む。

しかしそれでも鞭打《むちう》って、由乃《ゆの》は疾駆《しっく》した。

目的の場所は、ひどくアクセスが悪かった。

無機質な白い廊下《ろうか》の先にある鉄製の両開きのドア。その横には電子《でんし》錠《じょう》が備え付けられているだけで、ホロサイネージの一つも浮《う》いていない。

この場所は清掃用《せいそうよう》の小部屋をわざわざ経由したり、メンテナンス用のダクトを通ったりと明らかに秘匿《ひとく》されたルートを進まなければ辿《たど》り着《つ》かないようになっていた。

だからこそ確信する。ここに、アルカディア本体が保管されているのだと。

由乃《ゆの》は白衣をはためかせると、右腕《みぎうで》を包む外骨格を露出《ろしゅつ》させた。

同時、量子迷彩《クアンタムステルス》のバッテリーが限界を迎《むか》え、空間が解《ほぐ》れるようにして由乃《ゆの》の身体《からだ》が表出する。

〈アークランチャー〉は置いてきた。もとより試作品。出力調整機能を備えていないあの兵装は、反動制御《せいぎょ》をまともにできない今の由乃《ゆの》にとって、とてもではないが扱《あつか》える代物《しろもの》ではなかったからだ。

しかし、鉄扉《てつぴ》を破る程度ならこの外骨格だけでも十分。

由乃《ゆの》は右腕《みぎうで》を大きく振《ふ》りかぶり、

「——ッ!!」

鉄扉《てつぴ》を内側へ殴《なぐ》り飛《と》ばした。

ガランッ、と大音響《だいおんきょう》が響《ひび》き渡《わた》る。

そこは、半透明《はんとうめい》の液体の入った高さ二メートルの直方体の筐体《きょうたい》が無数に並ぶ機械の樹海だった。二階か三階分を縦にぶちぬいた空間で、空調の鈍《にぶ》い駆動音《くどうおん》だけが鳴っている。

その光景は、嶺京《れいきょう》にあるアルカディア開発本部のサーバールームに酷似《こくじ》していた。

嶺京《れいきょう》のそれと異なるのは、サーバー自体が対爆《たいばく》仕様と思われる分厚いガラスに覆《おお》われていることだろうか。

由乃《ゆの》はコンソールとなっている筐体《きょうたい》の一つに駆《か》け寄《よ》り、首元からケーブルを引《ひ》き抜《ぬ》いた。

そして左手に一丁のハンドガンを握《にぎ》る。

「…………」

接続端子《たんし》を見て、一瞬《いっしゅん》だけ止まった。

既《すで》に自分の記憶変数体《マインドステート》にはアルカディア専用の自壊《じかい》プログラムを混入させている。あとは繋《つな》いでアルカディアに神崎由乃《かんざきゆの》という存在を認識《にんしき》させた状態で、命を絶つだけだ。

そう、あとは、死ぬだけ。

脳裏《のうり》に思《おも》い浮《う》かぶのは父の横顔と、子供たちの姿。秋人《あきと》の姿――

「――迷っている場合か、私ッ！」

由乃《ゆの》は一瞬《いっしゅん》だけ鎌首《かまくび》を持ち上げた死の恐怖《きょうふ》を振《ふ》り払《はら》い、端子《たんし》を握《にぎ》り直《なお》す。

そしてそれをサーバーに挿《さ》し込《こ》み――

「そこまでだ、神崎由乃《かんざきゆの》ッ」

少年の声とともに一発の銃声《じゅうせい》が響《ひび》いた。

「ぐッ――！」

右腕《みぎうで》が穿《うが》たれ、血を噴《ふ》きながら弾《はじ》かれる。その衝撃《しょうげき》で、コンソールに接続していた端子《たんし》も抜《ぬ》けてしまった。

「サーバーからゆっくり離《はな》れろ」

更《さら》にそこに秋人《あきと》に似た若い男の声が続く。

声はサーバールームの奥から聞こえてきていた。

由乃《ゆの》はちらりと視線を向ける。

金髪《きんぱつ》の少年に、黒装束《くろしょうぞく》の部隊。

ランドと、幾島亜礼《いくしまあれい》率いる〝否認されるべき特殊部隊《ディナイアルズ》〟だ。

「――そりゃあ、いるよね」

その一瞬《いっしゅん》で、思考が超《ちょう》高速で回転した。

アルカディアへ神崎由乃《かんざきゆの》の個人を認識《にんしき》させ、記憶変数体《マインドステート》を読込《ロード》させるのに十数秒はかかる。その工程が完了《かんりょう》する前に死んでしまうと、むしろ記憶変数体《マインドステート》が破損し、自壊《じかい》プログラムが完全にアップロードできなくなってしまう。

ここで由乃《ゆの》が死んだら勝ち筋を完全に失ってしまう。

だから、由乃《ゆの》は身動きが取れなかった。

右腕《みぎうで》から流れる血も止まらない。失血死するなどもってのほか。何か手を打たなければならない。でも打つ手もない——。

すると、その僅《わず》かな膠着状況《こうちゃくじょうきょう》の中で、唐突《とうとつ》にランドの背後に控《ひか》えていた細身のフレームの眼鏡をかけた男が叫《さけ》んだ。

「局長、残りの〝死を超越《アクセ》した子供《プティ》たち〟がビル正面に現れたとの情報です！」

「——回収しに行く手間が省けたな。確保しろ」

「それが、防衛線が今にも破られそうでして」

「何をやっている……ッ！　たかが歩兵三人だろう！　今更《いまさら》重武装をしているわけでもなし、早く奴《やつ》らの身体《ガラ》を俺の前に持ってこい！」

顔を真っ赤にして叫《さけ》ぶランドに眼鏡の男が一言。

「——それが連中、戦車《タンク》に、乗っていると」

呆然《ぼうぜん》とした口調で言った。

「〈ディヴァース〉の射撃統制システム《FCS》とリンク完了《かんりょう》、初弾装塡《しょだんそうてん》──ちょっと秋人《あきと》、これ本当に撃《う》つ気⁉」

「あったりまえだ、何のための主砲《しゅほう》だ！」

エンジンが唸《うな》り、熱気が立ち込める。

薄暗《うすぐら》い社内を液晶《えきしょう》ディスプレイの淡《あわ》い光が照らす中、秋人《あきと》とフィリア、玲奈《れな》はぎゅうぎゅうに密着しながら戦車《タンク》を操縦していた。

目標、距離《きょり》五百メートル先。テレサ本社ビル。

その道を阻《はば》むように立ちはだかるのは、何機もの戦略外骨格《JOINT》だ。

秋人《あきと》は液晶《えきしょう》ディスプレイに映る照準を先頭の戦略外骨格《JOINT》の腹部に重ね合わせ、双眼《そうがん》の光学照準器を覗《のぞ》き込《こ》む。

そして──

「──発射《ファイア》！」

射撃《しゃげき》ボタンを押した。

秋人《あきと》の左側の空間で装填《そうてん》装置が大きく後退し、狭《せま》い社内に火薬の破砕音《はさいおん》が鳴《な》り響《ひび》く。イヤーセットが減衰《げんすい》しているとはいえ、さすがの爆音《ばくおん》だ。内臓という内臓が震《ふる》える。

周囲に装飾《そうしょく》として植えられていた木々が車体を中心に大きくしなり、噴煙《ふんえん》が波状に広がる。

主砲《しゅほう》から真っ白な光の弾《たま》となって射出された弾頭《だんとう》は、果たして戦略外骨格《JOINT》の胸部を正面から喰《く》い破《やぶ》り、一撃《いちげき》で弾薬庫《だんやくこ》に引火──火を上げて大破させた。

「目標Ｅ１《ターゲットエコー・ワン》、大破！　ナイスショット、アキ！」

「フィリア、次弾装填《じだんそうてん》！　次は装弾筒付徹甲弾《APFSDS》にしろ！」

「装弾筒付徹甲弾《APFSDS》って火薬入ってないわよ⁉」

「どうせサプライユニット経由の弾薬庫《だんやくこ》の誘爆狙《ゆうばくねら》いだ！　それよりも貫通力《かんつうりょく》をもっと稼《かせ》がないとあいつらの多重自律反応《MAR》装甲《そうこう》を確実にぶち抜《ぬ》けない！　今だって角度が甘くて弾《はじ》かれそうだった！」

「……っ、わかったわ！」

フィリアが背後から弾頭《だんとう》を抱《かか》えて取り出す隣《となり》で、リンクさせた〈ニューラルゲート〉で戦車《タンク》を操縦する玲奈《れな》が叫《さけ》ぶ。

「正面から自爆ドローンのスウォーム来るよ！」

「アクティブ防護システム《APS》を起動するわ！　欺瞞《ぎまん》信号を出して奴《やつ》らにつき返す！　──こんな開けた場所でスウォームとは舐《な》められたものね！　ただの的じゃない！」

秋人《あきと》は覗《のぞ》き込《こ》んだ光学照準器の向こうで、二重螺旋《らせん》を描《えが》きながら飛来してくる自爆ドローンの大群が、戦車《タンク》のすぐ目の前で透明《とうめい》な壁《かべ》に弾《はじ》かれたように踵《きびす》を返すのを見た。

フィリアが操作したアクティブ防護システム《APS》により、誤った戦車《タンク》の座標データを上書きされ旋回《せんかい》したのだ。

そして自爆ドローンは逆に味方機であるテレサの戦略外骨格《JOINT》に次々と突撃《とつげき》する。

「目標Ｅ　４《ターゲットエコー・フォー》から８《エイト》に着弾《ちゃくだん》！　中破二機、小破三機！」

「次弾装填完了《じだんそうてんかんりょう》！」

フィリアが閉鎖弁《へいさべん》をロックし、秋人《あきと》の肩《かた》を叩《たた》く。

同時、秋人《あきと》は発射ボタンを押し込んだ。

「――発射《ファイア》‼」

マズルフラッシュとともに放たれる装弾筒付徹甲弾《APFSDS》。

火薬を積載《せきさい》しない代わりに極限まで軽量化を図《はか》られたその弾頭《だんとう》は、最高速度の最高運動エネルギーをもってして目標の装甲《そうこう》を貫徹《かんてつ》するための代物《しろもの》だ。戦略外骨格《JOINT》のようなミルフィーユ構造になった自律反応装甲《そうこう》を突破《とっぱ》するための最適解がコレである。

果たして、装弾筒付徹甲弾《APFSDS》は戦略外骨格《JOINT》の多重自律反応《MAR》装甲《そうこう》を易々《やすやす》と喰《く》い破《やぶ》り、補助装甲《そうこう》の硬化《こうか》も許さずにその体躯《たいく》を貫《つらぬ》いた。

しかも、目標の背後に立っていた二台目も立て続けに穿《うが》つ。

遅《おく》れて二台の機体が内側から膨《ふく》れ上《あ》がったかと思うと、橙色《だいだいいろ》の閃光《せんこう》を瞬《また》かせて爆散《ばくさん》した。

「ナイスだよアキ！　二枚抜き《ツーインワン》――目標Ｅ　２《ターゲットエコー・ツー》と３《スリー》の大破を確認《かくにん》！　路《みち》が開けた、一気に突《つ》っ込《こ》むよ！」

玲奈《れな》の声とともにエンジンの唸《うな》り声《ごえ》が最高潮に達し、車体がぐんっと加速する。

火の粉を散らしながら燃える戦略外骨格《JOINT》や自爆ドローンの亡骸《なきがら》を〈ディヴァース〉の車体で強引《ごういん》に押しのけながら正面広場を縦断した。

そしてそのまま、ガラス張りの正面ゲートを突《つ》き破《やぶ》り、エントランスへと突入《とつにゅう》する。

ガラス片《へん》が水の飛沫《しぶき》のようにキラキラと舞《ま》い散《ち》る。

そこは太陽光を巧《たく》みに取り込んだ、空間光が眩《まぶ》しい美しいエントランスだった。

しかし、今やその場所は慌《あわ》てて退避《たいひ》したらしい職員たちの事務用品が散乱しているばかりか、秋人《あきと》たちの戦車《タンク》を、銃《じゅう》を携《たずさ》えて待ち構えていた二足歩行型自律兵器〈リッター〉が半円状の包《ほう》囲網《いもう》を形成している。

それを、玲奈《れな》は容赦《ようしゃ》なく轢《ひ》き潰《つぶ》した。

「うわ……ひどいことするのね玲奈《れな》」

「他にどうしろって言うの⁉　まさか敵のドローンも可哀《かわい》そうだから壊《こわ》せないなんて言い出さないよね⁉」

「い、言わないわよそんなこと！　……ただ、ちょっと、かわいそうかな、って」

「言ってんじゃんフィリアのばか！　壊《こわ》しにくくなること言わないで！」

そのまま玲奈《れな》は戦車《タンク》でエントランスを突《つ》っ切《き》ると、エレベーターが何機も並ぶ中央ホールに乗りつけた。

するとエンジンが限界を迎《むか》えていたのか、異音を発しながら回転数を急激に落としていく。

「……後で絶対に直してやるからな」

秋人《あきと》は車体を叩《たた》くと、ハッチを押し上げて外へと躍《おど》り出《で》た。

続けてそのすらりとした肢体《したい》をハッチから出したフィリアは、車内に同乗させていた相棒の名を口にする。

「〈イヴ〉！　由乃《ゆの》さんの生体反応を探《さぐ》って！」

飛び出てきたのは、フィリアの専用機〈イヴ〉。

戦術データリンクが切れている今、由乃《ゆの》を追跡《ついせき》するには〈イヴ〉の持つ高出力ソナーが必須《ひっす》なのだ。

秋人《あきと》は周囲の敵に弾丸《だんがん》を撃《う》ち込《こ》みながらフィリアに問う。

「どうだ？　位置、分かったか⁉」

「待って、あと少し、あと少し——来たわ！　四十六階、B区画、そこに由乃《ゆの》さんの反応がある！」

「クソッ、アルカディアがあるサーバールームか！　ほぼ屋上だぞ！」

秋人《あきと》の横から玲奈《れな》がフィリアに言う。

「他のみんなの反応は⁉」

「待って、それもすぐに分かる――。近いわ！　そっちは四十二階のA区画よ！」

玲奈《れな》は秋人《あきと》に顔を向けた。

「予定通り私がみんなを解放してくる。アキとフィリアは先に由乃《ゆの》姉ちゃんを追って」

秋人《あきと》は逡巡《しゅんじゅん》の後、短く頷《うなず》く。

危険度と優先度で言えば、確実に由乃《ゆの》を確保する方が高い。それに、背後から生き残りの〈リッター〉が走ってくる音が聞こえるのだ。迷っている時間はなかった。

秋人《あきと》とフィリア、玲奈《れな》は互《たが》いの拳《こぶし》を打ち付け合うと、それぞれエレベーターの扉《とびら》を強引《ごういん》に左右に引き破った。

「玲奈《れな》、死ぬなよ」

「アキとフィリアもね」

その短い言葉を最後に、玲奈《れな》はエレベーターシャフトの中へと姿を消す。玲奈《れな》だけは先に残り少ないフィラメントを使ってジェットキットを装備している。真っ先に仲間を解放して、状《じょう》況《きょう》を少しでも好転させる狙《ねら》いだ。

「俺たちも急ごう」

フィリアも頷《うなず》く。秋人《あきと》とフィリアは玲奈《れな》が飛び込んだ場所とは反対側のシャフトを伝って、壁《かべ》ジャンプの要領で上昇《じょうしょう》を開始した。

「こうしてエレベーターシャフトを登っていると、嶺京《れいきょう》のことを思い出すわね」

「ははっ……違《ちが》いない」

「足滑《すべ》らせて死んだりしないでよ」

秋人《あきと》はフィリアの言葉に口元で笑《え》みを作った。

思えば、大混乱の中、フィリアと二人でアルカディアを破壊《はかい》しにアルカディア開発本部ビルに突入《とつにゅう》した時もこんなふうに強引《ごういん》にビルを登ったものだ。

ジェットキットがない分、登り切るのに相当な時間がかかる。

目的の階層に辿《たど》り着《つ》いたのは、登り始めてから実に十五分が経《た》ってからのことだった。

「秋人《あきと》、ここに停止しないはずの階の扉《とびら》がある！」

「――ビンゴか」

秋人《あきと》はフィリアが指し示したエレベーターの扉《とびら》を内側から蹴《け》り破《やぶ》り、外へと躍《おど》り出《で》た。

そして蛇《へび》のようにうねりくねる廊下《ろうか》を走ると、果たして目的の場所はすぐに見つかった。

部屋の中に横倒《よこだお》しになっているのは、大きくひしゃげている二枚の鉄扉《てっぴ》。

「――――」

秋人《あきと》とフィリアは〈イヴ〉とともにライフルを構えながら同時に内部へと踏《ふ》み込《こ》んだ。

そこはサーバールームだった。かつて嶺京《れいきょう》で神崎徹《かんざきとおる》と対峙《たいじ》した場所と酷似《こくじ》している。

「ようやく来たか」

「――っ！」

そこに、声が響《ひび》いた。

秋人《あきと》とフィリアは同時にライフルを声のした方――サーバールームの奥へ向ける。

そこには、両手を掲《かか》げた由乃《ゆの》と、その頭部に銃口《じゆうこう》を向けるランドの姿があった。

由乃《ゆの》は負傷しているようで、右腕《みぎうで》から赤黒い血を垂らしている。

その隣《となり》で銃《じゆう》を構えるのは、黒装束《くろしようぞく》の兵士――幾島亜礼《いくしまあれい》とその部隊だ。

秋人《あきと》の頬《ほお》を冷汗《ひやあせ》がひとつ伝う。

「由乃姉《ゆのねえ》を解放しろ」

すると、秋人《あきと》たちの背後から夥《おびただ》しい数の足音が聞こえてくる。

「なにっ、新手⁉」

フィリアが慌《あわ》てて振《ふ》り返《かえ》り、秋人《あきと》も釣《つ》られて視線を向ける。

しかしそこに秋人《あきと》たちの背後に現れたのは敵などではなく――金髪碧眼《きんぱつへきがん》の少女を先頭にした見知った集団だった。

全員、検査服のような薄着《うすぎ》に身を包んでおり、その手には敵から鹵獲《ろかく》したらしいハンドガンやサブマシンガンを手にしていた。

「玲奈《れな》！　遼太郎《りようたろう》にシスティも……っ！」

「遅《おそ》くなって、ごめんっ！　みんな電磁隔離室《かくりしつ》に入れられてて、場所を特定するのに時間かかっちゃった……！」

「上出来だ玲奈《れな》！」

秋人《あきと》は振《ふ》り返《かえ》り、ランドを見やる。

「この人数差、そっちの負けじゃあないのか」

「はっ――。一之瀬《いちのせ》秋人《あきと》。君は兵士には向いているが、指揮官にはつくづく向かない奴《やつ》だ。大局を見る目がないな」

ランドがそう言って片頬《かたほお》を持ち上げるのと同時だった。

突如《とつじょ》、秋人《あきと》の視界に一枚の仮想ウィンドウがポップアップしたのは。

『警告：マインドステート同期率……九五・六パーセント』

それは、かつて嶺京《れいきょう》戦線で幾度《いくど》となく目にしてきた仮想ウィンドウ。

記憶変数体《マインドステート》のアップロードを示す表示だった。

瞬間《しゅんかん》、秋人《あきと》はフィリアを振《ふ》り返《かえ》り叫《さけ》ぶ。

「フィリア、回線を切れ！」

「無理っ、間に合わない！」

「アキ、なにこれ、どうなってるの⁉」

「迂闊《うかつ》だなあ、一之瀬《いちのせ》。この数か月間、我々が何を目的に君たちを追いかけまわしていたのか忘れたのか？」

「――――っ」

秋人《あきと》は自分の愚《おろ》かさを呪《のろ》った。

悲鳴を上げたのはフィリアと玲奈《れな》のみ。

他の嶺京兵《れいきょうへい》の記憶変数体《マインドステート》は既《すで》に読み込みを終えているということか。

同時、秋人《あきと》の視界端《はし》で記憶変数体《マインドステート》の同期率が百パーセントを指し示す。

ランドは焦点《しょうてん》を虚空《こくう》に移し、そして笑った。

「――完成だ。アルカディアの完成だ」

「なんだって――」

ランドは部下に向かって顎《あご》をしゃくると、背後に控《ひか》えていた銀フレームの眼鏡の男がジャケットの内側から携行式戦術立体プリンター《ATAP》を取り出した。

そしてそれを宙に放ると、リング状のドローンの形態へと姿を変える。

ランドはそれを見るや否《いな》や、ポケットの中からハンドガンを一丁抜《ぬ》く。

「複体再生《リスポーン》というやつがどんなものか試《ため》してみるか」

そう言うなり、ランドはおもむろにハンドガンで自分の顎《あご》を撃《う》ち抜《ぬ》いた。

「――――っ！」

真っ赤な血潮を半身に浴びる由乃《ゆの》。

彼女はあまりの光景に声を失い、悲鳴すら上げることもできずに身体《からだ》を硬直《こうちょく》させた。

銃声《じゅうせい》の残響《ざんきょう》の中、ドサリと重い肉が倒《たお》れる音が鳴る。

直後、その死体の正面の空間で、携行式戦術立体プリンター《ATAP》が紫電《しでん》を伴《ともな》って起動した。

「あ、あ。あぁ……」

隣《となり》でフィリアが後じさりする。

秋人《あきと》も同様の気分だった。端的《たんてき》に言えば、最悪な気分だった。

厭《いや》な記憶《きおく》がフラッシュバックする。

何度も見てきた。骨が、血管が、内蔵が、筋繊維《きんせんい》が——そして真っ白な神経が印刷されていくこの光景。この景色が眼前に現れるのは、自分が殺したか、仲間が殺されたか、大抵《たいてい》はそのどちらかであった。

そして、ものの数秒で印刷は終わり、秋人《あきと》らの目の前には仕立てのいいスーツに身を包んだ筋骨隆々《きんこつりゅうりゅう》の男が立っていた。少年の姿などどこにもない。ただそこにいるのは、顔に大きな古傷を携《たずさ》えた古参の兵士。

ランド・ローガンその人が立っていた。

「あー……これが、複体再生《リスポーン》か。はっきり言って最悪な気分だ。幻肢痛《げんしつう》がひでえじゃねえか」

ランドは肌《はだ》に付着したバイオフィラメントの粉を爪《つめ》で掻《か》きながら、先ほど子供の姿だった自分を撃《う》ち抜《ぬ》いた顎《あご》の部分を摩《さす》った。

「——だが、素晴《すば》らしい技術だ」

その言葉は隣《となり》の返り血に塗《まみ》れた由乃《ゆの》を見ながら放ったもの。

由乃《ゆの》は泣いていた。眼前でランドという一つの命が散ったことに対してではないだろう。いともたやすく散って、そして安易に再生されたというその事実に涙《なみだ》していた。

秋人《あきと》は怒《いか》りに肩《かた》が震《ふる》えた。

「……どうしてあんたたちはアルカディアに拘《こだわ》る？　どうして一つの命で満足できない⁉」

「それは君が一番よく分かっていることだろう、一之瀬《いちのせ》」

一発の弾丸《だんがん》が秋人《あきと》の頰《ほお》を掠《かす》めた。

「人の命は、一つで満足できるほど頑丈《がんじょう》ではない」

「アキっ！」

玲奈《れな》に腕《うで》を引っ張られ、たたらを踏《ふ》む。遅《おく》れて生ぬるいぬめりが右頰《みぎほお》を伝った。痛みはない。熱を纏《まと》っているだけだ。

秋人《あきと》はランドを振《ふ》り返《かえ》った。

「あんた、そこに倒《たお》れている子供の姿の自分と、今の自分が同じ存在だと思うか？」

「哲学《てつがく》を戦場に持ち込む奴《やつ》は嫌《きら》いだ」

「哲学《てつがく》でもなんでもない。これはただの事実だ。あんたはなまじ記憶《きおく》の連続性を保っているから勘違《かんちが》いしているだけだ。どうして再生と呼んで、蘇生《そせい》と呼ばないのか分からないのか？　別人なんだよ。死んだそこの個体と、今そこに立っているあんたという個体は！」

「どうでもいい話だ。俺の主観では同一の存在。その認識《にんしき》さえあれば何も問題ない」

「問題だらけなんだよこの大馬鹿野郎《やろう》ッ！　あんたが利用しようとしているアルカディアってやつは、人を殺し続けるシステムだっていうのがどうして分からない！」

「モノの捉《とら》え方《かた》の違《ちが》いだ。それが分からない君はやはり子供だな」

「子供だとか子供じゃないとかそれこそどうでもいい、俺たちはあんたを止めるだけだ！」

「はっ――この状況《じょうきょう》で何ができる？」

ランドは薄《うす》ら笑《わら》いを浮《う》かべながら隣《となり》に立つ幾島《いくしま》にハンドサインを飛ばす。

黒装束《くろしょうぞく》の兵士たちが一斉《いっせい》に得物を構えた。

対して、秋人《あきと》たちもサーバーを遮蔽物《カバー》にして銃口《じゅうこう》を向ける。

それを見て由乃《ゆの》が叫《さけ》んだ。

「みんなもうやめて！　ランド局長もお願い！　アルカディアが完成したならもういいでしょう⁉　この子たちのお陰《かげ》でアルカディアがあるのよっ、見逃《みのが》してあげてよ！」

「黙《だま》れ、神崎《かんざき》のホムンクルス」

「痛……っ！」

ランドは由乃《ゆの》の頬《ほお》を張り、強引《ごういん》に口を閉じさせる。

「実験に使ったモルモットは殺処分する。当たり前のことだ」

血が上る。

視界が真っ白に弾《はじ》け、手がトリガーに触《さわ》れ――

「──お前っ、由乃姉《ゆのねえ》に手ぇ出すんじゃねぇッ！」

絞《しぼ》った。

ボルトが後退し、真鍮製《しんちゅうせい》の空薬莢《からやっきょう》が横回転しながら吐《は》き出《だ》される。

放たれた弾頭《だんとう》は螺旋《らせん》を描《えが》きながらランドの右手に肉薄《にくはく》し──その血肉を穿《うが》つ寸前で幾島《いくしま》の振《ふ》るった〈マークエイト〉により両断された。

その初撃《しょげき》を皮切りに、双方一斉射撃《そうほういっせいしゃげき》が始まる。

サーバーを保護する強化繊維《せんい》プラスチックに真っ白なヒビが次々に入り、その表面を数多《あまた》のマズルフラッシュが激しく照らした。

黒装束《くろしょうぞく》の敵部隊と、検査服のみの嶺京兵《れいきょうへい》とがサーバールームの中で撃《う》ち合《あ》いを始める。

秋人《あきと》の斜《なな》め前《まえ》でフィリアがサーバーの陰《かげ》からライトマシンガンを伏《ふ》せ撃《う》ちする。ベルトリンクが薬室《チャンバー》に吸い込まれ、銃《じゅう》本体の右側から分離《ぶんり》したリンク金具と空薬莢《からやっきょう》が吐《は》き出《だ》されていった。そこから生まれる反動をフィリアは全身で受け止めながら、追尾弾《スマートブレット》で敵の手足や銃《じゅう》本体を狙《ねら》い撃《う》ちにしていく。

「やっぱい、これは死ぬ死ぬ死ぬ死ぬだろッ！」

「うっさい葉木遼太郎《はぎりょうたろう》、黙《だま》って敵を撃《う》て！」

背後から遼太郎《りょうたろう》とシスティが切羽《せっぱ》詰《つ》まった悲鳴を上げるのを聞いて、秋人《あきと》は叫《さけ》んだ。

「タクティカルスーツを着ていない連中は後方に回れ！　携行式戦術立体プリンター《ATAP》を持って

いる奴《やつ》は順次、タクティカルスーツを印刷——絶対に死ぬな！」

この場所はサーバールームという閉所。

一瞬《いっしゅん》の判断が生死を分ける戦場だ。その一瞬《いっしゅん》の判断とは知識と経験の差がモノを言う。

そして嶺京兵《れいきょうへい》は、その経験で敵のそれを遥《はる》かに凌駕《りょうが》していた。

「……っ、クソ、貴様らエルメアの懐刀《ふところがたな》だろう！　後退するな、前進しろ！」

「無茶言うなテレサの局長さん！　あんたも軍上がりなら奴《やつ》らの異常な強さが分かるでしょう！」

「局長危険です！　ここは彼らに任せて下がってください！」

「鬱陶《うっとう》しいぞリム、貴様のような軟弱者《なんじゃくもの》こそ下がっていろ！」

ランドの腕《うで》を掴《つか》む銀フレームの眼鏡の男。

その腕《うで》を振《ふ》り払《はら》おうとした瞬間《しゅんかん》、場の意識が僅《わず》かにそちらを向いた。

刹那《せつな》、敵の弾雨《だんう》に切れ間が生じる。

そこを、フィリアの追尾弾《スマートブレット》が潜《くぐ》り抜《ぬ》けた。

「ぐうっ——！」

果たして、弾丸《だんがん》はランドの左肩《ひだりかた》を貫《つらぬ》き、衝撃《しょうげき》にその巨体《きょたい》が数人の黒装束《くろしょうぞく》の兵士を巻き込んで横倒《よこだお》しになる。その巻き込まれた人間の中には、由乃《ゆの》も含《ふく》まれていた。

「きゃぁああ！」

その瞬間《しゅんかん》を逃《のが》さなかった少女が一人。玲奈《れな》だ。

由乃《ゆの》の悲鳴が上がり、人が塊《かたまり》となって転倒《てんとう》する。

「ライガー隊、前進して！」

彼女の指示に、断続的な射撃音《しゃげきおん》とともに嶺京兵《れいきょうへい》たちが前進していく。制圧しながら敵に顔を出させないようにして、その合間に距離《きょり》を詰《つ》めているのだ。

倒《たお》れている黒装束《くろしょうぞく》の部隊は慌《あわ》てて身体《からだ》を起こし、ランドの身体《からだ》をサーバーの陰《かげ》へと引き摺《ず》っていく。そして由乃《ゆの》も同じように連れ去ろうとするが、それを玲奈《れな》の正確な九ミリ弾《だん》の射撃《しゃげき》が的確に牽制《けんせい》して近寄らせなかった。

果たして、玲奈《れな》を先頭にした部隊は由乃《ゆの》の場所まで辿《たど》り着《つ》くことに成功する。

「玲奈《れな》、由乃姉《ゆののねえ》を回収して下がれ！」

「りょーかいっ！」

秋人《あきと》やフィリア、システィ、遼太郎《りょうたろう》の援護《えんご》射撃《しゃげき》で制圧を続け、その間に由乃《ゆの》を連れた玲奈《れな》たちが元いた位置まで後退する。

「由乃姉《ゆののねえ》、無事か⁉」

そして遂《つい》に由乃《ゆの》が後退しきったところを見て、通路を挟《はさ》んで叫《さけ》ぶ。

「ごめん、ごめんねあーくん。……私は大丈夫《だいじょうぶ》だから」

由乃《ゆの》は目を合わせようとせず、よろよろとした動きで立ち上がる。

そして、そのままサーバーのコンソールへ近づこうとした。

慌《あわ》ててフィリアがその腕《うで》を掴《つか》む。

「ちょっと由乃《ゆの》さん、一体何をしようとしているの⁉」

「……お願い放してフィリちゃん。これは私が終わらせるべき問題なの」

「それをしたら由乃《ゆの》さんが死んじゃうじゃない！」

「覚悟《かくご》の上だよ」

秋人《あきと》は奥歯を噛《か》んで、サーバーの陰《かげ》から飛び出す。

そして弾雨《だんう》が往来する通路を横切って由乃《ゆの》の元へと駆《か》け寄《よ》った。

「由乃姉《ゆのねえ》のそれは覚悟《かくご》なんかじゃない。ただの諦《あきら》めだよ」

由乃《ゆの》は振《ふ》り返《かえ》り、泣きそうな顔をした。

「違《ちが》う！　諦《あきら》めてなんかない！　私はみんなが生き残る方法を考えて考えて、その結果が――」

「その結果がコレか？　由乃姉《ゆのねえ》が死ぬんじゃ〝みんなが生き残る方法〟じゃないだろ！」

由乃《ゆの》は口を噤《つぐ》みきゅっと唇《くちびる》を噛《か》んだ。秋人《あきと》は一呼吸置き、言う。

「由乃姉《ゆのねえ》、アルカディアの自壊《じかい》プログラムって、単体で持っているか？　記憶変数体《マインドステート》に組み込まなくても起動するようなパッケージ型のやつ」

「それはもちろん持っているけど……」

「よし。でも、そんなことを聞いて一体何を――」

アルカディアを破壊《はかい》するためのもう一つの方法。それを実行するための関門が、一つ突破《とっぱ》できた。今度はフィリアを振《ふ》り返《かえ》る。

「フィリア、ここにいる全員の〈ニューラルゲート〉とＮＬＩ接続するぞ」

「了解《ラッジ》」

「ちょっとあーくん、何する気⁉」

「決まってるだろ、アルカディアを壊《こわ》すんだよ。正面から、セキュリティウォールを突破《とっぱ》してさ」

「……っ、ＮＬＩ接続で演算能力をかさましするつもり⁉　そんなことしたら今戦っている子たちの演算能力が――」

「ゼロになる。分かってるよ、そんなこと！」

「死んじゃうよみんな！」

「俺たちはそンなことで死ぬようなヤワな鍛《きた》えられ方《かた》してねぇよ！」

そこに遼太郎《りょうたろう》の声が割って入った。由乃《ゆの》が遼太郎《りょうたろう》を振《ふ》り向《む》く。

その隣《となり》で、スナイパーライフルのボルトを引いて排莢《はいきょう》しながらシスティが言った。

「演算能力がなくたって私たちには嶺京《れいきょう》のバカみたいに沢山《たくさん》の経験値があるからさ――死にたくても死ねないくらいだよ由乃《ゆの》ちゃん」

「それに私たち、同じこと前に一回やってんだよね」

笑って言う玲奈《れな》の声に、由乃《ゆの》は呆然《ぼうぜん》とする。

「うそ……そんな、無理よ」

「最初っから諦《あきら》めたら、何にも手に入んないよ、由乃姉《ゆのねえ》」

「――――」

するとと、サーバーのコンソールに張り付いて作業をしていたフィリアとキリが同時に声を上げる。

「アルカディア開発本部攻略戦《こうりゃくせん》の時に作成した〈ニューラルゲート〉のバックドアを確認《かくにん》しました！　NLI接続用のプロファイルも残っています！」

「了解《りょうかい》、キリ！　――秋人《あきと》、いつでもいけるわ！」

フィリアの言葉を受けて、由乃《ゆの》の両肩《りょうかた》を摑《つか》む。

「由乃姉《ゆのねえ》、協力してくれ。俺たち全員が、笑ってこの先の路《みち》を進むために」

由乃《ゆの》は唇《くちびる》を引き結ぶ。

目尻《めじり》が下がり、涙《なみだ》の粒《つぶ》がたまり、赤みがかった灰色の瞳《ひとみ》が小刻みに揺《ゆ》れる。

それから目線を下げて溜息《ためいき》をついて呟《つぶや》いた。

「……私のやろうとしていたことは、ただの自己満《じこまん》だったたってわけだ」

前髪《まえがみ》の隙間《すきま》から涙《なみだ》の粒《つぶ》がひとつ床《ゆか》に弾《はじ》けた。そして由乃《ゆの》は顔を上げる。上げて、睨《にら》む。

そこにはもう、決意を固めた少女の貌《かお》があるだけだった。

「──あーくんの案に乗る。みんな生きて、アルカディアを壊《こわ》そう」

視界の端《はし》に、ファイルが転送されてきた旨《むね》のメッセージがポップアップする。

送り人の名前は、《JUNO》だ。

「ありがとう、由乃姉《ゆのねえ》」

「お礼なんてやめて、あーくん。これも全部、私の可愛《かわい》い弟と妹のためなんだから」

由乃《ゆの》は最後にそう言って笑った。

自然とこちらの頬《ほお》も緩《ゆる》む。その顔は、かつて〈パティオ〉でよく見たそれと似ていた。

秋人《あきと》は今しがた受け取ったファイルに転送しながら、フィリアに視線を向けて叫《さけ》ぶ。

「フィリア、今、自壊《じかい》プログラムを転送する！」

「オイ、秋人《あきと》！　何かやるならすぐにやれ！　こっちももう持たねえぞ！」

遼太郎《りょうたろう》の必死の声に、秋人《あきと》は再びライフルを手に取る。

そして嶺京兵《れいきょうへい》全員の参加するマインドトークのルームの回線を開いた。

「ライガー1《ワン》よりオールユニット。──また苦労をかける。今からアルカディアのセキュリティウォールを突破《とっぱ》するためみんなの演算能力──もう一度だけ借りるぞ！」

サーバールームのあちこちから「了解《ラッジ》!!」と鋭《するど》い声が響《ひび》く。

「〈ニューラルゲート〉の同期完了《かんりょう》──NLI接続します！」

キリの言葉と同時、視界にNLI接続のアプリケーションウィンドウが起動。

秋人《あきと》の演算能力を示す周波数が一気にゼロに回帰する。

他の嶺京兵《れいきようへい》も同様で、動きが一気に鈍《にぶ》くなる。敵の弾丸《だんがん》の迎撃《げいげき》ができなくなり、被弾者《ひだんしや》の数が目に見えて増える。

「アルカディア・システム、外殻《がいかく》セキュリティ第一層解析《かいせき》開始——第三層突破《とつぱ》まで残り百八十秒！　総員、耐《た》えてください‼」

その場の嶺京兵《れいきようへい》全員が気合いに息を吐《は》く。

そこに、影《かげ》がやってきた。

「——よそ見とは舐《な》められたものだ」

「い——く島《しま》ッ！」

目算五メートル先で踏《ふ》み込《こ》んだのは黒の〈マークエイト〉を下段に構えた幾島亜礼《いくしまあれい》。

接敵したのは先頭で弾幕《だんまく》を張っていたフィリア。

演算能力がゼロになっている影響《えいきよう》で、フィリアの回避《かいひ》の初動が遅《おく》れる。

遅延《ちえん》した世界で、秋人《あきと》はフィリアの身体《からだ》を左手で背後へと引っ張った。

そして彼女の身体《からだ》を庇《かば》うように腕《うで》を前に突《つ》き出《だ》し——

「——かッ、ああああっ！」

右腕《みぎうで》が、宙を舞《ま》った。

切断されたのだ、と半拍遅《はんぱくおく》れて脳が知覚する。

「アキっ‼」

「秋人《あきと》ッ‼」

「いいからセキュリティウォールの突破《とっぱ》を……ッ！」

玲奈《れな》とフィリアの悲鳴が上がる。

肩《かた》が異様に熱い。足元が滑《すべ》る。この一瞬《いっしゅん》で既《すで》にかなりの出血をしたらしい。痛みではなく熱を感じるということは、それだけ断面が鋭利《えいり》だということ。それは嶺京《れいきょう》で学んだことの一つだった。

亜礼《あれい》が止めを刺《さ》しに来た。追撃《ついげき》の二度目の斬撃《ざんげき》を繰《く》り出《だ》そうと上段に切っ先を振《ふ》り上《あ》げる。

秋人《あきと》はそのがら空きの胴体目掛《どうたいめが》けて、左手でライフルを射撃《しゃげき》した。

「……っ、小癪《こしゃく》な！」

亜礼《あれい》はそれに反応し、秋人《あきと》の放った弾丸《だんがん》を切り落とす。

その秋人《あきと》を援護《えんご》して、嶺京兵《れいきょうへい》の仲間が更《さら》に幾島《いくしま》に向かって制圧射撃《しゃげき》を行った。

秋人《あきと》は撃《う》ちながら後退し、止血できる位置まで下がろうと試みる。

その時だった。

「――アキ、ケーブル借りるよッ」

すぐ背後に近寄ってきた玲奈《れな》が短くそう言って、秋人《あきと》のタクティカルスーツの首元からケーブルを引《ひ》き抜《ぬ》いていったのは。数十センチ伸《の》ばすだけかと思いきや、玲奈《れな》の引き出したケーブルの長さは一メートルを超《こ》え、二メートル、三メートルとどんどん距離《きょり》を伸《の》ばしていく。

「玲奈《れな》、何をするつもりだ⁉」

「セキュリティウォールを破ってなくても私たちなら使えるはず。──アキなら、使えるはず」

何を使うって言うんだ──そう問う余裕《よゆう》はなかった。

そして遂《つい》に視界に表示されているケーブル長の数値が十メートルを超《こ》えたところで、いよいよ様子がおかしいと思った瞬間《しゅんかん》──

その音が、秋人《あきと》の脳内に響《ひび》いた。

『ARCADIA is Online』

瞳孔《どうこう》が開く。毛穴が開く。喉《のど》が開き、肺が膨《ふく》らんだ。

心音がうるさい。振《ふ》り返《かえ》る。その先で、秋人《あきと》のケーブル端子《たんし》を握《にぎ》った玲奈《れな》が挿入《そうにゅう》していたのは、サーバーのコンソールだった。

この感情はなんだ。懐《なつ》かしさ？　それもある。哀《かな》しさ？　それもある。

否──これは悔《くや》しさ。

「玲奈《れな》、お前まさか――！」

「アキ、いいからこれ使って!!　止血剤《しけつざい》で塞《ふさ》がる傷じゃない！」

玲奈《れな》が投げたのは一台の小型ドローン。携行式戦術立体プリンター《ATAP》だ。

それを目にした幾島《いくしま》は疑念の感情とともに踏《ふ》み込《こ》んだ。

「一之瀬《いちのせ》、何のつもりだッ！」

「クソ――」

二度と使うまいと思っていた。

二度と聞くまいと思っていた。

しかし、その機械音声を耳にした瞬間《しゅんかん》、形容しがたい安堵《あんど》の念が胸の内を満たすのを自覚した。それがどうしようもなく不甲斐《ふがい》なく、どうしようもなく悔《くや》しかった。痛いほど理解した。

一度知った力は、二度と忘れられないのだと。

一度識《し》った力は、二度と手放せないのだと。

だから秋人《あきと》は肚《はら》に刻む。

ならばその力、飼い慣らしてやると。

「――アルカディア。今だけその力、借りてやる」

視界にアルカディアのシステムウィンドウが展開。直後、起動。

瞬間《しゅんかん》、秋人《あきと》の右腕《みぎうで》の印刷が始まった。

「──っぐ、ぅッ」

骨が伸び、肉《の》が包み、神経が這《は》い、皮が覆《おお》った。最後にタクティカルスーツがそれに続き、全ては元通り。傷などどこにもない右腕《みぎうで》がそこにある。

歯を食いしばり、幻肢痛《げんしつう》を理性の外へと追い出す。

秋人《あきと》は腰《こし》を沈《しず》め、再生したばかりの右腕《みぎうで》で〈ゼロクロ〉の柄《つか》に指を添《そ》えた。

眼前に迫《せま》った亜礼《あれい》が憤怒《ふんぬ》に表情を歪《ゆが》め、一喝《いっかつ》する。

「力に溺《おぼ》れるか一之瀬《いちのせ》秋人《あきと》──ッ！」

「二度と溺《おぼ》れないさ──二度となッ！」

溺《おぼ》れるというのは、まさしく嶺京《れいきょう》の戦場に広がった死屍累々《ししるいるい》のこと。

欲のままに評点《スコア》を求めて命を奪《うば》い、命を再生し続けた、あの日々のこと。

だから秋人《あきと》は避《よ》ける。亜礼《あれい》の攻撃《こうげき》を。致死《ちし》の攻撃《こうげき》を。死なないように。再生されないように。

──命を、無駄《むだ》にしないように。

だが次の刹那《せつな》には、秋人《あきと》の右足は大腿骨《だいたいこつ》を覗《のぞ》かせて真っ二つに切断されていた。

亜礼《あれい》が振《ふ》り抜《ぬ》いた〈マークエイト〉の切っ先が、秋人《あきと》の血で中空に筋を作る。

リノリウムの床《ゆか》に右足が転がった。

「──ッかァっ！」

肺腑《はいふ》が止まる。横隔膜《おうかくまく》が震《ふる》える。目尻《めじり》に涙《なみだ》が溜《た》まり、冷たさをもって痛みが背筋を這《は》い上《あ》がる。痛い。痛い痛い痛い痛い痛い痛いいたいいたいいたいいたいいたい――――

――ああ、生きている。

秋人《あきと》は〈ゼロクロ〉を抜《ぬ》いた。

それと同時、秋人《あきと》の右足が紫電《しでん》を纏《まと》って再生される。その間、コンマ六秒。

血だまりに沈《しず》んだ秋人《あきと》の旧《ふる》い右足。その肉塊《にくかい》の横に、再生されたばかりの足が突《つ》き刺《さ》さる。

踏《ふ》み込《こ》む。重心を乗せ――前へ往く。

刺突《しとつ》の構えを取る幾島《いくしま》の顔が強張《こわば》ったように見えた。

「その痛みで、なぜ、動ける――」

「い、く、島ぁあッ!!」

「――っく！」

しかし、それも一瞬《いっしゅん》。亜礼《あれい》はすぐさま表情を消すと、左肩《ひだりかた》を前に出して腰《こし》を落とし、高硬度《こうこうど》に強化された漆黒《しっこく》の〈マークエイト〉を突《つ》き出《だ》す。

「――――」

それを秋人《あきと》は、くぐった。

地を這《は》うように上体を倒《たお》し、遅《おく》れて付いてくる黒の後《うし》ろ髪《がみ》の中を亜礼《あれい》の切っ先が進む。千切れた毛先が舞《ま》う中、既《すで》に秋人《あきと》は次の一歩を左足で踏《ふ》み出《だ》し、捻《ひね》った腰《こし》と肩《かた》を戻《もど》す動きで〈ゼロクロ〉を左下段から右上段を真っすぐに結ぶ軌道《きどう》で振《ふ》り上《あ》げた。

その最中、〈ゼロクロ〉を起動。

形状記憶《きおく》合金の粒子《りゅうし》が結合し、紅色の刀身が表出するとともに、莫大《ばくだい》な反動が全身を痛めつける。今は演算能力がない影響《えいきょう》で〈ゼロクロ〉用の反動制御《せいぎょ》プログラムが稼働《かどう》していないのだ。まともに柄《つか》部分を保持することすら難しい。それでも秋人《あきと》にはこの〈ゼロクロ〉を幾度《いくど》となく使ってきた自信がある。矜持《きょうじ》がある。

だから、斬《き》った。

「ぐぅッ‼」

呻《うめ》き声《ごえ》を作ったのは亜礼《あれい》。

亜礼《あれい》は突《つ》き出《だ》した〈マークエイト〉を強引《ごういん》に引《ひ》き戻《もど》し、〈ゼロクロ〉の軌道上《きどうじょう》に置いたのだ。斬《き》ったのは〈マークエイト〉だった。破片《はへん》を散らして切っ先が回転すると、秋人《あきと》の背後の床《ゆか》に勢いよく突《つ》き刺《さ》さった。その間に亜礼《あれい》は二歩後退しながら、次の〈マークエイト〉を左手で作った筒《つつ》の中から引《ひ》き抜《ぬ》く。

亜礼《あれい》が再び取るのは刺突《しとつ》の構え。

それを認識《にんしき》した刹那《せつな》、追撃《ついげき》に走った秋人《あきと》の脇腹《わきばら》を新造された〈マークエイト〉が抉《えぐ》っていた。

「あ――――」

避《よ》けたつもりだった。躱《かわ》したつもりだった。だが結果は違《ちが》った。

腎臓《じんぞう》まで届いていたのか、意志に反して強烈《きょうれつ》な痛みに視界が真っ白に明滅《めいめつ》する。

――だが、それをアルカディアは再生する。

だから往ける。だから進める。否、アルカディアなどなくとも、この痛みが消えずとも、眼前に敵がいる限り秋人《あきと》は進み続ける。この心が決して諦《あきら》めを知らぬ限り――ッ！

「……ッ、なぜだ――なぜその痛みの中で動ける！」

一撃《いちげき》、二撃《ふたげき》、と〈ゼロクロ〉の抜刀斬《ばっとうぎ》りで〈マークエイト〉の斬撃《ざんげき》を弾《はじ》いていく。

その間に秋人《あきと》の肌《はだ》が、肉が、骨が斬《き》られ、血飛沫《ちしぶき》がサーバーの強化ガラスの表面を赤く汚《よご》した。しかし、その傍《そば》から携行式戦術立体プリンター《ATAP》が傷口を再生していく。

負傷しても、秋人《あきと》は止まらない。その程度では、止まらない。

亜礼《あれい》はとうとう不気味なものを見る目を秋人《あきと》に向ける。

「死ぬ瞬間《しゅんかん》に比べたら、こんなの痛みのうちに入らねえよ！」

「そこまでするほどアルカディアが憎《にく》いか！」

「憎《にく》いから戦ってるんじゃない！　俺たちは俺たちが前に進むために戦ってるんだよ！」

〈ゼロクロ〉を横薙《よこな》ぎにしながら逆に問う。

「あんたこそ、なぜこんなテレサのために戦う!?　死んだらそこまでだろ!?」

秋人《あきと》の問に、亜礼《あれい》は笑った。

「愚問《ぐもん》だな――我々は兵士だ。命令に従う、それが国に尽《つ》くすということ。戦う理由などそれ以外にあるものか！」

「――――」

秋人《あきと》は剣戟《けんげき》の舞《ま》い散《ち》る火花の中、亜礼《あれい》を見た。

秋人《あきと》はこの男のことを思考停止と言った。

しかし、もしかしたらそれは半分正解である一方で、半分は間違《まちが》いなのかもしれない。

幾島亜礼《いくしまあれい》という人間を見て思う。

誰《だれ》かの意志ために自分の意志を殺す――それもまた、在り方の一つなのだと。

「国を持たない君に、この感情は理解できまいよ」

「かもな。でも――」

秋人《あきと》は隣《となり》で数多《あまた》の傷を作りながら制圧射撃《しやげき》を続ける蒼《あお》の目の少女を一瞥《いちべつ》した。

「――守るために戦う感情なら、痛いほど分かる」

「……っ」

瞬間《しゆんかん》、遂に幾島《いくしま》の体勢が僅《わず》かに崩《くず》れた。

踏《ふ》み込《こ》む。

隙《すき》を突《つ》いて秋人《あきと》を狙《ねら》い撃《う》ちにしてくる弾丸《だんがん》は全てフィリアたちが撃《う》ち落《お》としてくれている。

亜礼《あれい》までの路《みち》に遮《さえぎ》るものは最早《もはや》ない。

腰《こし》を落として、腰《こし》の〈ゼロクロ〉のトリガーに指をかけ、抜刀《ばつとう》。

右腕《みぎうで》を振《ふ》り抜《ぬ》く最中で紅色の刀身が出現する。

亜礼《あれい》は強引《ごういん》に体勢を戻《もど》して秋人《あきと》に斬《き》りかかった。

しかし、それより一瞬《いっしゅん》早く、〈ゼロクロ〉の切っ先が亜礼《あれい》に肉薄《にくはく》する。

甘い角度で〈マークエイト〉が〈ゼロクロ〉を弾《はじ》こうと衝突《しょうとつ》した。瞬間《しゅんかん》、夥《おびただ》しい量の火花が散り、雨のように足元に広がっていく。通常ならそこで弾《はじ》かれて終わりだ。しかし、角度が甘い分、〈ゼロクロ〉の勢いは殺されず、前進を続ける。

結果――〈ゼロクロ〉が、遂《つい》に〈マークエイト〉の刀身を半ばから断《た》ち切《き》った。

「――くッ！」

亜礼《あれい》は半歩下がる。

しかし、その場所ですら秋人《あきと》の間合い。

「ふッ――」

肺腑《はいふ》の中身を吐《は》き出《だ》し、止める。酸素が毛細血管を巡《めぐ》る。消費される。

思考が加速し、視界の周囲がぼやける中、中心に捉《とら》えた亜礼《あれい》の表情だけがはっきりと見えた。

亜礼《あれい》は笑っていた。悔《くや》しさと諦《あきら》めが混じったような顔だった。

――だからお前が嫌《きら》いなんだ、幾島亜礼《いくしまあれい》！

秋人《あきと》は奥歯《おくば》を強く噛《か》んで、最後の一歩を踏《ふ》み込《こ》む。

そして愛刀を振《ふ》り抜《ぬ》き――

「ぐ、ぅ――ッ」

亜礼《あれい》の胸部に袈裟《けさ》懸《が》けの傷が生まれた。

直前に亜礼《あれい》が下がった距離《きょり》に対して、踏《ふ》み込《こ》みが浅かった。しかし、腐《くさ》っても対戦車ブレード。〈ゼロクロ〉が生み出す衝撃波《しょうげきは》は並大抵《なみたいてい》のものではなく、体勢を崩《くず》した亜礼《あれい》の身体《からだ》を豪速《ごうそく》で後方へと吹《ふ》き飛《と》ばした。

その身体《からだ》は他の〝否認されるべき特殊部隊《デナイアルズ》〟の兵士を巻き込み、倒《たお》れた。

亜礼《あれい》の身体《からだ》へと黒装束《くろしょうぞく》の兵士たちが群がる。

「幾島《いくしま》隊長……っ！」

「まずい、傷が深いッ、すぐに後方の医療班《いりょうはん》のところまで連れていけ！」

「……やめろ、まだ、戦え、る」

「何を言っているんですか！　下がってください、殺されますよ！」

亜礼《あれい》はみるみるうちに部下たちに引《ひ》き摺《ず》られ、制圧射撃《しゃげき》の合間を縫《ぬ》って後方の部隊へと下がっていく。

秋人《あきと》はそれを見てしばらくしてから、大きく息を吐《は》き、膝《ひざ》で床《ゆか》を突《つ》く。

「は――っ、は――っ」

「大丈夫《だいじょうぶ》、秋人《あきと》!?　よくあの幾島亜礼《いくしまあれい》を――」

通路を挟《はさ》んだサーバーの陰《かげ》から、部屋の奥を射撃《しゃげき》するフィリアの声が飛んでくる。

白銀の少女に向かって腕《うで》を上げて、大丈夫《だいじょうぶ》だと伝える。今の秋人《あきと》にはそれが限界だった。声が上手《うま》く出せず、全身が〈ゼロクロ〉の反動によりぼろぼろでまともに動けないのだ。

その時だった。

『情報統括《とうかつ》本部よりオールユニット、アルカディアのセキュリティウォール、突破《とっぱ》しました！』

キリの声が脳内に響《ひび》く。

各地から鬨《とき》の声《こえ》が上がり、フィリアと視線がぶつかる。

フィリアと同時に頷《うなず》くと、震《ふる》える身体《からだ》に鞭《むち》打って立ち上がった。

そしてコンソールまで駆《か》け寄《よ》る。

すると、キリの隣《となり》で一緒《いっしょ》に作業をしていたらしい由乃《ゆの》が振《ふ》り返《かえ》る。

「あーくん、アルカディアの中に内部コンソールがある。複体再生《リスポーン》を使わずに自壊《じかい》プログラムをアルカディアに読み込ませるなら、方法はひとつしかない」

由乃《ゆの》は秋人《あきと》の頬《ほお》に触《ふ》れた。

「アルカディアの中に入って、内部コンソールに直接、自壊《じかい》プログラムを打ち込んで」

「内部コンソールって――どんな形をしてるんだ？」

「行けば分かるわ」

「行けば分かるって、そんなこと言われても――」

「あーくんが一番よく覚えている場所だよ！　時間がない、行って！」

「あーもうっ、分かったよ！　行けばいいんだろ！」

言われ、秋人《あきと》はコンソールに近寄る。

そしてアルカディアとのリンク用に接続しているケーブルの端子《たんし》を、内部に侵入《しんにゅう》するためのポートに差《さ》し替《か》える。

眼前にテレサ社製のサーバーとの接続を報《しら》せるメッセージが表出。続けて〈ニューラルゲート〉の五感のリンクが確立される。準備は整った。

その場に座り込み、背中をサーバーの強化ガラスに預ける。

「行って、あーくん！」

「──りょーかいっ！」

そして〝接続〟のボタンを──クリックした。

流れるログ表示。現れる警告ウィンドウ《マインド》。

現実世界の五感がフェードアウトし、入《い》れ替《か》わるように仮想空間帯《メタバース》のブラウザが立ち上がる。

そこはデフォルトのデザインである宇宙を模した空間で、安っぽい天の川が秋人《あきと》の頭上を横断していた。ブラウザに最初からセットされているアドレスは現実世界の秋人《あきと》の身体《からだ》が預けられているテレサのサーバー。

躊躇《ちゅうちょ》なく、サーバー内に構築されている仮想空間帯《メタバース》のエントランスに接続した。ブラウザのホームだった宇宙空間が遠のき、世界が純白に染まる。眼前にロードアイコンが表示され、一瞬《いっしゅん》にして百パーセントへと推移。
直後、清涼《せいりょう》な音声エフェクトとともに世界がフェードインする。
最初にやってきたのは草木の香り。そして葉擦《はず》れの音に、小鳥の鳴き声。
次に燦々《さんさん》と降り注ぐ太陽の光を感じ、目を細める。
光に目が慣れてくると、その景色が飛び込んできた。
それは、ひどく見慣れた場所だった。
幼少期に暮らしていた、故郷とも実家とも言える懐《なつ》かしの空間――
近くの芝生《しばふ》の丘《おか》に見えるのは、一本の大きな樹木。
視界にノイズが走った気がした。
木の上に隠《かく》れていた少女の足元の細枝が今にも折れそうで、その真下に駆《か》け寄《よ》って――
「――っ、玲奈《れな》」
そうして出会ったのだ。
金髪《きんぱつ》の髪《かみ》に翠《みどり》の目をした、太陽が似合う少女に。
「ここって、まさか――」
「――まさかここって、〈パティオ〉なの？」
不意に秋人《あきと》の隣《となり》で少女の声が響《ひび》いて、慌《あわ》てて振《ふ》り返《かえ》る。
そこには真っ白な衣服に身を包んだフィリアが立っていた。

「フィリア、どうしてここに！」

フィリアは不機嫌《ふきげん》そうな顔でじろりと睨《にら》んでくる。

「どうしても何もないわよ。あなたを一人で行かせるわけがないじゃない」

そう言う彼女の口元は恥《は》ずかしそうにきゅっと引《ひ》き締《し》まっていた。それが可愛《かわい》くて頬《ほお》を緩《ゆる》めると、一層鋭《するど》く睨《にら》まれたので秋人《あきと》は両手を上げた。

『情報統括《とうかつ》本部よりライガー1及《ワンおよ》びアッシュ1《ワン》。こちらの声は聞こえますか』

すると、秋人《あきと》の脳内にキリの声が響《ひび》く。

フィリアと目が合い、彼女にも共通の回線で通信が入ったことが分かる。

「こちらアッシュ1《ワン》。感度良好、よく聞こえるわ」

『こちらから内部をモニターします。何かあればすぐに報告を』

「了解《ラジャ》」

秋人《あきと》とフィリアは辺りを見回した。

そこは薔薇園《ばらえん》だった。

中央に噴水《ふんすい》広場があり、そこを中心に円形の花壇《かだん》が何重にも連なっている。奥には薔薇《ばら》の花で出来たアーチのトンネルがあり、さらに隣《となり》には背の高い草木で作られた花の迷路《めいろ》がある。

気が付けば、秋人《あきと》はフィリアの手を取っていた。

夢遊病にかられたように足が動く。

「秋人《あきと》――急にどうしたの⁉」

「ここ、覚えてる。夢で見た場所だ」

「夢って――」

否、夢ではない。夢の形で何度も掘《ほ》り起《お》こされてきた記憶《きおく》。

思い出の残滓《ざんし》が次々に呼び起こされ、合わさり、像を結んでいく。

煉瓦《れんが》敷《じ》きの路《みち》を駆《か》る。

木々の合間を抜《ぬ》け、薔薇《ばら》のアーチで出来たトンネルを進む。

由乃《ゆの》は言った。アルカディア開発本部の〈パティオ〉は一部で、その大部分の空間は仮想空《メタバ》間《ース》帯の中にあったのだと。

「俺たちは、最初からアルカディアの中にいたんだ」

フィリアが秋人《あきと》の手を強く握《にぎ》り返してくる。

「……そうだ。ここ、初めてこっちの〈パティオ〉に来た時、迷《まよ》い込《こ》んで来ちゃった場所だ。それで確か、その後――」

秋人《あきと》は走る。フィリアも走る。

逸《はや》る気持ちを抑《おさ》えきれず、二人は手を取り合って駆《か》けた。

そして薔薇《ばら》のアーチを抜《ぬ》け――辿《たど》り着《つ》く。

そこは、白亜《はくあ》のドームを同色の柱が支えるガゼボ。

立ち止まる。

記憶《きおく》の中で、ガゼボに座った白銀の髪《かみ》の少女が涙《なみだ》を拭《ぬぐ》いながら振《ふ》り返《かえ》った気がした。

「思い出した。俺、ここで初めてフィリアに会ったんだ」

「黒髪《くろかみ》の男の子が来て、慰《なぐさ》めてくれたのよ。俺も迷っちゃったんだ、って笑いながら」

フィリアを見る。

彼女もまた秋人《あきと》を見た。

互《たが》いに互《たが》いの手を握《にぎ》る指に力が強くなる。それ以上の言葉は不要だった。

頷《うなず》き、視線を前に向ける。

それから同時にガゼボの階段を登り始めた。

ガゼボの中心が見えてくる。

そこには、質感が金属の類の異質な箱が鎮座《ちんざ》していた。

由乃《ゆの》は言った。一番記憶《きおく》に残っている場所、それがコンソールであると。

幾度《いくど》となく複体再生《リスポーン》を繰《く》り返《かえ》しても、唯一《ゆいいつ》最後まではっきりと覚えていた思い出の場所。

今なら分かる。この箱がそうなのだ。

『ライガー1及《ワンおよ》びアッシュ1《ワン》。そこに箱型のオブジェクトがあるはずです。探してください。

それがアルカディアの内部コンソールになります』

フィリアと肩《かた》を並べて階段を進みながら秋人《あきと》は通信に声を乗せる。

「ライガー1《ワン》より情報統括本部《とうかつ》。それらしきオブジェクトを発見。これより接続を試みる」

『本部了解《りょうかい》。神崎由乃《かんざきゆの》曰《いわ》くこれ以上のセキュリティはないとのことでしたが、念のため注意してください』

「秋人《あきと》、これを」

フィリアは手のひらを上に向けた。

すると、その何もなかった空間にポリゴンが形成されたかと思いきや、やがて一枚のデータドライブの形を作った。

それを秋人《あきと》に渡してくる。

秋人《あきと》はそれを受け取り階段を登りきると、データドライブをコンソールに挿《さ》し込《こ》んだ。

『システムメッセージ：自壊命令《ショートコマンド》を確認《かくにん》、読込《ロード》を開始します』

アルカディアの自壊《じかい》プログラムの取り込みが開始される。

コンソール上部にウィンドウが一枚ポップアップし、自壊《じかい》プログラムの読込状況《ロードじょうきょう》を示すバーがゆっくりと左から進行し始める。この間にも既《すで》に数値は三パーセントまで進んでいる。数分と経《た》たずに作戦は完了《かんりょう》するだろう。

秋人《あきと》の肩《かた》に手が置かれる。

見れば、フィリアが目を細めてそこに立っていた。

「これで、全てが終わるぞ、フィリア」

「ええ……そうね」

そう言ってフィリアの手に自分の手を重ねたその時だった。

コンソールの横に、光が生じたのは。

「一体なに……っ⁉」

フィリアは慌《あわ》てて腰《こし》のハンドガンを探《さぐ》るが、指先が空を切ってここがアルカディアの内部であることを思い出す。

『――外部からの接続を確認《かくにん》ッ！　接続元はサーバールームの第二コンソール、アカウント権限階級はクラスＳ――そこにいるのはテレサ安全保障局・局長、ランド・ローガンです！』

現れたのは男だった。

ほとんどが白に変わった刈《か》り込《こ》んだ毛髪《もうはつ》に、皺《しわ》のように無数に刻み込まれた顔の傷跡《きずあと》。窮《きゅう》屈《くつ》そうに着た仕立てのいいグレースーツと、その下から存在感を押し出す剛健《ごうけん》な筋肉。

その間にも人型の輪郭《りんかく》は明確になり、テクスチャが読込《ロード》され、中身が入った。

テレサ安全保障局・局長――ランド・ローガン。

出現したランドのアバターの瞼《まぶた》が開く。

「そこまでだモルモット」

フィリアが隣《となり》でわなないた。

「どうして、ここに――」

「俺は一度、不完全ながらアルカディアを使っている。セキュリティウォールを正規に通過できる分、貴様らより内部に入るのが早いのは道理だろう」

そう言って、ランドはコンソールに触《ふ》れる。

直後、ただの無機質な直方体だったオブジェクトに無数の光が走査した。そしてオブジェクト天面《てんめん》に起動エフェクトが映し出されたかと思うと、その上部の空間に幾枚《いくまい》ものウィンドウが展開する。ランドはそれを脳波によって次々と操作した。

同時、秋人《あきと》の視界に外部からのクラッキングを報《しら》せるメッセージがポップアップ。仮想ウィンドウが無数に展開し、深紅《しんく》の警告を瞬《まばた》かせる。

一瞬《いっしゅん》のノイズの後、キリの声が響《ひび》いた。

『緊急《きんきゅう》警告！　外部から神経《N》ネットワーク《N》エンジン《E》への強制介入《かいにゅう》コマンドを確認《かくにん》しました！　今すぐ五感フィードバック設定を双方向《インタラクテイブ》から単方向《アクテイブ》に変更《へんこう》してください!!』

「もう遅《おそ》い」

「ぐ――」

ランドが短く呟《つぶや》くと同時、秋人《あきと》の全身に鋭《するど》い痛みが走る。身動きが取れず、仮初《かりそめ》の痛覚が脳を侵《おか》す。そして喉《のど》から呻《うめ》き声《ごえ》が漏《も》れたその時、

「いっ、つぁぁあああぁッ！」

フィリアの悲鳴が響《ひび》いた。

秋人《あきと》に比べフィリアの〈ニューラルゲート〉は情報伝達速度が各段に速い。その分、ランドより送られてくる痛覚の疑似《ぎじ》信号を、大量に受信できてしまうのだ。

　フィリアの身体《からだ》に触《ふ》れようと藻掻《もが》くが、指一本たりとも動かない。

　ランドはそんな秋人《あきと》とフィリアの様子を蔑《さげす》んだ目で見下ろし、眺《なが》めていた。

「モルモットの脱走《だっそう》ならまだしも飼い主の家にまで穴を開けるとは——ここまで来ると不愉快《ふゆかい》を通《とお》り越《こ》して殺意に変わる。アルカディアに自壊《じかい》プログラムを流し込むなど言語同断だ」

「こ、の——っ」

　痛みに視界が歪《ゆが》む。

　サーバー上の身体《からだ》の位置情報がロックされているわけではなく、あくまで五感情報を再現する神経ネットワークエンジン《NNE》が制圧されているようだ。強烈《きょうれつ》な痛覚を与《あた》えられると同時に脳からの運動命令を中継侵入《インターセプト》されているのか、〝動け〟という意志を働かせても手足が僅《わず》かに震《ふる》えるのみで微動《びどう》だにしない。

『アルカディアの自壊《じかい》プログラムの進行状況《じょうきょう》が五十パーセントを超《こ》えました！　お二人とも退避《たいひ》してください！　想定より演算回路のショートポイントの増殖《ぞうしょく》が速いです！』

　キリの声が脳内に響《ひび》くが、しかしその報告に言葉を返している暇《ひま》がない。

　ランドはコンソールに視線を戻《もど》し、操作を続行する。

　しかし、その表情はみるみるうちに硬《かた》くなっていき、鬼《おに》の形相へと変わっていく。

「……ックソ、なんだこれは！　コンソールのくせに操作がロックされているだと⁉」

「あなた、なんかに……わたす、ものですか……っ」

響《ひび》いたのは、フィリアの苦悶《くもん》に満ちた言葉。

彼女は身体《からだ》を痛みに折りながらも、戦意に爛々《らんらん》と光らせた蒼《あお》の瞳《ひとみ》でランドを睨《にら》みつけた。

それだけで理解する。フィリアが限られた演算能力を使って内部コンソールの操作をロックしているのだ。

ランドも同様にその事実に気が付き、額に青筋を浮《う》かべる。

「そんなに死に急ぎたいか。──ならその希望を叶《かな》えてやるのもやぶさかではない」

『自壊《じかい》プログラムの進行度、七十パーセント！　アルカディアの全基幹システムは制圧されました！　今すぐ退避《たいひ》を！』

「──やめろ」

秋人《あきと》は呆然《ぼうぜん》と言う。

「ここで貴様らの記憶変数体《マインドステート》とやらを消去してくれる」

「やめろやめろやめろ──、それだけ、は、やめろ──っ！」

喉《のど》からこぼれる言葉。

「今、ここに接続している貴様らの記憶変数体《マインドステート》を空データで上書きしてやればいいのか。どうなるのか楽しみだな。赤子のように退化するのか、はたまた抜殻《ぬけがら》のようになるのか。どちらにせよ、コンソールのロックは間違《まちが》いなく外れるな」

画面が次々に切《き》り替《か》わっていくコンソール上の仮想ウィンドウ。

響《ひび》き続《つづ》けるフィリアの悲鳴。

力を籠《こ》め続《つづ》ける。

動け、動けと叫《さけ》びながら。

すると、激痛の果てに、遂《つい》に指先一つがぴくりと反応した。人差し指の第一関節が動き、次に第二、第三と続き、手首が、肘《ひじ》が、肩《かた》が——まるで石化した像が内側からその呪縛《じゆばく》を破るように動き始める。

ランドの目が愉悦《ゆえつ》に歪《ゆが》み、その眼前で仮想ウィンドウが記憶変数体《マインドステート》の管理画面へと遷移《せんい》する。

「苦しそうだなぁ、フィリア・ロードレイン。今、楽にしてやろう」

右腕《みぎうで》は動いた。しかしそれまでだ。

到底《とうてい》間に合わない。

それが事実として脳へと降りかかり思考を冷やす。

だが、諦《あきら》めない。諦《あきら》められない。

そして秋人《あきと》は奥歯《おくば》を噛《か》み砕《くだ》かんばかりに食いしばって更《さら》に手を伸《の》ばし——

「——まったく、世話が焼けるね」

誰《だれ》かの声とともに、秋人《あきと》の身体《からだ》が一瞬《いっしゅん》で軽くなった。気が遠くなるほどの痛みは変わらずあるが、脳からの運動命令が正確に手足へと伝わっているのが分かる。

「……っ⁉」

ガクンッ、と身体《からだ》が勢いづいて前のめりになるが、すんでのところで右足を前に出して踏《ふ》みとどまる。

身体《からだ》が動いたのだ。

ランドが秋人《あきと》を見て驚《おどろ》きに目を見開く。

「貴様、なぜ動ける……っ！　くそ、二人纏《まと》めて記憶変数体《マインドステート》を消去してやる――ッ」

「させるか――ッ！」

秋人《あきと》は倒《たお》れ込《こ》んだ勢いのまま駆《か》ける。

ここパティオは現実世界との違《ちが》いが認識《にんしき》できないほど高度に物理法則が再現された仮想空間帯《メタバース》だ。つまり、斬れば血は出るし、殴《なぐ》れば痛みとともに吹き飛《と》ぶ。

半秒でランドの間合いに入り、次の一秒でランドが遅《おく》れて身体《からだ》を捻《ひね》って蹴《け》りを繰《く》り出《だ》した。

しかし、全てが遅《おそ》い。

それを左の前腕《ぜんわん》で受け流しながら、更《さら》に一歩踏《ふ》み込《こ》み――

「こっの――出来損《できそこ》ないのクローンがッ！」

「人間ナメんのもいい加減にしろよッ‼」

秋人《あきと》の右の拳《こぶし》がランドの頬骨《ほおぼね》に突《つ》き刺《さ》さった。

ランドの巨軀《きょく》は上半身から捩《ね》じれるように後方へと吹《ふ》き飛《と》び、ガゼボの階段から転がり落ちる。

秋人《あきと》は慌《あわ》てて振《ふ》り返《かえ》り、白銀の少女の姿を探す。

そこにはよろけながら階段を上るフィリアがいた。

「フィリア、大丈夫《だいじょうぶ》か⁉」

「わた、しは大丈夫《だいじょうぶ》……っ、それよりも、あれを――！」

「あれってなんだ……⁉」

フィリアがその瞳《ひとみ》で見据《みす》える先を振《ふ》り返《かえ》り――言葉を失う。

そいつはまるで最初からそこにいたように――ガゼボの柱に背を預けて立っていた。

肩《かた》まで伸《の》びる亜麻色《あまいろ》の髪《かみ》に、灰色の瞳《ひとみ》。

細身のスーツの上から羽織るのは大振《おおぶ》りの白衣――。

誰《だれ》が見紛《みまが》うだろう。

そこにいたのは、かつての嶺京《れいきょう》戦線の長にして、黒幕。

神崎徹《かんざきとおる》、その人だった。

「かんっ――」

──ざきっ⁉

そう叫《さけ》ぼうとした手前。

ガゼボの下で起き上がったもう一人の男が先に喉《のど》を張った。

「貴様っ、神崎《かんざき》か⁉　なぜここに死んだはずの貴様がいる──⁉」

「久しぶりだね、ランド。相変わらず意地汚《いじきたな》い男だ。まったく、才能のない人間は辛《つら》いね」

「質問に答えろ！」

神崎《かんざき》は体重を預けていた柱から背を離《はな》すと、一直線にランドの元へと歩き出す。

「死んでいないからさ。──事実はいつだって単純で明解だ。そうだろう？」

「今更《いまさら》なにを──！　いつもいつもいつも貴様は俺の邪魔《じゃま》をする！　今度ばかりは大人しく死んでいろ！」

立ち上がり、木の幹のように太い二《に》の腕《うで》を振《ふ》りかぶるランド。

それを──

「結果を残せなかった人間が騒《さわ》ぐんじゃないよ、みっともない」

──それを神崎《かんざき》は、細腕《ほそうで》一本でいなした。

ランドの目が見開かれる。

「君、さっき面白《おもしろ》いことを言っていたね。記憶変数体《マインドステート》を空データで上書きだって？　そう言えばその実験はまだ、成人では試してなかったよ」

「おい、貴様何を——」

そして神崎《かんざき》は、ランドの耳元に顔を寄せ、手の平をランドの首元に添《そ》えた。

「ちなみにね、それをやった子供たちは皆、自我を失ったよ」

「……っ」

断末魔《だんまつま》はなかった。

起きた現象は二つ。

一つはランドが白目を剝《む》き、
一つはランドが両膝《りょうひざ》から地面に崩《くず》れ落《お》ちたこと。

秋人《あきと》もフィリアも問うことはできなかった。ランドの中身が、一体どうなったのかなど。

代わりに口から出るのは別の言葉。

「……どういうつもりだ。俺たちを、助けたつもりか」

「この男にアルカディアを渡《わた》したところで、いい未来が見えなかっただけさ」

そう言って、神崎《かんざき》はいつもの人をモノとして見るかのような冷めた視線をランドの空のアバターに向けた。

「どうしてトオルがここにいるの……？　あの時、あなたは自分で　自分の頭を撃《う》ち抜《ぬ》いたはずじゃ——」

フィリアの言葉に神崎《かんざき》は口端《くちのは》で笑う。

「我が娘《むすめ》から聞いていないのか？　アルカディアには、記憶変数体《マインドステート》のエミュレーターが内蔵されていると」

「――――」

秋人《あきと》とフィリアは同時に言葉を失った。

それはつまり、神崎徹《かんざきとおる》という男が、肉体なくして人格を宿す存在だということか。

由乃《ゆの》はアルカディアを構築するためのネットワークを天界《エーテル》と呼んだ。そこに住まう人間は、これまで人々が信じて疑い、畏《おそ》れた〝神〟とされる存在に近いのではなかろうか？

「――――」

否、こんな奴《やつ》が〝神〟であってなるものか。

だがしかし、この状態の神崎徹《かんざきとおる》を〝人間《ヒト》〟と呼ぶには、あまりにも時代の認識《にんしき》が追い付かなすぎる――

「おいおい、そんな幽霊《ゆうれい》を見るような顔をしないでくれよ。これでもちゃんと個としての人格を維持《いじ》している自覚があるんだ」

「……なまじ信じられないわね。今わたしたちの目の前にいるのが、肉体を持たない魂《たましい》だけの人間だということが」

「魂《たましい》という言葉は酷《ひど》く曖昧《あいまい》だが――僕は肉体なくして記憶変数体《マインドステート》のみで生きる最初の人間だろうね。慣れればこの姿も死の恐怖《きょうふ》から解放されているという点で素晴《すば》らしいが――しかし、この仮想の花園《はなぞの》をもってしても、嶺京《れいきょう》の廃骸《はいがい》都市の姿の方が何倍も美しく思えるから不思議だ。

――電子情報と現実情報との間に、差異なんてないと思っていたんだけどね」

神崎《かんざき》は遠い目をしてそう言った。そこにキリの切羽《せっぱ》詰《つ》まった声が割り込んでくる。

『自壊《じかい》プログラムの進行度が九十五パーセントを超過《ちょうか》！　聞こえていますか⁉　ロードレイン中佐、一之瀬《いちのせ》少尉《しょうい》、今すぐ回線の切断を！』

「大丈夫《だいじょうぶ》だ、聞こえてる」

『少尉《しょうい》⁉　なぜ――⁉』

キリの言葉を脳の隅《すみ》で聞きながら、秋人《あきと》は一つの仮説に辿《たど》り着《つ》く。

「……もしかしてあんた、最初から由乃姉《ゆのねえ》の〝理想郷〟ってやつに気が付いて、それを阻止《そし》するためにアルカディアを接収したんじゃないのか」

それを、神崎《かんざき》は笑顔《えがお》で黙殺《もくさつ》した。

「一之瀬《いちのせ》少尉《しょうい》。僕は娘《むすめ》の研究を奪《うば》って、この世のありとあらゆる戦争を管理するために実験を行った。アルカディアを軍事転用した悪い大人なんだよ」

そういうことにしておこうじゃないか――。神崎《かんざき》は呟《つぶや》くようにそう言った。

フィリアは困惑《こんわく》の声を上げる。

「どうして――それじゃあ、あなたは永遠に報《むく》われないじゃない！」

「別にいいじゃないか」

「別にいいって、そんなこと――」

「娘《むすめ》に嫌《きら》われるのは父親の宿命だろう？」

本気とも冗談《じょうだん》とも取れない言葉に、秋人《あきと》もフィリアもただ神崎《かんざき》を見つめた。

神崎《かんざき》の目に映る色は、諦《あきら》めのそれにも、慈愛《じあい》のそれにも見える。その目を見て、ああ、大人ってこういう目をした人間のことを言うのか、と不意に思い至った。

同時、視界に〝警告〟の文字を映したウィンドウが表出する。

『自壊《じかい》プログラムの進行が完了《かんりょう》――アルアディアの基幹データの崩壊《ほうかい》開始を確認《かくにん》しました！　二人とも今すぐに落ちてください！　このままではアルカディアごとお二人の記憶変数体《マインドステート》まで意味消失してしまいます！』

秋人《あきと》とフィリアは顔を見合わせる。

見れば、神崎《かんざき》の背後の空間から輪郭《りんかく》を虹色《にじいろ》に輝《かがや》かせた漆黒《しっこく》のブロックノイズが広がっていることに気が付く。

噴水《ふんすい》広場が、薔薇《ばら》のアーチが、草花の迷路《めいろ》が――〈パティオ〉そのものがブロックノイズに急速に覆《おお》われ始《はじ》めていた。

それは世界の終わり。

電子の世界の崩壊《ほうかい》の合図だった。

すると、神崎《かんざき》はキリからの通信すらも筒《つつ》抜《ぬ》けで聞こえていたのか、しっしっと追《お》い払《はら》うように手の平を振《ふ》った。

「さっさと行きたまえ。こんな問答のために命を無駄《むだ》にするな。人が繰《く》り返《かえ》し再生されることのないアルカディアのない世界――それが君たちの望んだものだろう？」

秋人《あきと》は作った拳《こぶし》をきつく握《にぎ》る。

逡巡《しゅんじゅん》の末、叫《さけ》ぶ。

「神崎《かんざき》、あんたも今すぐ落ちろ！　命を無駄《むだ》にするなと言うなら、それはあんたも同じことだ！　そして由乃《ゆの》に会って全てを話せ！」

「落ちるってどこに？　僕の肉体は存在していないよ。アルカディアが崩壊《ほうかい》を始めた今、現実世界に肉体を出力する術は最早《もはや》ない」

「――――」

「そんな顔をしてくれるなよ、一之瀬《いちのせ》。僕は一足先に次の世界を歩むだけだ。娘《むすめ》の作り出した〝天界《エーテル》〟という新しい世界を」

『中佐、少尉《しょうい》！　早く‼』

――最早《もはや》これまでか。

漆黒《しっこく》のブロックノイズはここガゼボまで差《さ》し迫《せま》っている。

秋人《あきと》は鋭《するど》く息を吐《は》いて意志を固めると、フィリアの手を取った。

「フィリア、落ちるぞ」

「――ええ」

そして表示させた回線切断のウィンドウをクリックしようとして、声がかかる。

「一之瀬《いちのせ》。君は立派な扇動者《アジテーター》だよ」

アルカディアの破壊《はかい》。その目的一つのために、大勢の仲間《マインド》を巻き込み、嶺京《れいきょう》の外へと連れ出した。

人を指揮して、苛烈《かれつ》な戦地へと連れていく。

それはかつて嶺京《れいきょう》で秋人《あきと》たちを指揮していた統合本部《アジテーター》とやっていることは同じと言えた。

違《ちが》いない――。

神崎《かんざき》に、そう言おうとした矢先だった。

「――トオル。それは違《ちが》うわ」

フィリアがそう言い返したのは。

毅然《きぜん》と向き直った彼女は、凛《りん》と言い放つ。

「秋人《あきと》は私たちの先導者《リーダー》よ。同じにしないで」

秋人《あきと》は驚《おどろ》いてフィリアの横顔を見る。そのフィリアは冷静ぶって無表情を装《よそお》いながら、恥《は》ずかしさに頬《ほお》を染めながら視線を逸《そ》らした。

彼女にそう言われてしまったら、しょうがない。

「――だ、そうだ。神崎《かんざき》大佐」

神崎《かんざき》は口端《くちは》で笑った。

「その二つは同義であり表裏一体《ひょうりいったい》だ。――一之瀬《いちのせ》。もう迷うなよ」

秋人《あきと》は混じり気のない笑顔《えがお》を返す。

「――言われなくても」

そして秋人《あきと》とフィリアは同時に接続を切った。


『ALCADIA is Offline』

記憶《きおく》の隅《すみ》で、最後の音を聞く。

10

目が覚めると、翠《みどり》の瞳《ひとみ》が目の前にあった。

エメラルドよりも輝《かがや》きの強いその光に、秋人《あきと》は喉《のど》の奥でその名を呼ぶ。

「……れ、な？」

「アキ、アキ!!　よかった、帰ってきた！　意識あるよね、私のこと分かるよね!?　アキのばかっ、なんであんなギリギリまで落ちないの!?　ほんっとにもうサルベージ間に合わないかと思ったよ！」

「オイ玲奈《れな》、そこまでにしとけ、時間がねえんだ！」

泣いて縋《すが》りついてくる玲奈《れな》と、周囲を警戒《けいかい》してショットガンを構えながら叫《さけ》ぶ遼太郎《りょうたろう》。

見れば、そこは激戦を繰《く》り広《ひろ》げたテレサ社内部のサーバールームだった。

辺りにはけたたましい警報が鳴《な》り響《ひび》き、黄色と赤色の警告灯の光が乱れていた。

そこでようやく、現実世界に戻《もど》ってきたことを実感する。

「玲奈《れな》」

顔を上げた玲奈《れな》の耳元に顔を寄せて短く言った。

「――俺、思い出したよ」

「……？」

玲奈《れな》は頭上に疑問符《ぎもんふ》を浮《う》かべる。

「アルカディアの中に〈パティオ〉があった。そこで見て思い出したよ。玲奈《れな》と初めて会った時のこと」

「あ――」

ツウ、と玲奈《れな》の頬《ほお》を一筋の涙《なみだ》が伝う。

「お、おい、なんでそこで泣くんだよ……っ」

「え……？　あれ？　あはは、なんだろう、なんでだろうね……」

玲奈《れな》は何度も何度も目元を拭《ぬぐ》い、しかしその大粒《おおつぶ》の翠《みどり》の瞳《ひとみ》から涙《なみだ》は止まらなかった。

そして遂《つい》に手を止めた玲奈《れな》は、秋人《あきと》の胸元《むなもと》に飛びこんで顔を押し付けてくる。

「お、おいっ、俺のタクティカルスーツ、血塗《ちまみ》れだぞ……!?　玲奈《れな》の顔、汚《よご》れるって！」

「……《血も無き兵《ブラッドノート》》らしくていいじゃん」

「その名前はもう忘れてくれ……」

「……………とにかく、本当によかった」

安堵《あんど》の声を漏《も》らす玲奈《れな》。

それから目元を拭《ぬぐ》った玲奈《れな》は立ち上がると、サブマシンガンを抱《かか》えて背を向けた。

「……散らばってる部隊をまとめてくる。さっきまで幾島《いくしま》の部隊と交戦してたから負傷してる子の手当もしないとだから」

秋人《あきと》は玲奈《れな》に手を上げて見送る。そこで大切な存在を思い出し、秋人《あきと》は近くでスナイパーライフルを構えて周囲を警戒《けいかい》していたシスティに向かって叫《さけ》んだ。

「おいシスティ、フィリアはどこにいるか知ってるか？　一緒《いっしょ》に落ちたはずなんだ！」

すると、システィは心底軽蔑《けいべつ》したような目を向けてくる。足元に唾《つば》でも吐《は》いてきそうな勢いだ。

「……アンタの目、石ころでも詰《つ》まってんじゃないの？　そこにいるじゃん」

「……？」

システィが顎《あご》をしゃくった先は秋人《あきと》自身。

わけが分からず視線を巡《めぐ》らせ、最後に首を右に向けると——果たしてそこには秋人《あきと》の肩《かた》に頭を預けて昏倒《こんとう》しているフィリアの姿があった。

「ん……。んぅ……」

フィリアが小さく呻《うめ》き声《ごえ》を上げる。

「フィリア……っ！」

秋人《あきと》はフィリアの肩《かた》を抱《だ》き、その身体《からだ》を揺《ゆ》さぶる。

蒼《あお》の瞳《ひとみ》がゆっくりと開く。

直後、フィリアは秋人《あきと》の首元に抱《だ》き着《つ》いた。

「ちょっ、フィリア……⁉」

「……やったよ。わたしたち、遂《つい》にやったよ」

「……ああ、そうだな」

秋人《あきと》はフィリアの胸の鼓動《こどう》を感じながら、その背中に腕《うで》を回した。

「あーくん、フィリちゃん」

すると、由乃《ゆの》が歩み寄ってくる。

「……ありがとう。全部終わらせてくれて」

「……ごめん、由乃姉《ゆのねえ》の作ったもの、壊《こわ》しちゃって。恨《うら》むなら指揮を執《と》った俺を恨《うら》んでくれ」

「いいのよ。そのためにここまで来たんだし、私も自分のしたことの責任を取りたかった。あーくんたちに感謝しこそすれ、恨《うら》むなんてことはないよ」

由乃《ゆの》はそう言って微笑《ほほえ》んだ。

「由乃《ゆの》さん。わたしたち、トオルに会ったわ」

「……っ」

由乃《ゆの》はその言葉を聞いた瞬間《しゅんかん》、身体《からだ》を強張《こわば》らせた。

その一瞬《いっしゅん》で表情までも動かさなかったのは秋人《あきと》たちに気を遣《つか》ってだろう。しかし、傍《はた》から見ても喜んでいることは明らかだった。事実、その肩《かた》は歓喜《かんき》に震《ふる》えている。

「……、何か言ってた？」

「一足先に娘《むすめ》の作った次の世界を歩むとさ」

「……そっか。確かに、あの人にとってこの世界は息苦しいだろうしね」

そう言って、由乃《ゆの》は口元に笑《え》みを浮《う》かべた。

そこに、キリの鋭《するど》い声が飛んでくる。

『リキッドドライブの臨界点を突破《とっぱ》しました！　もう間もなくサーバーが破裂《はれつ》します！』

「ちょっ、由乃姉《ゆのねえ》、臨界点突破《とっぱ》って何の話だ!?」

秋人《あきと》はフィリアの肩《かた》を抱《だ》きながら由乃《ゆの》に言う。

「アルカディアを二度と修復できないように、入れ物ごとぶっこわしちゃえって私が言ったんだよ～。これなら、断片《だんぺん》も残らず跡形《あとかた》もなく消すことができるしね」

そう言っている間に、サーバールームの奥で破砕音《はさいおん》とともに夥《おびただ》しい量の火花が散るのが見えた。同時、熱された水蒸気が一気に押し寄せ、足元を半透明《はんとうめい》の液体が攫《さら》っていく。

「なんでサーバーが爆発《ばくはつ》するの⁉」

フィリアが慌《あわ》てふためいて立ち上がる。

「リキッドドライブって要するに液体の記憶《きおく》装置じゃん？　ってことは蒸発するじゃん？」

「おいおいおいおいおいおいそれってまさか」

水蒸気爆発《ばくはつ》ってことじゃ――

言っている傍《そば》から誘爆《ゆうばく》が誘爆《ゆうばく》を呼び、連続して爆発《ばくはつ》の轟音《ごうおん》が鳴《な》り響《ひび》く。

秋人《あきと》も震《ふる》える足で立ち上がると、回線を開いた。

「ライガー1《ワン》よりオールユニット、総員テレサ本社ビルより退避《たいひ》！　繰《く》り返《かえ》す、総員退避《たいひ》！」

『『了解《ラッジ》っ！』』

秋人《あきと》は気化したリキッドドライブによる霧《きり》が立ち込める中、先頭を走って仲間を誘導《ゆうどう》する。

目指す場所は秋人《あきと》たちが昇《のぼ》ってきたエレベーターシャフト。

すると、斜《なな》め後ろで秋人《あきと》に続いていた遼太郎《りょうたろう》が前方を指さした。

「オイ、脱出口《だつしゅつこう》に誰《だれ》かいンぞ！」

秋人《あきと》は目を凝《こ》らし、スマートコンタクトレンズの倍率を引き上げる。

　すると、更《さら》に後ろを走っていた玲奈《れな》が半拍《はんぱく》早く声を上げた。

「幾島亜礼《いくしまあれい》……ッ！」

　彼女が声を上げると同時、秋人《あきと》もその姿を濃霧《のうむ》越《ご》しに捉《とら》える。

　亜礼《あれい》は同様に周囲に指示を飛ばしながら、部下をエレベーターシャフト経由で退避《たいひ》させているところだった。その胸部には止血バンドで覆《おお》われた袈裟《けさ》懸《が》けの傷があった。

　遅《おく》れて敵も秋人《あきと》たちの存在に気が付く。

　秋人《あきと》は急制動をかけ、後続の部隊も立ち止まりすぐさま横に展開する。

　そして双方《そうほう》、至近距離《きょり》から得物を構えた。

　その距離《きょり》、実に三十メートル。

　背後から迫《せま》るのはサーバールームから放たれる爆炎《ばくえん》の渦《うず》。

　そして血みどろの弾雨《だんう》が往来する直前──

「待てッ！」

「落ち着け。総員、撃《う》つなッ」

　期せずして、秋人《あきと》と亜礼《あれい》は同時に叫《さけ》んだ。

　秋人《あきと》と亜礼《あれい》がそれぞれ先頭に立ち、互《たが》いに互《たが》いを睨《にら》んだまま停止命令のハンドサインを出している。空気が張りつめ、痛ささえ覚える。

　義眼に覆《おお》われた瓜二《うりふた》つのその男を睨《にら》みつける。

そして肺を膨《ふく》らまし、息を吐《は》いた。

「雇《やと》い主《ぬし》を守らずに自分たちだけ撤退《てったい》か、幾島《いくしま》」

「我々は顔を持たない部隊。故《ゆえ》に属する国もなければ雇《やと》い主《ぬし》もいない。当然、守るべき存在もいない」

「そうやって毎度、理屈《りくつ》ばっか捏《こ》ねて回《まわ》るんだなお前は」

「ものが分からない子供が筋というものを理屈《りくつ》という言葉に変えて勝手に納得《なっとく》するものだ」

「この石頭」

「石頭で結構。邪魔《じゃま》をする者は全て排除《はいじょ》する。それがうちのやり方だ」

亜礼《あれい》の言葉に、遼太郎《りょうたろう》がショットガンを構えたまま一歩前へ踏《ふ》み出《だ》す。

「秋人《あきと》、俺らが壁《かべ》になる。テメェらは先に行け……！」

「ここを通すと思うか嶺京《れいきょう》の実験動物ども！」

その遼太郎《りょうたろう》の言葉に敵兵が反応して、同じく銃口《じゅうこう》を構え直した。

その場にいる全員の指がトリガーの遊びを限界まで絞《しぼ》る。

弾頭《だんとう》が飛《と》び交《か》うまでごく僅《わず》か。

一触即発《いっしょくそくはつ》の緊張《きんちょう》の中、しかし秋人《あきと》と亜礼《あれい》は右手に拳《こぶし》を掲《かか》げ続《つづ》けた。

「俺たち嶺京兵《れいきょうへい》の目的はテレサからの解放。その過程にアルカディアの破壊《はかい》があっただけだ。あんたら〝否認されるべき特殊部隊《ディナイアルズ》〟に手出しするつもりはない」

「――――」

広がる一瞬《いっしゅん》の沈黙《ちんもく》。

やがて亜礼《あれい》は握《にぎ》った拳《こぶし》を解いて身体《からだ》の前で振《ふ》った。それに合わせて敵兵は戸惑《とまど》いつつも銃《じゅう》口《こう》を下げる。

秋人《あきと》も同様に銃《じゅう》を下げる指示を出す。

それを見て亜礼《あれい》も口を開いた。

「……我々の目的はアルカディアの早期納品であって、その実験動物が脱走《だっそう》しようが行《い》き倒《だお》れようが知ったことではない。なにせ、報酬《ほうしゅう》たるアルカディアが破壊《はかい》されたのだからな」

最後まで理屈《りくつ》を捏《こ》ねる幾島《いくしま》に苦笑いが出る。

しかし、それこそが亜礼《あれい》にとっての最大の譲歩《じょうほ》であることも同時に理解した。

「クローンは嫌《きら》いなんじゃなかったのか」

「嫌《きら》いさ。しかし、私情は挟《はさ》まない。それが兵士というものだ」

亜礼《あれい》は部下にハンドサインを飛ばし、撤退《てったい》を続行させる。

渋々了解《しぶしぶりょうかい》した敵兵たちは亜礼《あれい》を補佐する数名の兵を残して、エレベーターシャフトへ次々に身を投じた。

そして最後に亜礼《あれい》のみとなると、黒髪《くろかみ》の男はゆっくりと後退する。

「一之瀬《いちのせ》秋人《あきと》。確かに君は、俺とは違《ちが》うようだ。俺は尻《しり》に敷《し》かれたりはしない」

そう言って幾島《いくしま》はフィリアと玲奈《れな》を一瞥《いちべつ》する。

秋人《あきと》は薄《うす》く笑った両側の少女二人を見てから、溜息《ためいき》をついた。

「組織に組《く》み敷《し》かれるくらいなら、こっちの方がギリマシだ」

同時、左右から太腿《ふともも》の辺りを蹴《け》られる。

「覚えておくといい一之瀬《いちのせ》秋人《あきと》。そっちの方が百倍マシだ」

亜礼《あれい》は羨望《せんぼう》ともとれる表情でそう言うと、背後のエレベーターシャフトへ身を投じた。

「先に行っているぞ」

最後にそう言い残して。


秋人《あきと》たち全員が一階に降り立った頃《ころ》には、すでにビルは崩壊《ほうかい》を始めていた。

「やっぱい、総員全力で走れ！　崩《くず》れるぞ‼」

「なんで私たちって作戦が終わってもいっつも走ってんのかなあ⁉」

「家に帰るまでが作戦だろーが！　っつーことでこれも作戦のうちだぜ玲奈《れな》！」

「ちょっと葉木《はぎ》遼太郎《りようたろう》、足おっそいんだけど！　風穴開けてその身体《からだ》軽くしてあげようか⁉」

「あーもうっ、あなたたちうるさい！　喋《しゃべ》ってる暇《ひま》があったら走って！」

床《ゆか》も壁《かべ》も天井《てんじょう》も。視界に入るもの全ての建材がヒビ割れて瓦礫《がれき》を滝《たき》のように流している。テレサの職員は例のごとくどこにも姿がなく、とっくの昔に脱出《だっしゅつ》したあとのようだった。相変わらず社員の安全確保だけは一流な企業《きぎょう》である。

落下してきたコンクリートの塊《かたまり》を跳《と》んで避《よ》けながら秋人《あきと》たちは走った。

そして——遂《つい》にテレサビルの外へと飛び出す。

それでも立ち止まらない。走って走って走って——テレサビルの全体が視界に収まるほど距離《きょり》を開けて、ようやく足を止める。そこは、先日、由乃《ゆの》とともに観光と称《しょう》して敵情視察に訪《おとず》れたテレサビル前に広がる公園だった。

すると、そこに一人の人影《ひとかげ》がこちらに手を上げて立っているのが見える。

「……？」

秋人《あきと》は首を捻《ひね》ってスマートコンタクトレンズの倍率を引き上げようとし——それよりも先に由乃《ゆの》が秋人《あきと》を追《お》い越《こ》してその人影《ひとかげ》に向かって走った。

「エルゼっ！　エルゼ、無事だったんだね……っ‼」

驚《おどろ》くことに、そこに立っていたのは亜礼《あれい》の部隊による襲撃《しゅうげき》で被弾《ひだん》したはずのエルゼだった。

彼女は多少髪《かみ》を乱しながらも、しっかりと自分の足で立っている。その脇腹《わきばら》には、メディカルナノが染《し》み込《こ》んだ包帯と思《おぼ》しきバンドが巻かれていた。

エルゼは由乃《ゆの》を抱《だ》きしめた。

「お嬢様《じょうさま》こそ、ご無事で何よりです。……目的は達成できましたか？」

「……うん。何もかも。全てにケリがついたよ」

そう言って由乃《ゆの》はエルゼに子供のように純粋《じゅんすい》な笑《え》みを向けた。

すると、遅《おく》れて到着《とうちゃく》した玲奈《れな》が秋人《あきと》の隣《となり》で停止し、荒《あら》い息をつく。

「は——っ、は——っ、は——っ。ちょっと、アキ……なんでこんなとこまで走ったの」

「お疲《つか》れ玲奈《れな》。見てれば分かるさ。——っと、ほら」

直後、辺りにどよめきが走った。

玲奈《れな》は顔を上げ、秋人《あきと》もまた振《ふ》り返《かえ》って視線を上げた。

最初に感じたのは地響《じひび》き。

続いて耳朶《じだ》に届く鈍《にぶ》い低音。

そして最後にやってきたのは——夥《おびただ》しい土煙《つちけむり》とともに崩落《ほうらく》を始めたテレサ本社ビルだった。

「……これで、終わったのね秋人《あきと》」

隣《となり》に並んだフィリアが染《し》み入《い》るような声で言う。

「ああ、終わったんだ。長い長い戦いが、やっと終わったよフィリア」

秋人《あきと》は彼女とともに落城の煙《けむり》を見る。

二人で始めた叛逆劇《はんぎゃくげき》。

その結末を。

エピローグ

「……って感じで、テレサの武装解除は着々と進んでるぜ。兵站《へいたん》の拠点《きょてん》の一つは街の外れの倉庫にあったから、ひとまず資材も医薬品類もそこから調達できる」

「ありがとう、葉木《はぎ》班長。了解《りょうかい》したわ」

フィリアは虚空《こくう》に浮《う》かぶ幾枚《いくまい》かの仮想ウィンドウから目を離《はな》すと、首にかけたタオルで額の汗《あせ》を拭《ぬぐ》う葉木《はぎ》遼太郎《りょうたろう》を見た。

「ところで復旧作業の進捗《しんちょく》はどう？」

「六割方……ってところだろうよ。テレサの施設《しせつ》が全部ダウンしやがったせいで発電所もストップしたままだ。そのせいで作業効率も半分程度しかねえ。ただテレサの妨害《ぼうがい》はもうねえンだ。ペースはこの先上がる一方だろうよ」

「そう……それは良かったわ。日が暮れると事故の危険性が高まるわ。作業に当たっているみんなには、なるべく早く切り上げるように伝えておいて」

「りょーかい」

フィリアは顔を上げて辺りを見回した。

そこはかつて廃棄区画《トラッシュディビジョン》と呼ばれたティーラの街の一角。

丁度二日前、フィリアたちがテレサ本社ビルに突入《とつにゅう》する前に、テレサが戦略外骨格《JOINT》を三機降下させ、破壊《はかい》していった商店街である。

夕暮れの中、フィリアたち嶺京兵《れいきょうへい》は街の住民に協力して復旧作業に従事していた。

奇跡的《きせきてき》に死傷者はいなかったものの、自分たちが遠因となって住居を奪《うば》われるという大迷惑《だいめいわく》をかけた身だ。住民はむしろこの都市《まち》におけるテレサの覇権《はけん》を壊《こわ》した嶺京兵《れいきょうへい》を英雄視《えいゆうし》して歓《かん》迎《げい》してくれたが、けじめとしても気持ちとしても全員が復旧作業に参加するのは自然な流れだった。

遠くから黄金の髪《かみ》を揺《ゆ》らす少女が小走りに駆《か》けてくるのが見える。

視線を移すと、遼太郎《りょうたろう》も同様に気が付いたのか、その少女をじっと見つめた。しかし、不意に目線を外して、まるで何事もなかったかのような態度で立ち去ろうとする。

フィリアはそのやけに小さく見えた背中を見た瞬間《しゅんかん》、無意識に声をかけていた。

「この先、いつ何があるか分からない。思い残さないよう、想《おも》っていることは伝えた方がいいわよ」

遼太郎《りょうたろう》は立ち止まり、少ししてから振《ふ》り返《かえ》った。ずいぶん不機嫌《ふきげん》そうな顔だ。

「余計な世話だぜ《致死の蒼《リーサルブルー》》」

「……次その名前で呼んだら〈ニューラルゲート〉に言語統制プログラム仕込むわよ」

「そりゃ怖《こわ》い。そういうあんたこそ、秋人《あきと》にはちゃんと言葉にして伝えたほうがいいと思うぞ」

「な、なによ。あなたには関係ないでしょう」

「あいつはああ見えてクソ真面目だからな。言葉に裏があるなんてことも知らずに額面通りに受け取る奴《やつ》だぜ」

「……そんなこと知ってるわよ」

思わずむっとして言い返してしまい、慌《あわ》てて表情を取《と》り繕《つくろ》う。秋人《あきと》ならここで追撃《ついげき》の一つや二つしてくるところだが、しかし遼太郎《りょうたろう》はそれきり肩《かた》を竦《すく》めるのみだ。

「そいつは失礼。――じゃあな、中佐殿」

それからそう言い残して葉木《はぎ》遼太郎《りょうたろう》は手を上げて立ち去った。

その道中、玲奈《れな》とすれ違《ちが》って軽く手を上げて声を掛《か》け合《あ》う。

フィリアはそんな遼太郎《りょうたろう》の様子を見て両手を腰《こし》に当てると鼻から息を吐《は》いた。

遼太郎《りょうたろう》と別れた玲奈《れな》が、フィリアの元へとやってくる。

ポニーテールに髪《かみ》をまとめた玲奈《れな》は、手袋《てぶくろ》や頬《ほお》を泥《どろ》だらけにしていた。そんな姿がやけに様になって見えるのは、ひとえに彼女の快活さ故《ゆえ》だろうか。

フィリアにとって玲奈《れな》のそんな天真爛漫《てんしんらんまん》なところが、羨《うらや》ましく思えた。

「フィリアがリョウと会話なんて珍《めずら》しいじゃん。結構話し込んでるみたいだったけど」

「別に。同じ委員会なんだから会話くらいするわよ」

「ふーん？」

「それよりも何か用があったんじゃないの？」

フィリアは会話を逸《そ》らすと、玲奈《れな》は少々訝《いぶか》しんだ目を向けてくるが、声の調子を変えて言葉を続ける。

「アキから伝言を預かってきたんだ。テレサ本社ビルの隣《となり》にある第二ビルの屋上に来てくれだって」

「秋人《あきと》が……？　そんなこと、マインドトークで連絡《れんらく》くれればいいのに」

「あの辺りって今、私たちが先週ばら撒《ま》いた通信素子《エーテル》が風の流れで集まってるからさ。通信素《エーテ》子《ル》密度が高すぎて逆に通信障害が起きてるんだよ」

「そう言えばそうだったわね……。それにしても何かしら、テレサの残存した自律兵器の監視《かんし》報告は昨日したけど……玲奈《れな》は何か聞いてる？」

「さあね～」

「……ちょっと玲奈《れな》。あなた、その様子だと何か知ってるのね」

「なんかテレサの自律兵器っぽい奴《やつ》が屋上から観測できたから確認《かくにん》してほしいとかなんとか言ってたかな～」

「なによそれ、聞いてないわよ！　本部にそんな情報入ってきてないし――」

「いいから行った行った！　そんな深刻なやつじゃないからどーせ！」

「ちょ、ちょっと玲奈《れな》っ！　深刻じゃないってどういうことよ！」

「行けば分かるから！　あーっ、もう、なんで私って毎回フクロウ係なのかなあ！」

そう言ってフィリアは玲奈《れな》に背中を押されるままに、テレサ本社ビルへと向かった。


フィリアの後ろ姿を見送った後、玲奈《れな》は大きな溜息《ためいき》をついた。

その隣《となり》に足音が一つ鳴って、止まる。

「ねえ、天城玲奈《あましろれな》」

「なに、シーちゃん」

見れば、それは作業着をドロドロに汚《よご》したシスティだった。

彼女もまた、遠い目をしてフィリアの後ろ姿を目で追っている。フィリアの足取りはどこか軽く、スキップしているようにすら見える。

そんな様子を見れば見るほど、二人の肩《かた》の位置は下がっていった。

「この後ちょっと付き合ってよ。なんだか強烈《きょうれつ》に強い炭酸が飲みたい気分なんだけど」

「気が合うね、シーちゃんが言わなかったら私から誘《さそ》ってたよ」

玲奈《れな》とシスティは顔を合わせてほくそ笑《え》む。しかしすぐに表情を消し、互《たが》いに、はぁーっ、と盛大《せいだい》な溜息《ためいき》をついて再び肩《かた》を落とした。

「ここいらが引《ひ》き際《ぎわ》なのかなあ。あーあ。親友ポジションは辛《つら》いなあ」

「……私は諦《あきら》めてない。諦《あきら》めてなんかないから」

「はいはい、後でたっぷり話聞いてあげるから」

そう言ってシスティは作業用手袋《てぶくろ》を外すと、玲奈《れな》の頭をポンポンと撫《な》でたのだった。


テレサ第二ビル屋上。

ヘリポートが二つ並ぶ巨大《きょだい》なその屋上の中央——そこに位置する塔屋《とうや》に、秋人《あきと》は背中を預けてじっと夜空を見ていた。

テレサ本社を急襲《きゅうしゅう》し、アルカディアを破壊《はかい》してから二日。

インフラに打撃《だげき》を受け、未《いま》だ電力が本格的に復旧しないティーラの街は、一部の重要施設《しせつ》を除いて暗闇《くらやみ》に満ちていた。

そんな静かな夜の屋上に、くぐもった足音が一つ。

それは段々近づいてくると、やがて秋人《あきと》の隣《となり》の鉄扉《てつぴ》が外側に開いた。

屋上に現れたのは、一人の少女。

白銀の長髪《ちょうはつ》を揺《ゆ》らす彼女は、立ち止まって夜空を見上げて釘付《くぎづ》けになった。

「すごい……」

そこに広がるのは満天の星。

わずらわしい都市の光も今だけはない。

見る場所全てが天の川かと錯覚《さっかく》するほど白銀の絨毯《じゅうたん》が一面に広がる。それはこの都市のどこよりも高く、どこよりも暗い場所だからこそ見ることのできる景色だった。

ほう、と風の中で息を吐《は》いたフィリアは、我に返ったのか、一歩二歩と歩いてきょろきょろと辺りを見回す。

「……玲奈《れな》ったら、場所間違《まちが》えたかしら」

秋人《あきと》は口元で笑《え》みを作り、塔屋《とうや》から背中を離《はな》す。

「間違《まちが》ってないよ」

「……っ」

白銀の少女は驚《おどろ》きに肩《かた》を震《ふる》わせて振《ふ》り返《かえ》った。

絹のように滑《なめ》らかな長髪《ちょうはつ》が弧《こ》を描《えが》き、蒼《あお》の瞳《ひとみ》が現れる。

そのサファイアよりも深い蒼《あお》の色は、この夜空に踊《おど》るどの星よりも美しい。

フィリアは悪戯《いたずら》っぽく笑った。

「なんだか見たような光景ね」

「そうか？　覚えがないな。なにせ俺の記憶変数体《マインドステート》は損傷しているもので」

フィリアは近寄ると、秋人《あきと》の鼻先をその長い人差し指でちょんと突《つ》いてきた。

「嘘《うそ》」

フィリアはティーラの街並みを振《ふ》り返《かえ》って視線を巡《めぐ》らせる。

「もしかしてテレサの自律兵器を観測したっていうのもでっちあげ？」

「さあ、どうだったかな。見たような気もするけど勘違《かんちが》いだったかもな。もしかしたら、蜃気《しんき》楼《ろう》か何かだったのかもしれない」

「悪い人ね」

「フィリアがそれを言うのか？」

「何のことか分からないわ。なにせ、わたしの記憶変数体《マインドステート》の損傷も激しいから」

秋人《あきと》はフィリアと顔を見合わせて、それから小さく吹《ふ》き出《だ》した。

誰《だれ》よりも殺し殺され合った二人の間だけに通じる、ブラックジョークだった。

秋人《あきと》は手のひらを上に向けてフィリアに差し出す。

少ししてフィリアは反対側の手をそこに重ねた。彼女の手は細く、冷えていた。それを包み込むように握《にぎ》ってから二人並んでヘリポートの際まで歩いていく。

「全部、終わったわね」

「まだ復旧作業が残ってるじゃないか」

「そういう意味じゃなくて。……テレサとの因縁《いんねん》の話よ」

フィリアは一拍置《いっぱく》いて、こちらを見上げてきた。

「これからどうするつもり？」

風が吹《ふ》き、前髪《まえがみ》が揺《ゆ》れた。

「一度きりの人生だ。めいいっぱい楽しむさ」

「……そうね。一度きりだものね。一つも二つも命がない——正真正銘《しょうしんしょうめい》の一球勝負」

「きっと、だからこそ辛《つら》くて、しんどくて、そして楽しいんだろうな」

「あら、わたしは嶺京《れいきょう》の生活も楽しかったわよ？」

「……お前、俺が綺麗《きれい》に纏《まと》めようとしているところを」

「結局、誰《だれ》と一緒《いっしょ》にいるかじゃないかしら」

「——」

ヘリポートの際で立ち止まる。

それからしばらく二人の間に言葉もなく、肩《かた》を寄せ合って満天の星を見上げた。

風の中に聞こえるのは互《たが》いの息遣《いきづか》いのみ。

時たま手を握《にぎ》り直《なお》し、指で指をさすり、互《たが》いの熱を探《さぐ》る。

幾《いく》ばくかの時間が経《た》った頃《ころ》、不意にフィリアが口を開いた。

「約束、覚えていてくれたのね」

視線を下ろし、その整った横顔を眺《なが》める。

蒼《あお》の瞳《ひとみ》に星粒《ほしつぶ》が閉じ込められているように見える様は、息を呑《の》むほどに美しい。

再び宵《よい》の天の川に視線を戻《もど》して言う。

「大事な約束だ。忘れるわけがない」

「……ありがとう、秋人《あきと》」

秋人《あきと》はそれに対して言葉は返さず、代わりに手を握《にぎ》り返《かえ》して応えとした。

「綺麗《きれい》だな」

「ジオシティ・イオタとこっち、どっちの方が？」

「比べられないなぁ。あれはあれで、別の美しさがあった」

秋人《あきと》はフィリアを見た。

「大事なのは誰《だれ》と一緒《いっしょ》にいるか——ね。同感だよフィリア」

続いて視線を下ろしたフィリアは訝《いぶか》しむような目を向けてくる。

「本当かしら」

「な、なんで疑いの目を向けられるんだよ」

「だってあなた、ふらりとどこかへいなくなってしまいそうなんだもの」

「そいつは心外だ」

「嶺京《れいきょう》でアルカディアを壊《こわ》しに行った時も、第七プラントを目指した時も、そして今回も、いつも急に決めて次の世界に行こうとするし」

「それは全部、フィリアとの約束を果たそうと——」

「どうだか。また困っている女の子がいたら助けるために全力で走り出すんでしょう？」

「そ、そんな言い方するなよ」

「これくらい受け止めて。他の子のために奔走《ほんそう》するあなたは正直言って恰好《かっこう》いいけれど、それを横で見る身にもなって欲しいわ」

そう言ってフィリアは頬《ほお》を膨《ふく》らます。

秋人《あきと》は真っすぐにカッコイイと言われ鼻を摘《つま》まれた猫《ねこ》のようになる。こんなに素直《すなお》なフィリアは見たことがない。秋人《あきと》は降参を報《しら》せるためフィリアと手をつないだまま両手を上げた。

「こう言えば満足か。──特別なのはフィリアだけだ」

「言い方が気に食わない。もう一回」

「お前な……」

溜息《ためいき》をつく。

そこで、秋人《あきと》はひとつだけ小さな──それでいて急速に大きく膨《ふく》らむ自分の欲に気が付いた。

「──これがその約束になるかは分からないけど」

「……？」

フィリアが首を傾《かし》げて秋人《あきと》を見上げる。

こんなことをする自分の姿など、過去に想像したことなど一度もなかったが。

何かに背中を押されるような気持ちで秋人《あきと》はフィリアの肩《かた》を抱《だ》き寄《よ》せた。

抱《だ》き寄《よ》せて、口を寄せた。

「──」

一秒が三秒に――否、三分にも三時間にも感じた。

鼓動《こどう》が、呼吸が、熱が、肌触《はだざわ》りが――全てが溶《と》け合《あ》うように感じた。

重なった唇《くちびる》が柔《やわ》らかく震《ふる》える。

永遠にも感じた時間の後、名残惜《なごりお》しさを感じながらゆっくりと離《はな》れた。

フィリアはそのまま俯《うつむ》く。表情は前髪《まえがみ》に隠《かく》れて見なかった。

突然《とつぜん》すぎたか――そう大きな不安が胸の内をよぎり始めた時。

不意にフィリアは真っ赤にした顔で見上げてきた。

「ねえ」

「ん？」

「約束、足りないわ」

気が付けば、再び彼女の桃色《ももいろ》に触《ふ》れていた。何度も、何度も。

お互《たが》いの熱を求め合うように。

それから顔を見合わせた二人は、恥《は》ずかしくなって少し身を離《はな》す。

しかしそれはそれで寂《さび》しかったので、秋人《あきと》がフィリアの身体《からだ》を後ろから抱《だ》きしめる形で空を見た。

夜風の中で、フィリアが言う。

「秋人《あきと》、またわたしと約束をして」

「どんな？」

「なんでもいいの。食べたいものとか、行きたい場所とか、そういうのでいい。それで、ひとつ達成するたびにまた約束するの」

「いいな、それ。……でも、そうなると果たせない約束をしたくなるな」

「……どうしてそんないじわる言うのよ」

「それならずっと一緒《いっしょ》にいられるだろ？」

肩《かた》を竦《すく》めて言う秋人《あきと》に、フィリアは頰《ほお》を染めて唇《くちびる》を尖《とが》らせる。

「……バカ。そんなことしなくても一緒《いっしょ》にいるわよ」

秋人《あきと》は気恥《きは》ずかしくて頰《ほお》を指で掻《か》いた。

そしてフィリアの両手を取ると、緩《ゆる》む頰《ほお》を抑《おさ》えられないまま言う。

「じゃあさ、フィリア。今度俺と――」

フィリアはそれを、柔《やわ》らかい笑《え》みで迎《むか》えながら、秋人《あきと》の手を握《にぎ》り返《かえ》した。


それから二人は星空の下で語り合う。

二人の夢を。

二人の希望を。

〝理想郷《アルカディア》〟を超《こ》えた先に広がる未来の話を。

あとがき

お久しぶりです。蒼井祐人《あおいゆうと》です。

一巻からここまで読んでくださった方も、本巻から読み始められた方も、お手に取っていただき誠《まこと》にありがとうございます。

シリーズ一巻目から続いた秋人《あきと》とフィリアたちの旅路はいかがだったでしょうか？　ばっちばちのSFとミリタリーアクションという二つのロマンを五倍濃縮《のうしゅく》くらいで詰《つ》め込《こ》んだ世界で、秋人《あきと》とフィリアたちを始めとする少年少女たちが繰《く》り広《ひろ》げるドラマの数々を楽しんでいただけたら著者冥利《みょうり》に尽《つ》きます。

『エンド・オブ・アルカディア』のシリーズは本書の第三巻で一旦一区切りとなります。

一巻が序、二巻が破、三巻が急といった具合で、これは担当編集さんと相談の上、賞を頂いた段階から決めていた構想でした。「一巻目で〝エンド〟してんのにこれどーすんの⁉」と脳内の小悪魔《こあくま》システィがしばしば罵倒《ばとう》してきましたが、ひとえに皆様《みなさま》のお陰《かげ》でここまで辿《たど》り着《つ》くことができました。ありがとうございます。

一巻のあとがきではシリーズのいきさつについて、二巻では中二病（⁉）について書きましたので、この三巻では少し真面目にテーマについて綴《つづ》らせていただこうと思います。

本シリーズのテーマは「自分の頭で考えろ」です。

秋人《あきと》は〝同年代の子供を殺して当たり前の世界〟に疑問を持ち、最終的に心を共にしたフィリアと一緒《いっしょ》にアルカディアの破壊《はかい》を決意します。選択《せんたく》をした先で秋人《あきと》は悩《なや》みました。自分のしていることは先導《リード》なのか扇動《アジテート》なのか。その二つは同義で紙一重です。

秋人《あきと》の決断が正しかったのかは誰《だれ》にも分かりません。アルカディアの普及《ふきゅう》により由乃《ゆの》の考えた理想郷が理想郷として機能する未来もあり得たかもしれませんし、はたまた神崎徹《かんざきとおる》が示した戦争の管理というディストピアが待っていたかもしれません。

それでも彼は必死に考え、道を選びました。

そんな秋人《あきと》の選択《せんたく》について皆様《みなさま》はどうお考えでしょうか？　皆様《みなさま》の心の中に投じられた一石となって、本シリーズの幕とさせていただければと思います。

最後にはなりましたが関係者の皆様《みなさま》に御礼《おれい》を。いつもドストライクなイラストを生誕させてくださるＧｒｅｅＮさん、張り過ぎた伏線《ふくせん》で縛《しば》りプレイ状態の本シリーズを最後の最後まで洗練くださった担当の黒川《くろかわ》さん・井澤《いざわ》さん、出版に漕《こ》ぎ着《つ》けるまでに大変お世話になりました関係者の皆様《みなさま》、そしていつも支えてくれる家族に御礼申《おんれいもう》し上《あ》げます。

そしてそして何よりも、ここまでお付き合いくださった読者の皆様《みなさま》に至上の感謝を‼

二〇二二年十二月十五日　　蒼井祐人《あおいゆうと》

◉蒼井祐人著作リスト

「エンド・オブ・アルカディア」（電撃文庫）
「エンド・オブ・アルカディア2」（同）
「エンド・オブ・アルカディア3」（同）

本書に対するご意見、ご感想をお寄せください。

ファンレターあて先
〒102-8177　東京都千代田区富士見2-13-3
電撃文庫編集部
「蒼井祐人先生」係
「GreeN先生」係

本書は書き下ろしです。

電撃文庫

エンド・オブ・アルカディア3

蒼井祐人《あおいゆうと》

2023年2月10日　初版発行

発行者　山下直久
発行　株式会社KADOKAWA
〒102-8177　東京都千代田区富士見2-13-3
0570-002-301（ナビダイヤル）
装丁者　荻窪裕司（META＋MANIERA）
印刷　株式会社暁印刷
製本　株式会社暁印刷

ISBN978-4-04-914453-6　C0193　Printed in Japan

電撃文庫　https://dengekibunko.jp/

電撃文庫創刊に際して

文庫は、我が国にとどまらず、世界の書籍の流れのなかで〝小さな巨人〟としての地位を築いてきた。古今東西の名著を、廉価で手に入りやすい形で提供してきたからこそ、人は文庫を自分の師として、また青春の想い出として、語りついできたのである。

その源を、文化的にはドイツのレクラム文庫に求めるにせよ、規模の上でイギリスのペンギンブックスに求めるにせよ、いま文庫は知識人の層の多様化に従って、ますますその意義を大きくしていると言ってよい。

文庫出版の意味するものは、激動の現代のみならず将来にわたって、大きくなることはあっても、小さくなることはないだろう。

「電撃文庫」は、そのように多様化した対象に応え、歴史に耐えうる作品を収録するのはもちろん、新しい世紀を迎えるにあたって、既成の枠をこえる新鮮で強烈なアイ・オープナーたりたい。

その特異さ故に、この存在は、かつて文庫がはじめて出版世界に登場したときと、同じ戸惑いを読書人に与えるかもしれない。

しかし、〈Changing Times,Changing Publishing〉時代は変わって、出版も変わる。時を重ねるなかで、精神の糧として、心の一隅を占めるものとして、次なる文化の担い手の若者たちに確かな評価を得られると信じて、ここに「電撃文庫」を出版する。

1993年6月10日
角川歴彦